ABTRÜNNIGER BESCHÜTZER

KYLIE GILMORE

Übersetzt von
ANNA DRAGO

Abtrünniger Beschützer: © 2020 von Kylie Gilmore

Übersetzung von: Anna Drago

Coverdesign von: Michele Catalano Creative

Herausgegeben von: Extra Fancy Books

ISBN-13: 978-1-64658-019-4

1

Harper

Mein Handy vibriert mit der Nachricht, auf die ich den ganzen Tag gewartet habe: *Bodyguard ist auf dem Weg zu Ihnen.*

Ich renne von der Soundbühne und eile so schnell ich in hochhackigen Stiefeletten kann über den eingezäunten Parkplatz mit den Trailern. Trotz des warmen Septembertages in Manhattan bekomme ich eine Gänsehaut. Ich habe lange gegen die Idee eines Bodyguards gekämpft – ich bin ein sehr zurückhaltender Mensch und schätze meine Privatsphäre –, doch als vor zwei Wochen ein Mann in meine Wohnung eingebrochen ist und mich aufgeweckt hat, um mich zu bitten, ihn auszupeitschen, hat das das Fass zum Überlaufen gebracht. Seit ich in meiner vorherigen Show einen knallharten CEO gespielt habe, werde ich regelmäßig von irgendwelchen Psychos belästigt. Sie fühlen sich entweder von dieser Härte angezogen oder wollen mich „unterwerfen" (Zitat eines dieser Spinner). *Das nennt man Schauspielerei, Leute!*

Im Ernst, es ist eine Sache, wenn ein Mann einem auf der Straße hinterherruft oder in einer Menschenmenge nach Haaren oder Kleidern grabscht – alles Dinge, die ich ertragen muss – doch eine ganz andere Sache, einen Eindringling im Haus zu haben. Noch beunruhigender ist, wie er es geschafft hat, am Nachtwächter in der Lobby vorbeizukommen und das Sicherheitssystem meiner Wohnung zu deaktivieren. Mein neuer Bodyguard ist für mich der Schlüssel, wieder gesunden Schlaf zu bekommen.

Oh, da spricht Trina mit ihm. Sie schickt ihn zu meinem Trailer und eilt in die entgegengesetzte Richtung davon. Meine Knie sind zittrig, als mein Bodyguard auf mich zukommt. Er ist ein Tier von einem Mann. Mein Mund wird trocken, mein Puls rast. Er ist Mitte zwanzig, leicht eins-neunzig groß und muskelbepackt. Sein Körper wird von einem enganliegenden schwarzen T-Shirt und einer ausgewaschenen Jeans perfekt zur Geltung gebracht. Sein dunkelbraunes Haar ist kurz geschnitten und lenkt die Aufmerksamkeit auf seine scharfen Wangenknochen und seinen kantigen Kiefer. Eine schwarze Sonnenbrille verbirgt seine Augen. Tough. Heiß. Sexy wie die Hölle. Das habe ich nicht erwartet.

Ich hole tief Luft. Ich muss ruhig, cool und professionell sein, wenn ich ihn treffe. Joe Sullivan und ich werden eine *Menge* Zeit miteinander verbringen. Er zieht morgen auf meine Bitte in die Wohnung nebenan. Es ist wichtig, dass wir auf dem richtigen Fuß anfangen. Heute ist ein Aufnahmetag für meine neue Sitcom *Living Gold* mit einem Live-Studiopublikum. Ich fühle mich besser, wenn ich weiß, dass mein neuer Bodyguard mit mir am Set ist, falls es aggressive Männer im Publikum gibt, die von meiner vorherigen Figur Amanda besessen sind.

Das Witzige ist, ich bin überhaupt nicht tough. Es ist ein Fehler, an dem ich mein ganzes Leben lang gearbeitet habe. Dank General Joan Ellis, meiner Großmutter, die mich großgezogen hat, kann ich die Toughe spielen. *Harper! Kinn hoch, Schultern zurück, niemals Schwäche zeigen!*

Ma'am, ja, Ma'am!

Nur, dass sie mir die Hölle heiß gemacht hätte, wenn ich geantwortet hätte. Als Grundschullehrerin hatte sie wirklich ihre eigentliche Berufung verpasst. Das Militär hätte sie als Truppenkommandantin einsetzen können, anstatt dass sie versuchte, ein schüchternes, sensibles Mädchen auf ihre Standards zu trimmen. Und dabei kläglich zu scheitern.

Joe geht direkt an meinem Trailer vorbei, ohne zu wissen, dass er ihn verpasst hat, und ich renne hinaus, um ihn zu begrüßen. Ein professionelles Lächeln auf meinem Gesicht, um die rohe Lust zu verbergen. „Hi, ich bin Harper. So schön, dich kennenzulernen. Das ist meiner." Ich zeige auf den Trailer. „Komm rein. Ich würde mich gern mit dir unterhalten, bevor die Aufnahmen anfangen." Ich gehe weiter, schließe die Tür auf, trete ein und halte die Metalltür für ihn auf.

Er folgt mir nicht. Stattdessen schiebt er seine Sonnenbrille in seine Haare und starrt mich nur an. Seine Augen sind auffällig aquamarinblau. *Mein Gott. Er könnte in Filmen mitspielen.* Mein Magen macht einen verrückten Salto, Hitze blitzt durch meinen ganzen Körper. Ich hatte noch nie eine so viszerale Reaktion auf einen Mann und das auf den ersten Blick! Das könnte ein Problem werden. Ich bin sein Boss. Und ich habe einen Freund. Colton ist seit drei Wochen in England und dreht dort einen Film. Ich sollte ihn anrufen.

„Bitte komm rein", sage ich.

„Du bist Harper Ellis." Seine Stimme ist tief und sanft wie meine dunkle Lieblingsschokolade, die mir einen ähnlichen Anflug von Vergnügen bereitet. Besser, wenn ich ehrlich bin.

„Ja. Herzlich willkommen!" Mir fällt ein, dass er ein bisschen überrascht klingt. Ich dachte, er wüsste, wer ihn engagiert hat, obwohl ich heute anders aussehe als in der Rolle, die ich zuvor gespielt habe. Amanda Boxer hat Business-Anzüge und Pumps getragen. Meine neue Rolle, Lexi Gold, ist eine reiche Fashionista. Ich trage ein ärmelloses schwarzes, kurzes Etuikleid von Vera Wang, bei dem das Top über dem Dekolleté transparent ist, dazu hochhackige Designer-Stiefeletten. Der größte Unterschied sind meine Haare. Als Amanda habe ich eine glatthaarige dunkelbraune Perücke getragen, weil es für den Friseur der Show zu viel Arbeit war, mein lockiges Haar zu glätten, und es dabei sowieso geschädigt worden wäre. Ich habe drei Jahre lang die Rolle gespielt, daher schätze ich es, dass mein Stylist die Voraussicht hatte, meine Haare zu retten. Anscheinend sagen schulterlange Locken nicht *Achtung, tougher CEO!*

Mein neuer Bodyguard macht die zwei Schritte in meinen Trailer, und der Raum schrumpft plötzlich von seiner großen Präsenz. Er sieht sich um, während ich ihn mustere. Er ist genau das, was ich brauche, um Psychos abzuschrecken. Sein Hals ist muskulös und sehnig, seine Schulterpartie breit und sein Bizeps so groß, dass seine Arme nicht flach an seinen Seiten liegen. Seine Schenkel sehen solide und kräftig aus, lange Beine stecken in schwarzen Arbeitsstiefeln. Wahrscheinlich mit Stahlkappen für maximale Kampfkraft. *Perfektion.*

Er reibt seine Hände aneinander. „Also … schön dich zu treffen. Ich habe ein paar Folgen von *Capital Asset* gesehen." Das ist meine frühere Show. Amanda Boxer war der rücksichtslose CEO eines Hedgefonds.

Meine Lippen krümmen sich zustimmend. Nicht, weil er meine Show gesehen hat. Es ist sein rau klingender Brooklyn-Akzent. (Ich kenne mich mit Akzenten aus, schließlich ist das Teil meiner Ausbildung als Schauspielerin.) Ich hätte mir keinen besseren Mann für diese Aufgabe wünschen können. Wenn hier in New York irgendwelche Psychos was von mir wollen, müssen sie sich mit einem der Ihren auseinandersetzen.

Plötzlich wird mir bewusst, dass ich unhöflich bin, ihn so unter die Lupe zu nehmen. Offensichtlich wurde er bereits von meiner Assistentin überprüft, die alle Lebensläufe durchgesehen hat. Meine einzigen Anforderungen waren stark, kompetent und nicht zu alt.

„Kann ich dir was zu trinken anbieten?", frage ich und zeige auf meinen Minikühlschrank. „Ich habe Wasser und Eistee Light."

„Klar, ich nehme ein Wasser."

Auf dem Weg zum Minikühlschrank streiche ich an ihm vorbei und bemerke den Duft eines sexy Aftershaves. *Sei professionell.* Ich hole das Wasser und gebe es ihm, wobei ich darauf achte, ihn nicht zu berühren.

„Danke", sagt er und schraubt die Kappe mit einer schnellen Bewegung ab. Stark, so stark mit diesen großen Händen. Er zieht die Brauen hoch und sieht mich an, während er Wasser trinkt. *Starre ich etwa schon wieder?*

Ich wende den Blick ab. Wir werden eng zusammenarbeiten, daher sollte ich mich gastfreundlich zeigen. Dies ist eine wichtige Sache. Mein erster Bodyguard überhaupt, ein Mann, der Leib und Leben riskieren wird, um mich zu schützen. Das Mindeste, was ich tun kann, ist, meinen geheimen Vorrat zu teilen. Nicht meine Getränke, die guten Sachen. Wir bauen hier eine professionelle Beziehung auf.

Das stimmt. Ignorier' seinen sexy Duft, seinen atemberaubenden Körper und seine schönen Augen. Ich öffne den Schrank über der Mikrowelle, schiebe die roten Plastikbecher im obersten Regal vorsichtig beiseite und hole einen kleinen Ziploc-Beutel heraus. Das Regal wackelt. Ich sollte den Wartungsdienst anrufen.

Ich öffne den Beutel und sage ihm: „Ich sollte das nicht haben. Meine Garderobe für die Show ist mit vielen Designerartikeln für meine genaue Größe ausgestattet. Ist ein Drama, wenn was nicht passt." Ich hebe meinen Blick zu seinem und spüre einen Ruck, als sich unsere Augen treffen. „Willst du eins?" Ich habe drei einzeln verpackte Quadrate dunkle Schokolade mit Kirsche. Normalerweise achte ich darauf, dass sie die gesamte Staffel lang reichen, doch er ist wichtiger als meine Liebe zur Schokolade.

Joe schüttelt den Kopf. „Wirklich nett von dir, aber das

passt auch nicht in meinen Ernährungsplan. Ich versuche, sauber zu essen."

„Natürlich, verstehe ich vollkommen." Ich stecke die Schokolade schnell wieder in den Beutel, obwohl sie so köstlich riecht, dass ich am liebsten alle drei Stücke in meinen Mund stopfen will. Es ist kurz vor der Abendessenszeit, aber ich kann erst essen, wenn die Aufnahmen fertig sind. Andernfalls werde ich träge, und man merkt es meiner Leistung an. Ich schiebe den Beutel so schnell zurück ins Regal, dass ich versehentlich das Regal kippe und rote Plastikbecher herausfallen. „Hoppla! Wackeliges Regal."

„Ich kann das reparieren."

Meine Augen weiten sich. „Oh. Hast du das richtige Werkzeug?" Vielleicht hat er eines dieser Schweizer Taschenmesser, die sich in ein Dutzend nützlicher Geräte verwandeln.

Ein Mundwinkel hebt sich, als er sich vorbeugt, um das Regal zu inspizieren. Mein Atem stockt angesichts seiner Nähe. *Lächerlich.* Ich muss mich entspannen. Sobald er einen Schritt weiter zum leeren Schrank neben meinem geheimen Vorrat macht, hole ich den Ziploc-Beutel und alle Becher heraus, damit er seinen Zauber bewirken kann.

Er greift hinein in den Schrank und macht etwas mit dem anderen Regal, und repariert dann mit einer weiteren schnellen Bewegung mein wackeliges Regal. Er dreht sich zu mir um. „Ich habe mir ein paar Holzdübel aus dem anderen Schrank geliehen, nachdem du den nicht benutzt. Ich kann Ersatz besorgen. Dann schiebst du sie einfach hier rein. Siehst du die vorgebohrten Löcher?" Er zeigt auf sie im Schrank.

Ich spähe um ihn herum. „Ja."

„Du schiebst sie einfach rein. Hier, du kannst deine Sachen wieder einräumen." Er deutet auf die Becher und den Ziploc-Beutel, den ich noch in der Hand habe. Ich starre ihn an, überrascht von Mr. Fix-it. Er ist nicht nur überaus attraktiv, er ist auch so hilfsbereit und wirklich nett. Ich habe tatsächlich mehr Killerinstinkt von einem Bodyguard erwartet.

Ich gebe ihm das Zeug, und er stellt es genau dorthin zurück, wo es gewesen war.

„Danke."

„Kein Problem. Muss hier sonst noch was repariert werden?"

Ich blinzele. Mein neuer Bodyguard könnte gleichzeitig auch mein Handwerker sein. Ich würde nie wieder einen fremden Mann in meine Wohnung oder meinen Trailer lassen müssen. So genial! Dann erinnere ich mich. Wir sollen die Unbeholfenheit aus dem Weg räumen – meine Unbeholfenheit –, indem wir ein professionelles Gespräch führen, zwischen Klientin und Bodyguard. „Das ist alles, danke." Ich zeige auf mein Sofa. „Setz dich."

Mit einem entspannten Schritt schlendert er zum Sofa. *Ich wünschte, ich könnte so entspannt sein.* Ich bin normalerweise vor den Aufnahmen ein bisschen aufgeregt, aber das hier ist auch eine ungewöhnliche Situation für mich, mit meinem ersten Bodyguard zu arbeiten. Obwohl ich zugeben muss, dass er überhaupt nicht so ist, wie ich es erwartet hatte. Ich dachte, er wäre dieser harte, furchteinflößende Mann, bei dem ich einige Zeit brauchen würde, um mich in seiner Gegenwart wohlzufühlen. Er gibt überhaupt keine furchteinflößenden Vibes ab.

Ich mag ihn schon.

Ich setze mich neben ihn und schlage ein Bein über das andere. Er trinkt wieder Wasser, und sein Adamsapfel tanzt hypnotisch auf und ab. *Hör auf zu starren!*

Ich konzentriere mich auf seine Augenbrauen und vermeide es, mich wieder in seinen aquamarinblauen Augen zu verlieren. „Also, ich bin mir nicht sicher, ob Trina dir das gesagt hat, aber ich habe zum ersten Mal einen Bodyguard. Bitte sei geduldig mit mir, wenn ich mich daran gewöhne, einen Schatten zu haben. Ich weiß sicher, dass ich dich am Set haben will, wenn wir freitags vor Publikum filmen. Wir haben noch neun Wochen Aufnahmen, und dann bin ich mir nicht sicher, wo ich danach sein werde. Viel hängt davon ab, ob eine weitere Staffel der Show bestellt wird. Erst dann weiß ich, wann ich für zukünftige Rollen verfügbar bin. Aber wenn wir beide das Gefühl haben, dass es funktioniert, frage ich mich, ob du auch bereit bist, zu reisen?"

Er reibt sich den Nacken. „Darüber muss ich nachdenken."

Ich hebe eine Hand. „Tut mir leid. Ich denke viel zu weit voraus. Wir werden sehen, wie es läuft. Du bleibst am Aufnahmetag in meiner Nähe und begleitest mich zur und von der Arbeit. Ich weiß, dass ich nachts besser schlafen werde, wenn ich weiß, dass du nebenan bist." Ich habe kürzlich die Wohnung nebenan gekauft, um meine eigene zu erweitern. So weit bin ich noch nicht, doch jetzt ist es praktisch, die zweite Wohnung direkt neben meiner zu haben.

Seine Lippen verziehen sich zu einem leisen Lächeln und mein Puls beginnt zu pochen. „Klingt so, als würden wir viel Zeit miteinander verbringen. Es ist gut, sich kennenzulernen. Ich muss sagen, du klingst nicht so tough wie im Fernsehen." *Living Gold* lief noch nicht im Fernsehen, daher kann er nur meinen CEO-Charakter meinen.

Ich versuche, die Irritation aus meiner Stimme herauszuhalten. „Das liegt daran, dass Amanda Boxer eine Figur war, die ich gespielt habe, nicht ich." Ich weiß nicht, warum die Leute das nicht verstehen.

Er beugt sich vor. „Das zeigt mir, was für eine großartige Schauspielerin du bist."

„Oh." Ich fahre mit dem Finger über die Naht des Sofakissens und starre darauf. Ich bin nicht besonders gut darin, Komplimente anzunehmen, da ich als Kind so wenige bekommen habe. General Joan hat mich *nicht* verhätschelt.

Er lehnt sich auf dem Sofa zurück und fährt fort: „Du scheinst im wirklichen Leben süß zu sein."

„Na ja, süß hilft nicht in einem Kampf."

Er schmunzelt, und seine aquamarinblauen Augen funkeln. Mein Magen schlägt noch so einen verrückten Salto. „Wahrscheinlich nicht, aber ich mag es."

Meine Wangen erhitzen sich, mein Herz pocht, und mein Verstand meldet sich vollständig ab. Ich bin vollkommen verwirrt von den Komplimenten und seiner erotischen Ausstrahlung. *Professionell. Bleib professionell.*

„Du bist genauso, wie ich es mir erhofft hatte", sage ich. *Und unverschämt attraktiv.* Ich hätte meiner Liste der Anforderungen an meinen Bodyguard „wenig attraktiv" hinzufügen sollen.

Er neigt den Kopf. „Inwiefern bin ich genauso, wie du es dir erhofft hast?"

Ich gestikuliere mit beiden Händen in Richtung seiner massiven Schultern und seiner Bizepse. „Muskelbepackt."

„Gar kein Klischee."

Ich lache ein bisschen. „Ich meine –"

„Ich weiß, was du meinst. In meinem Job bleibe ich gerne fit. Verhindert Verletzungen."

Ich nicke. „Ergibt absolut Sinn. Ich hoffe, das war dir nicht unangenehm, als ich so über deine Muskeln gesprochen habe." Meine Wangen brennen. *Gott, Harper, könntest du ein schlechterer Boss sein? Deinen neuen Angestellten angaffen?*

Er schenkt mir ein höschenschmelzendes Lächeln. Seine Zähne blitzen weiß vor dem Hintergrund seines sexy Fünf-Uhr-Stoppelbarts. „Ich fühle mich sehr wohl."

Ich sterbe hier.

Das ist überhaupt nicht peinlich.

„Gut", sage ich leise.

Unsere Blicke kollidieren. Ich bin hin und weg und will ihm unbedingt näherkommen. Die Anziehung ist mit nichts zu vergleichen, was ich jemals zuvor empfunden habe. Wenn wir einen Chemietest auf dem Bildschirm hätten, wäre der Regisseur begeistert von uns als Paar. *Du brauchst ihn. Mach das nicht kaputt.* Ich kann den Blick nicht abwenden, gefangen von etwas Mächtigerem als mir. *Oh Gott, es ist gegenseitig. Die Anziehung ist gegenseitig. Ah, verdammt.*

Ich reiße meinen Blick los und versuche herauszufinden, wie ich mich in einer beruflichen Beziehung zurechtfinden kann, wenn ich so lüstern bin wie ein Teenager, der seinem Schwarm gegenübersteht. Und meinem Schwarm gefällt's.

„Was machst du gerne, wenn du nicht arbeitest?", fragt er.

Ich versuche lässig und normal zu klingen. „Ich mag Bücher und Musik, besonders Live-Shows."

Er rückt näher. „Ja? Ich auch. Ich besuche so viele Musikfestivals wie möglich."

Ich lächle. „Cool." Ich habe gehört, dass Musikfestivals Spaß machen, aber angesichts der Menschenmengen ist es mir unmöglich, wie ein normaler Mensch daran teilzunehmen. Ich war nur einmal da, als mich ein Headliner, der ein Freund von mir war, eingeladen hat. Ich habe von der Bühne aus mit seinen Sicherheitsleuten zugesehen.

Ein scharfes Klopfen an meiner Trailertür erschreckt mich, und ich springe auf. „Sie wollen mich wahrscheinlich wieder am Set. Wir sollten gehen."

Ich gehe zur Tür, öffne sie und erwarte einen der Produktionsassistenten. Stattdessen steht da ein furchteinflößend aussehender Mann mit kahlrasiertem Schädel und einer Tätowierung am Hals. Er trägt ein weißes Hemd, dessen zwei oberste Knöpfe offen sind und durch das ein weiteres Tattoo auf seiner linken Brust durchscheint. Gut, dass ich Joe hier habe. Wie ist dieser gruselige Kerl an der Sicherheit vorbeigekommen?

Seine braunen Augen sind auf meine gerichtet, als er mir seine Hand entgegenstreckt. „Harper Ellis, ich bin Joe Sullivan."

Mein Bodyguard.

Mein Magen sackt in meine Kniekehlen. „Was?", flüstere ich über das Brüllen in meinen Ohren.

„Ihr neuer Bodyguard", sagt er. „Ich habe mich auf dem Weg zu Ihrem Trailer leider ein wenig verlaufen. Hey, alles in Ordnung? Sie sehen irgendwie blass aus."

Der vollkommen Fremde, den ich in meinen Trailer gelassen habe, schiebt sich an mir vorbei und tritt nach draußen. „War wirklich schön dich zu treffen, Harper. Du solltest Joe was von dieser Schokolade anbieten." Er zwinkert, dreht sich um und geht.

Ich schlüpfe zurück in meinen Trailer, gehe zum Sofa und lasse mich fallen, kalter Schweiß auf meiner Stirn. Mein richtiger Bodyguard wartet draußen.

Wen zum Teufel habe ich in meinen Trailer gelassen?

2

Garrett

Was Abgänge angeht, war das ein ziemlich guter, doch der entsetzte Ausdruck auf Harpers Gesicht lässt mich zum Trailer zurückgehen. Ich weiß, dass das falsch war. Es ist nur so, dass ich den Moment nicht verderben wollte, indem ich ihr sagte, dass ich nicht ihr Bodyguard war. Außerdem ist die Chemie zwischen uns prickelnd. Sie will mich. Und ich prahle da nicht. Ich konnte es spüren, in ihren Augen sehen, in ihrer Stimme hören. Ich kann gut Leute lesen. Ich will sie auch, wenn wir einfach dieses Missverständnis überwinden könnten ...

Ich melde mich bei ihrem Bodyguard und lasse ihn wissen, dass ich am Set bin, weil meine Schwägerin Josie der Star von *Living Gold* ist. Ich bin sicher, er will es sich an seinem neuen Arbeitsplatz nicht mit den Stars verderben. Nachdem er es beim Boss des Sicherheitsdiensts bestätigt hat, lässt er mich durch.

Ich klopfe an ihre Trailertür und warte, während das Blut durch meine Adern rauscht. Mein erstes Mal am Set war bisher ein Abenteuer. Mit Potenzial für –

Die Tür fliegt auf. Aus Harpers haselnussbraunen Augen

blitzt pure Wut. Gott, sie ist wunderschön. Von ihrer Masse dunkelbrauner Locken bis zu ihrem sexy heißen Körper in diesem Nichts von einem Kleid bis hinunter zu ihren sexy, straffen Beinen.

„Wer bist du?", fragt sie. „Wie bist du hier reingekommen?"

„Gibt es ein Problem?", fragt ihr Bodyguard und tritt näher.

„Ich stehe auf der Liste", sage ich ihr. „Darf ich reinkommen? Ich würde es dir gerne erklären."

Sie winkt mich ungeduldig herein und sagt ihrem Bodyguard: „Schon gut."

Ich folge hier hinein und lasse die Tür leise hinter mir zufallen.

Sie stemmt die Hände in die Hüften. „Also? Erklär's mir."

Ich hebe beschwichtigend meine Hände. „Ich bin Garrett Rourke. Meine Schwägerin ist Josie Abbott, und ich war auf dem Weg zu meinem reservierten Platz im Studiopublikum, als ich dir begegnet bin." *Und du hast mich in deinen Trailer eingeladen.*

Sie presst die Lippen aufeinander. „Warum frage ich sie das nicht einfach, hmm?" Sie nimmt ihr Handy vom Sofa und tippt schnell mit gerunzelter Stirn. Sie hebt den Kopf. „Noch keine Antwort."

„Sean lenkt sie wahrscheinlich ab." *Wahrscheinlich haben sie Sex, aber hey, sie sind total verliebt und verheiratet, warum also nicht?* „Hast du meinen Bruder Sean kennengelernt? Starke Familienähnlichkeit." Leute aus der Nachbarschaft sagen, man kann einen Rourke-Sohn sofort erkennen, weil wir unserem Vater ähneln, mit demselben dunkelbraunen Haar, scharfen Wangenknochen und ähnlichem Körperbau. Ich bin der Einzige, der seine aquamarinblauen Augen geerbt hat, was angeblich das Zeichen eines wahren Herrschers von Villroy ist. Ja, ich habe königliches Blut. Mein Vater hat auf den Thron verzichtet, um meine Mutter, eine Bürgerliche, zu heiraten. Selbst wenn er vor all den Jahren nicht aus dem Königreich verbannt worden wäre, würde ich als jüngster von sechs Söhnen nie regieren. Das bin ich – das Baby der Familie, sogar mit sechsundzwanzig.

Sie lässt ihr Handy sinken und studiert mich für einen Moment. „Du siehst Sean ähnlich. Sehr sogar." Sie legt eine Hand auf ihre Stirn. „Ugh, ich komme mir wie ein Idiot vor. Ich habe angenommen, dass du mein Bodyguard bist, als ich gesehen habe, wie meine Assistentin mit dir gesprochen hat. Ich dachte, sie hat dich zu meinem Trailer geschickt, obwohl sie dir wahrscheinlich den Weg zu Josies Trailer gezeigt hat."

„Ja."

„Und ich habe dich praktisch hier reingezerrt. Das ist meine Schuld."

„Nein, eine echte Verwechslung." Ich lächle, was sie erröten lässt. Sie ist süß und ein bisschen schüchtern, eine ansprechende Kombination, und nichts, was ich von einer Schauspielerin erwartet habe. Josie ist laut und extrem kontaktfreudig.

Sie schüttelt den Kopf.

Ich hebe eine Hand. „Wenn es hilft, würde ich gerne dein Bodyguard sein. Wenn ich nicht schon einen Job hätte, meine ich. Ich arbeite für das Bau- und Immobilienentwicklungsgeschäft meiner Familie." Das klingt beeindruckender als es ist. Ich arbeite im Bautrupp, kein ausgefallener Titel wie meine älteren Brüder. Als unser Onkel das Geschäft an uns weitergegeben hat, ist mein ältester Bruder zum CEO ernannt worden. Als wir das Immobilienentwicklungsgeschäft aufgebaut haben, hat er meinen älteren Brüdern schicke Titel gegeben. Allen außer mir. Ich weiß, dass er mich auch nach acht Jahren harter körperlicher Arbeit immer noch als den jungen Unerfahrenen sieht. Doch ein Teil von mir vermutet, dass es auch daran liegt, dass ich der Beste in meinem Job bin. Ich kann jeden Aspekt auf dem Bau mit Liebe zum Detail erledigen, was zufriedene Kunden garantiert.

Harper sinkt auf das Sofa. Sie wirft einen Blick auf ihr Handy und liest, bevor sie meinem Blick begegnet. „Josie ist begeistert, dass du hier bist, und so glücklich, dass wir uns begegnet sind. Sie hat eine Menge Party-Emojis geschickt." Sie hält ihr Handy hoch, um mir eine tanzende Cheerleaderin, ein Feuerwerk und eine Champagnerflasche zu zeigen.

Ich grinse. „Klingt ganz nach Josie."

Sie legt ihr Handy neben sich auf das Sofa, schlägt sich die Hände vors Gesicht und sieht mich zwischen ihren Fingern hervor an. „Ich schäme mich so."

Ich gehe auf sie zu. „Tu das nicht. Ich hätte was sagen sollen, aber es hat sich angefühlt, als wäre da eine echte Verbindung, weißt du? Ich wollte den Moment nicht verderben, indem ich zugebe, dass ich nicht der bin, für den du mich gehalten hast."

Sie lässt ihre Hände sinken und sieht mich mit leuchtend roten Wangen an. Im Fernsehen sieht man sie nie erröten. Kann sie aufs Stichwort rot werden? Das Schauspielern ist eine so seltsame und faszinierende Welt. Ich komme nicht darüber hinweg, wie wenig sie im wirklichen Leben mit ihrer Figur Amanda gemein hat.

Sie seufzt. „Okay, ich denke, ich habe mir das selbst zuzuschreiben, dass ich dich angequatscht und dir Wasser und Schokolade aufgedrängt habe."

Ich lache. „Das hat mir gezeigt, wie süß du bist. Du hattest nur drei kleine Schokoladenstücke, aber du hast mir eins davon angeboten."

Sie starrt auf meine Brust. „Ich wollte nur das neueste Mitglied meiner kleinen Entourage willkommen heißen."

„Wer gehört sonst noch dazu?"

Sie winkt ab. „Niemand, der die ganze Zeit um mich herum ist wie ein Bodyguard, deshalb habe ich versucht, nett zu sein. Ich habe einen Publizisten, Agenten, Manager und eine Assistentin, die sich um mich kümmert."

„Cool."

Sie steht auf. „Ich denke, ich sollte den echten Joe reinlassen und ihn begrüßen." Sie schüttelt den Kopf und murmelt: „Das wird sonst peinlich."

„Lass mich dir meine Nummer geben. Ich lebe nicht weit von Josie und Sean entfernt. Ich housesitte für sie, wenn sie beruflich unterwegs ist." Ich will, dass sie weiß, wie sehr Josie mir vertraut, damit sie weiß, dass *sie* mir vertrauen kann.

„Oh. Äh ..." Sie errötet noch mehr, wenn das überhaupt möglich ist, und die Röte breitet sich auf ihren Hals aus. „Eigentlich habe ich einen Freund. Colton Young. Er ist gerade nicht ..." Aus ihrem Handy dudelt der Rolling Stones Song. *I Can't Get No Satisfaction.* Sie lächelt mich entschuldigend an. „Das ist er. Er filmt eine Rolling Stones- Filmbiographie. Tut mir leid. Ich muss rangehen. Ähm, du kannst dir gern eine Flasche Wasser nehmen, bevor du gehst."

Selbst wenn sie mir einen Korb gibt, will sie mir etwas geben. „Sicher, danke." Ich kann immer Wasser gebrauchen, nachdem ich an einem heißen Tag gearbeitet habe. Wir haben heute früh auf der Baustelle angefangen, um die schlimmste Hitze zu vermeiden. Ich gehe hinüber und öffne den Minikühlschrank, in dem eine ordentliche Reihe von Wasserflaschen und auf dem oberen Regal Light-Eistees liegen. Ich nehme ein Wasser und beobachte sie, während ich aufmerksam zuhöre, was Colton sagt. Ihre Miene ist angespannt.

Ich gehe zur Tür und bleibe mit einer Hand am Knauf stehen. Ich kann nicht widerstehen, sie noch einmal über die Schulter anzusehen. Etwas an ihr zieht mich an. Sie starrt in die Ferne und runzelt die Stirn, bevor sie mit eiskalter Stimme sagt: „Dann lass uns einfach zur Sache kommen und es jetzt beenden. Goodbye, Colton."

Sie blickt zur Decke und blinzelt die Tränen zurück.

Ich kann sie in ihrer Not nicht allein lassen. „Bist du okay?"

Sie strafft ihre Schultern und hebt ihr Kinn, eine stählerne

Kälte in ihrem Blick. Es erinnert mich an die toughe Geschäftsfrau, die sie zuvor gespielt hat, was bedeutet, dass sie nur schauspielert.

„Du scheinst –"

„Mir geht's gut", sagt sie durch die Zähne. „Colton war nur so nett – seine Worte, nicht meine – mir Bescheid zu geben, dass er jetzt mit seinem Co-Star zusammen ist." Sie presst ihre Lippen fest aufeinander. „Er wollte nicht, dass es mich unvorbereitet trifft."

Ein Fremdgeher. Was für ein Arsch. Er hat ihre Süße nicht verdient. „Wow. Das ist Scheiße."

Sie verschränkt die Arme und umarmt sich. „Ja, die gute Nachricht ist, dass er hofft, dass wir uns sicher sind, dass wir zu einer festen Beziehung bereit sind, nachdem wir beide andere Leute gedatet haben. Ich war so dumm. Nach sechs Monaten zusammen dachte ich, wir hätten eine feste Beziehung."

Totales Arschlochverhalten. „Trennungen sind derb."

Sie nickt ruckartig. „Er sagt, sie sind zusammen ausgegangen, was bedeutet, dass es bald in den Medien und im ganzen Internet ist." Sie seufzt. „Ich muss meinen Publizisten anrufen, um Schadensbegrenzung zu betreiben. Nicht zum ersten Mal, weil so ein Typ ... Gott, ich habe es so *satt* – tut mir leid." Sie hebt eine Hand. „Du hast es nicht verdient, dass ich mich bei dir auskotze."

„Mach nur, passt schon."

Sie presst ihre Lippen fest aufeinander und schüttelt langsam den Kopf.

Ich habe nie über die Öffentlichkeit von Beziehungen bekannter Schauspieler nachgedacht. Das muss noch beschissener sein.

Die Tür zum Trailer wird geöffnet, und ihr Bodyguard steckt seinen Kopf herein. „Sie sagen, dass Sie am Set gebraucht werden. Sie bringen das Publikum in zwanzig Minuten rein."

Sie holt tief Luft. „Okay, danke, Joe." Sie dreht sich zu mir um. „Das ist mein Stichwort."

„Meins auch. Josie hat mich auf irgendeine Liste gesetzt, also kann ich früher am Set sein."

Sie starrt mich einen Moment lang an und schüttelt dann den Kopf. „Was für ein Tag."

Ich folge ihr hinaus, und sie schließt die Tür hinter sich ab. Wir gehen zu dritt zur Soundbühne von Chelsea Piers. Joe ist still, wachsam und scannt den Bereich, während wir über den Asphalt gehen. Er steigt über abgeklebte Kabel, die zu den Trailern führen.

Eine Frau, die ein Headset trägt, gestikuliert Harper eilig zu, dass sie die Soundbühne betreten soll. Sie eilt voraus, Joe hält mit ihr Schritt. Sie winkt mir über die Schulter zu. „Schön, dich kennengelernt zu haben. Tschüss!"

„Sicher, Tschüss." Sie wird nach drinnen geschoben, und ich werde von der Headset-Dame angehalten und befragt. Ein paar Momente später winkt sie mich ebenfalls hinein.

Ich gehe zu meinem reservierten Platz in der ersten Reihe und sehe Josie am Set, die mit Harper und einem anderen Mann spricht. Josie sticht mit ihren roten Haaren und ihrer sprudelnden Persönlichkeit immer heraus und gestikuliert begeistert. Nachdem sie ihre Unterhaltung beendet haben, winke ich ihr zu. „Josie!"

Sie wirft ihre Arme hoch wie eine Cheerleaderin. „Garrett! Du hast es geschafft!" Sie eilt auf mich zu, und ich treffe sie auf halbem Weg. Sie umarmt mich und zieht sich zurück; ihre blauen Augen leuchten. „Ich bin so froh, dass du kommen konntest. Das wird eine großartige Folge. Sean holt gerade was aus meinem Trailer. Er wird bei dir sitzen." Sie deutet auf das Set, das das Innere einer Villa darstellt – Wohnzimmer, Stufen, die nirgendwohin führen, und eine angrenzende Küche. „Und, was denkst du?"

Mein Blick fällt auf Harper, die vom Set geht. „Bisher war es fantastisch."

„Oh? Ich höre eine Unterströmung von *ich muss Harper Ellis da drin treffen*", sagt sie mit neckender Stimme. „Bist du ein Fan? Ich liebe sie! Eine der besten Szenenpartnerinnen aller Zeiten."

„Ja, sie ist sehr talentiert, aber ich fürchte, sie ist nicht gut drauf. Sie hat sich gerade nach sechs Monaten von jemandem getrennt."

Josie reißt die Augen auf. „Sie und Colton haben sich getrennt? Ich hatte keine Ahnung. Ist das gerade etwa direkt vor deiner Nase passiert?"

„Ich habe sie telefonieren gehört. Vielleicht solltest du nach ihr sehen?"

„Ja. Mach ich absolut. Nach den Aufnahmen allerdings. Ich will sie nicht aus dem Konzept bringen." Sie runzelt die Stirn. „Armes Ding." Sie streckt sich auf Zehenspitzen und küsst meine Wange. „Ich muss los, bevor sie das Publikum reinlassen. Viel Spaß!"

Sie geht los und wird von meinem Bruder Sean auf halbem Weg abgefangen. Sie begrüßt ihn begeistert, als wäre er gerade angekommen, obwohl er wahrscheinlich die ganze Zeit hier war. So ist sie mit ihm. Sean hat verdammt viel Glück, eine Frau zu haben, die ihn mit Leib und Seele liebt wie Josie.

Ich bin bereit für diese große Liebe. Wenn ich nur die richtige Frau finden könnte. Harper kommt mir als jemand mit Potential in den Sinn. Aber ich weiß es besser, als mich als Reboundbeziehung anzubieten. Solche Beziehungen funktionieren nie. Es geht hauptsächlich um Glück und Timing. Obwohl ich mir insgeheim wünschte, es würde um das Schicksal gehen, denn dann würde es einfach passieren, und nichts, was ich getan habe, keine Wahl, die ich getroffen habe, würde jemals falsch sein. Das Schicksal würde das Steuer übernehmen und mir die Eine bringen. Nenn mich einen Romantiker.

Aber ich habe guten Grund dazu. Die Eine gibt es wirklich. Ich habe es bei meinen Eltern gesehen. Mein Vater hätte König werden und ein tolles Leben in einem Palast auf einer wunderschönen Insel führen können. Stattdessen hat er alles aufgegeben, um „die beste Frau der Welt" zu heiraten. Seine Worte, die er oft zu ihr und zu jedem sagt, der es hören will oder auch nicht. Danach halte ich Ausschau. Wenn ich mit absoluter Sicherheit weiß, dass ich alles geben würde, um mit dieser besten Frau der Welt zusammen zu sein, dann ist genau das die Eine für mich.

Sean steigt die Stufen zu den Sitzplätzen hinauf und klopft mir auf den Rücken, als er sich neben mich setzt. Er ähnelt mir sehr mit seinen kurzen dunkelbraunen Haaren und seinem Stoppelbart, nur, dass er die blauen Augen unserer Mutter geerbt hat. „Hey, Beast, hab gehört, dass du Harper getroffen hast. Glückspilz! Bist zum ersten Mal am Set und triffst gleich einen Star." Meine älteren Brüder nennen mich wegen meiner Muskeln Beast. Verklagt mich doch, wenn ich mich fit halten will. Ich denke, es ist besser als mein alter Spitzname. Mom hat mich ihren Teddybär genannt.

„Ja, ich Glückspilz", sage ich.

„Was ist los? Hat sie dich weggejagt?"

Im Gegenteil. Die Anziehung war intensiv. Wenn sie mir nicht gesagt hätte, dass sie einen Freund hat, hätte ich geschworen, dass sie genauso in mich verknallt ist wie ich in sie. „Nein, wir haben uns nett unterhalten."

Er beugt sich vor. „Nett, was? Das ist Beast für du stehst auf sie. Du magst die netten Mädchen."

„Tut das nicht jeder?"

Er lehnt sich in seinem Sitz zurück. „Sie sind nicht schlecht. Du solltest Harper auf ein Date einladen. Sie und Josie verstehen sich, wir könnten ein Doppeldate draus machen."

„Sie hat einen Freund. Nein, hatte. Sie haben sich gerade getrennt."

„Perfekt. Deine Chance."

Ich sehe ihn von der Seite an. „Schon mal was von Reboundbeziehungen gehört?"

„Hast du jemals davon gehört, sie einzuladen, bevor der nächste heiße Schauspieler kommt und ihr den Kopf verdreht?" Er beugt sich vor und spricht in einem verschwörerischen Ton. „Das ist eine andere Welt voller schöner reicher Menschen. Du musst schnell machen." Er muss es wissen. Er leitet die Royal Rourke Foundation in den USA und networkt hauptsächlich mit Josies Hollywood-Verbindungen, um Spenden für die Verbesserung der Lebensqualität in den Gegenden von Brooklyn zu sammeln, in denen wir arbeiten. Es ist Teil unserer Mission als Familienunternehmen, durch die Schaffung von Parks, Spielplätzen und anderen Dingen, mit denen die Nachbarschaft aufgewertet werden kann, bei jedem Projekt, das wir abwickeln, etwas zurückzugeben.

Trotzdem bedeutet mir der *schöne reiche Menschen* Blickwinkel nicht viel. „Wenn es das ist, worauf sie Lust hat, dann bin ich sowieso nicht der Richtige für sie." Ich bin Bauarbeiter, nicht mehr und nicht weniger. Wenn ich mir manchmal Seans großartiges Leben ansehe, denke ich auch über was anderes für mich nach. Ich arbeite seit meinem Schulabschluss für das Baugeschäft meiner Familie und habe mich in letzter Zeit irgendwie unruhig gefühlt. Ich arbeite gerne mit meinen Brüdern, aber ich frage mich immer häufiger: ist das alles für mich?

Aber was zum Teufel sollte ich sonst mit nur einem Highschoolabschluss und ohne andere vermarktbare Fähigkeiten als als Bauarbeiter machen? Ich kann mir nicht vorstellen, zu tun, was Sean tut, mit seinem Networken, um Geld für den gemeinnützigen Arm unseres Familienunternehmens zu sammeln. Nicht, dass er meine Hilfe brauchen würde. Außerdem ist mir meine Familie wichtig. Nur einer meiner Brüder hat jemals das Geschäft verlassen, und er wird wahrscheinlich irgendwann zurückkommen. Die Familie hält zusammen, egal was passiert. Mein Vater hat uns das eingebläut. Er hat seine Familie verloren, als er ins Exil geschickt wurde, und wollte, dass seine neue Familie – wir – zusammenhält. Ich werde ihn nicht im Stich lassen.

Sean schlägt mir auf die Schulter. „Wann bist du so reif geworden? Solltest du dir nicht die Hörner abstoßen?"

„Das wird langweilig."

„Ja, ich weiß, was du meinst. Als ich das Gefühl hatte, habe ich angefangen, wählerischer darin zu werden, mit wem ich Zeit verbringe."

Ich spüre, dass mich jemand anstarrt, und als ich mich umdrehe, steht Harper direkt hinter dem Wohnzimmerset. Sie wirbelt herum und stößt mit Joe zusammen, der hinter ihr steht. Sie ist es nicht gewohnt, einen Schatten zu haben. Ich kann von hier aus sehen, wie sie rot wird, als sie etwas zu ihm sagt und hinter einer langen Flurwand außer Sichtweite eilt. Joe folgt.

Vielleicht sollte ich zu mehr dieser Aufnahmen gehen. Wenn sonst nichts passiert, sind sie wenigstens unglaublich unterhaltsam.

Ja, das ist der Grund.

3

Garrett

Am nächsten Morgen, am Samstag, dusche ich nach meinem üblichen Lauf, ziehe mich an und lasse mich auf das Sofa fallen, um auf meinem Handy nach Nachrichten zu suchen. Mein Herz schlägt schneller. Harper hat mir letzte Nacht eine Nachricht geschrieben, nachdem ich mein Handy ausgeschaltet hatte. Genauer gesagt, eine Menge Nachrichten. Sie muss meine Nummer von Josie bekommen haben. Ich trainiere morgens immer, bevor ich bei der Welt einchecke, also bin ich überrascht. Heilige Scheiße.

Harper: *Ein Reporter hat mich vor meinem Wohnhaus überrascht und mich nach Colton und seiner neuen Liebe gefragt. Ich bin in Panik geraten und habe gesagt, wir hätten zusammen beschlossen, andere Leute zu sehen, und dass ich froh war, dich getroffen zu haben.*

Ich habe deinen vollständigen Namen genannt. Es ist mir einfach so rausgerutscht. Tut mir furchtbar leid. So uncool.

Ich fühle mich schrecklich.

Es wird Presse darüber geben. Ignoriere es einfach, okay? Mein Publizist wird das alles verschwinden lassen.

Tut mir leid.

Ich starre auf das Display und bin mir nicht sicher, wie ich reagieren soll. Während ich da sitze und versuche herauszufinden, was das alles bedeutet, schreibt Sean mir eine SMS. *Geschmeidiger Hund. Du hast gesagt, dass du nichts mit Harper versuchen willst.*

Er schickt einen Link zu einem Artikel. Es ist eine dieser Klatschseiten, und da ist ein großes Bild von Harper und Colton mit einem gezackten Riss in der Mitte. Gleich daneben ist Colton mit dem Arm um eine andere Frau, einer schönen zierlichen Blondine. Der Artikel geht weiter und weiter darüber, dass das perfekte Hollywood-Paar jetzt Geschichte ist, weil Colton und sein Co-Star Taylor eine stärkere Liebe haben. Ich überfliege den Artikel und suche nach meinem Teil. Schließlich finde ich ihn in einem Zitat von Harper: „Mir geht's gut. Wir haben uns vor ein paar Wochen entschieden, andere Leute zu sehen, und ich bin sehr froh, dass ich Garrett Rourke getroffen habe."

Ich lege das Handy auf den Sofatisch und starre einen Moment lang verständnislos vor mich hin. Sie hat mich da reingezogen, ohne mich vorher zu fragen. Das ist schlecht.

Ich stehe auf und gehe im Wohnzimmer auf und ab. Andererseits hat sie sich entschuldigt und hat ja auch nur gesagt, dass sie froh ist, mich getroffen zu haben. Sie hat nicht gesagt, dass wir ein Paar sind.

Aber das impliziert es, nicht wahr?

Ich halte vor dem hässlichen Stück moderner Kunst an der Wand an, das ich irgendwie an der Backe habe, und starre es an. Dieses „Kunstwerk" – violette und rote Kritzeleien mit einem gelben Punkt in der Mitte – gehört meinem Bruder Connor, der es zurückgelassen hat. Er lässt es mich nicht wegwerfen, weil unser Bruder Jack es ihm zum Geburtstag geschenkt hat, doch er will es auch nicht mitnehmen, weil Cons Frau sagt, dass es nicht zu ihrer Einrichtung passt. Jetzt habe ich das Ding. Ich nehme es von der Wand und drehe es um.

Zurück zum Auf-und-ab-Gehen. Vielleicht ist es schmeichelhaft, dass Harper mich erwähnt hat. Vielleicht ist sie wirklich froh, mich getroffen zu haben. Das könnte eine Gelegenheit sein. Hat das Schicksal eingegriffen und uns aneinandergebunden?

Ich greife nach Strohhalmen. Ich nehme mein Handy und schreibe ihr zurück. *Habe gerade deine Nachrichten bekommen. Danke für die Warnung.*

Harper: *Tut mir wirklich leid. Bist du mir böse?*

Ich denke einen Moment nach. Ich will sie zu sehr, um wütend zu sein, und was sagt das über mich aus? Das ist so eine bizarre Situation. Ich wurde nur einmal zuvor in einem Artikel erwähnt, als mein ältester Bruder, Dylan, in Villroy geheiratet hat. Es war das erste Mal, dass unser Zweig der Familie nach der Verbannung meines Vaters eine Hochzeit im Königreich gefeiert hat. Es war also eine große Sache. Die Versöhnung zwischen den Rourkes aus Villroy und den Rourkes aus Brooklyn ist relativ neu.

Ich schreibe zurück. *Alles gut, keine Sorge.*

Ich muss mit Josie sprechen, bevor ich irgendetwas mit Harper verfolgen kann. Josie ist eine ausgezeichnete Menschenkennerin, sie weiß, wie die Branche und die Medien funktionieren, und sie wird ehrlich zu mir sein. Ich schreibe ihr eine SMS, und sie lädt mich sofort zum Abendessen ein, was ich annehme.

Ich setze mich auf das Sofa und beschließe, ein bisschen zu recherchieren. Ich tippe auf meinem Handy auf die Google-App und tippe meinen Namen ein, um zu sehen, wie weit die Kreise sind, die diese Sache mit Harper gezogen hat. Ich stoße einen leisen Pfiff aus. Sie muss ein noch größerer Name sein, als mir bewusst war, denn es gibt unzählige Artikel über die Trennung, und einige fragen sich, wer ich bin, mit Links zu einem Bild von mir auf einem Gruppenfoto von Dylans Hochzeit. Ein roter Pfeil zeigt auf meinen Kopf. Das ist wirklich seltsam.

Als ich mit einer Flasche Rotwein in der Hand zum Abendessen in Seans und Josies Sandsteinhaus in Park Slope in Brooklyn ankomme, öffnet Josie die Tür. „Komm herein! Schön, dass du da bist." Sie nimmt den angebotenen Wein. „Du bist so süß! Mein Lieblingswein." Sie neigt den Kopf und bietet mir ihre Wange an.

Ich beuge mich herunter, um sie zu küssen. „Danke für die Einladung!"

Sie weist mich an, ihr nach unten in die Küche zu folgen. „Sean hat heute Abend Kochdienst."

Gott sei Dank! Josie ist eine Katastrophe in der Küche. Sie versucht es aber trotzdem weiter. Sie ist gnadenlos optimistisch.

„Was gibt's?", frage ich.

„Dieses coole Fischgericht, bei dem du den Fisch in Pergamentpapier einwickelst und mit Gemüse kochst."

„Mediterraner Fisch *en Papillote*", sagt Sean und klingt äußerst kultiviert. Die Sache mit Sean ist, dass er genau wie ich war, ein normaler Bauarbeiter, aber er hat sich davon nicht definieren lassen. Er engagiert sich stark für Spendenaktionen für Habitat for Humanity und hat dabei einen anderen Personenkreis kennengelernt – gebildete, wohlhabende Leute. Er ist ein bisschen wie ein Chamäleon und passt sich seiner Umgebung an. Wenn er in der Stadt ist, hilft er gelegentlich immer noch im Bautrupp aus, wenn wir ihn bei der Arbeit brauchen, aber ansonsten kniet er sich in die Arbeit für die Rourke Foundation oder begleitet Josie ans Set. Sie verdient mehr als genug Geld für beide.

„Setz dich", sagt Josie und zeigt auf einen der drehbaren Eisenhocker an der Center. „Willst du ein Glas von diesem köstlichen Wein oder eins von Seans Bieren?"

Ich grinse. „Da musst du fragen?"

Sean nickt mit dem Kinn von der Insel, auf der er Gemüse hackt. „Was geht? Alles gut?"

„Alles gut." Auf dem Weg an ihm vorbei drücke ich seine Schulter und setze mich.

Josie schüttelt lächelnd den Kopf. „Du musst nicht nur für mich Wein mitbringen." Sie holt mir ein Bier, öffnet es und sucht nach einem Glas.

Ich strecke meine Hand aus. „Gib her. Ich trinke es direkt aus der Flasche."

Sie gibt mir die Flasche und macht sich an die Arbeit, den Wein zu entkorken. Jazz rieselt im Hintergrund aus Lautsprechern in der Decke. Sean hat dieses Haus von Grund auf renoviert und sich nicht lumpen lassen. Auch die Geräte sind erste Sahne.

Ein paar Augenblicke später schließt Josie sich mir an der Insel an und stößt ihr Glas gegen meine Flasche. „Prost!"

„Prost."

Ich überlege, wie ich sie nach ihrer Meinung über die Harper-Situation fragen kann, ohne, dass es sich anhört, als wäre ich *zu* interessiert. Josie ist die Art Mensch, die übermäßig begeisterungsfähig ist und gerne versucht, Kuppler zu spielen. Ich bin mir nicht sicher, was ich mit Harper will. Ich bin zum Teil angepisst, dass sie meinen Namen da reingezogen hat, ohne mich zu fragen, und zum Teil geschmeichelt, dass sie will, dass die Öffentlichkeit sie und mich in einen Zusammenhang bringt. Ist sie die Art Mensch, die Leute den Wölfen zum Fraß vorwirft, damit sie gut dasteht, oder war es nur eine einmalige Panikreaktion? Ich will glauben, dass sie ein guter Mensch ist.

Josie stupst meine Schulter mit ihrer an. „Ich habe Harper gestern nach dem Aufnehmen eine SMS mit deiner Nummer geschrieben, und jetzt höre ich, dass ihr datet. Ich freue mich so für dich. Ich wusste einfach, dass ihr zwei gut zusammen-passen würdet."

„Josie", sagt Sean mit einem Anflug von Verzweiflung in seiner Stimme, „du hast mir nicht gesagt, dass du es wirklich getan hast."

„Was?", fragt sie und blickt zwischen uns hin und her. „Sie sind beide Single und großartig. Warum sollte ich nicht wollen, dass sie zusammenkommen?"

Ich beiße die Zähne zusammen. Ich habe Harper vor den Aufnahmen angeboten, ihr meine Nummer zu geben, sie hat abgelehnt, und dann hat Josie sie ihr trotzdem geschickt. Dachte Harper, ich hätte Josie darum gebeten? So verdammt peinlich, als würde ich mich nach ihr verzehren. Ich habe mich noch nie nach einer Frau verzehrt. Dafür ist mein Charme da.

„Du hättest ihr nicht meine Nummer geben sollen", sage ich. „Ich brauche keine Hilfe beim Daten. Wir sind auch nicht zusammen. Sie hat den Medien von *uns* erzählt, ohne mich vorher zu fragen." Ich kneife die Augen zusammen. „Ich mag es nicht, von euch beiden überrumpelt zu werden."

„Ohhh, ich wusste nicht, dass es so mit ihr gelaufen ist", sagt Josie und ignoriert bequemerweise ihr eigenes Fehlverhalten. Sie neigt den Kopf. „Hm. Das ist untypisch für sie. Vielleicht hat ein Reporter sie überfallen, und sie ist in Panik geraten."

Ich trinke einen Schluck Bier. „Ja, das hat sie gesagt."

Sie drückt meinen Arm. „Bist du ihr böse?"

„Ich bin mir nicht sicher", gebe ich zu.

„Weil er auf sie steht", bemerkt Sean. „Ich habe ihm gesagt, wir könnten auf ein Doppeldate gehen."

Josie klatscht in die Hände, und ihre Augen leuchten. „Das wäre großartig. Und wenn du heiraten würdest, wäre sie meine Schwester! Oh, Leute, ihr wisst, ich wollte schon immer eine Schwester haben."

Ich starre sie an. Ist sie verrückt? „Josie, wir haben uns buchstäblich gerade erst kennengelernt."

„Und du hast jetzt Schwägerinnen", betont Sean und nimmt eine Rolle Pergamentpapier aus einer Schublade.

Josie strahlt ihn an. „Ich weiß, aber ich bin habgierig."

Er legt das Pergamentpapier auf die Insel, nimmt ihr

Gesicht in seine Hände und küsst sie. „Ich liebe dich", sagt er heiser.

Sie tanzt praktisch. „Ich dich auch!"

Ich trinke einen langen Schluck von meinem Bier und ignoriere den Stich des Neides. Ich freue mich für sie, für alle meine Brüder und ihre Liebe. Es ist dumm, dass ich das Gefühl habe, dass ich zurückgelassen wurde. Der Jüngste ist immer zuletzt dran. Und wenn schon? Es ist kein Rennen.

Josie bemerkt meinen zweifellos düsteren Ausdruck und wird ernst. „Ich glaube nicht, dass sie dich verletzen wollte, indem sie dich erwähnt hat. Du musst verstehen, wie sehr sie im Fokus der Öffentlichkeit steht. Die Leute kennen sie von *Capital Asset*, und sie war vorher in zwei Teenie-Shows. Sie hat angefangen zu arbeiten, als sie fünfzehn war, also hat die Öffentlichkeit das Gefühl, sie zu kennen. Sie wollen wissen, mit wem sie zusammen ist und was sie mit ihrem Leben anfängt. Das kann eine Menge Druck sein. Und diese Sache mit Colton …" Sie schüttelt den Kopf. „Ich denke, die Leute haben Mitleid mit ihr, weil sie betrogen worden ist, also hat sie das umgedreht. Sie versucht wahrscheinlich, es so aussehen zu lassen, als wäre es eine beiderseitige Entscheidung, damit sie nicht wie das arme Opfer aussieht. Dein Name ist aufgetaucht, weil sie gerade zuvor mit dir gesprochen hatte." Sie hebt einen Finger. „Aber unbewusst will sie mit dir zusammen sein."

Hoffnung drängt an die Oberfläche, und ich ringe sie gnadenlos nieder. Harper hat nur über mich gesprochen, um das Gesicht zu wahren. Ich hatte nicht gewusst, dass sie schon so lange bekannt war. Ich kannte sie nur von dieser einen Show. Ich verfolge Promi-Klatsch nicht, und diese Teen-TV-Shows habe ich nie gesehen. Sie waren wahrscheinlich für Mädchen.

Ich spüre, wie Josie mich anstarrt. „Okay, ich verstehe, warum sie nicht als Opfer dastehen will, nachdem Colton sie mit seiner neuen Freundin überrumpelt hat. Weißt du, diese

Schauspielerei ist wirklich ein zweischneidiges Schwert. Du kannst die Arbeit machen, die du liebst, aber der Preis ist, dass du deine Privatsphäre dafür aufgibst."

„So ist es. Und sie hat ein paar gruselige Stalker-Vorfälle gehabt, seit sie Amanda Boxer gespielt hat. Das Letzte, was sie will, ist, in irgendeiner Weise schwach zu wirken."

Mein Bauch zieht sich zusammen. „Was für gruselige Stalker-Vorfälle?"

„Der letzte war ein Typ, der in ihre Wohnung eingebrochen ist und sie angebettelt hat, ihn auszupeitschen."

„Himmel!"

Sean schüttelt den Kopf. „Kranker Typ."

„Was ist passiert?", frage ich. „Was hat sie getan?"

Josie richtet sich auf. „Ich muss sagen, dass sie verdammt schnell gedacht hat, nachdem sie aus dem Schlaf gerissen worden ist. Sie hat ihm gesagt, dass sie ihn im Kleiderschrank gefesselt sehen wollte, bevor sie es tun würde. Also hat sie ihn mit ihrem Springseil in ihrem Schlafzimmerschrank festgebunden, ist aus der Wohnung geflohen und hat die Polizei gerufen. Als sie gekommen sind, hat er immer noch eifrig auf sie gewartet."

Mein Magen dreht sich. „Sie muss Angst gehabt haben." Die süße Harper allein einem Eindringling gegenüber. Kein Wunder, dass sie einen Bodyguard engagiert hat. Scheiße. Deshalb sah sie entsetzt aus, als sie begriffen hat, dass ich nicht ihr Bodyguard war. Sie schien jedoch keine Angst gehabt zu haben und hat mich trotzdem in ihren Trailer eingeladen, damit ich mich entschuldigen konnte. Vielleicht hat sie gespürt, dass von mir keine Gefahr ausgeht. Ich würde niemals eine Frau verletzen.

Josie fährt fort. „Ja, und es gab noch andere. Typen fühlen sich von der toughen Amanda angezogen, als wäre sie eine Art Domina, oder sie fühlen sich bedroht und wollen sie dominieren. Normalerweise ist es nur verbale Belästigung, aber es gab einige Vorfälle, in denen ein Typ sie an den Haaren gepackt oder begrapscht hat."

Kalte Wut überkommt mich. Ich hasse es, dass sie sich von diesen Männern bedroht fühlte, nur weil sie im Fernsehen ihren Job macht. Ich wünschte fast, ich wäre ihr Bodyguard, weil ich jedem Kerl in den Arsch treten würde, der versuchen würde, in ihre Nähe zu kommen.

„Ich kann nicht fassen, dass das alles wegen einer Rolle ist, die sie im Fernsehen gespielt hat", sage ich. „Kennen diese Leute wirklich nicht den Unterschied zwischen Fiktion und Realität?"

Sie hebt eine Schulter. „Ich weiß. Nicht, dass es diese Art von Verhalten entschuldigen würde. Keine Frau sollte belästigt werden, weil sie so ist, wie sie ist, egal ob das tough oder sanft ist."

„Vollkommen richtig", sage ich.

„Absolut", mischt sich Sean ein.

Josie lächelt ihn süß an, bevor sie sich wieder zu mir umdreht. „Wie auch immer, ich will nur, dass du verstehst, wie sie tickt. Sie ist wirklich der süßeste Mensch, aber selbst jemand so Süßes wird, wenn er sich bedroht fühlt, alles tun, um sich zu schützen. Sie durfte einfach nicht schwach und allein aussehen. Ich bin mir sicher, dass sie deshalb ausposaunt hat, dass sie mit dir zusammen ist."

„Ich bin damit einverstanden." Und das bin ich wirklich. Ich mache mir mehr Sorgen um ihre Sicherheit. „Jetzt verstehe ich, warum sie einen Bodyguard engagiert hat. Warum stellst du keinen Bodyguard ein?"

Sie lächelt meinen Bruder an. „Ich habe Sean. Niemand legt sich mit ihm an."

Er plustert sich einen Moment lang auf, bevor er Fisch und Gemüse in Pergament einwickelt. „Sobald ich denke, dass das nötig ist, werden wir einen Bodyguard einstellen. Bisher hat Josie nicht diese Art von unerwünschter Aufmerksamkeit erlebt. Ich passe in der Öffentlichkeit auf sie auf, und das Haus ist zur Sicherheit verkabelt." Er sieht Josie streng an. „Ich habe ihr schon gesagt, sobald wir Kinder haben, ist ein Bodyguard selbstverständlich."

Josie gibt ihm einen Kuss.

Ich kann nicht anders, Harper tut mir leid. Sich so bedroht zu fühlen, in ihrem eigenen Zuhause überrascht zu werden. Ein Alptraum. Und es hätte viel schlimmer kommen können.

Josie dreht sich zu mir um. „Ihr zwei solltet wirklich ausgehen."

Ich halte eine Hand hoch. „Sie hat nur ihr Gesicht gewahrt."

Josie macht weiter. „Ihr seid beide so süß. Ich denke, ihr solltet es versuchen."

Ich beuge mich vor, um ihr ins Gesicht zu blicken und sicherzustellen, dass sie versteht, wie ernst ich es meine. „Josie, sie hat genug um die Ohren. Ich würde ihren Stress nach unserem gestrigen Zusammenstoß, ihrer Trennung und den Folgen in den Medien nur noch verstärken." Ganz zu schweigen von dem Gefühl, von irgendwelchen Männern bedroht zu werden. Das ist einfach falsch.

Sean und Josie sehen mich neugierig an. „Zusammenstoß?", sagen sie fast unisono.

„Ich dachte, ihr habt euch nett unterhalten", sagt Sean.

Ich reibe meinen stoppeligen Kiefer und erzähle ihnen davon, dass Harper mich für ihren Bodyguard gehalten hat, und dann von ihrer extremen Verlegenheit, als sie erkannt hat, dass ich es nicht bin. „Ich möchte sie nicht mehr stressen."

„Oh mein Gott, das ist alles so bezaubernd!", ruft Josie aus. „Eine Verwechslung!"

Sean schüttelt lächelnd den Kopf und packt weitere Pergamentpäckchen.

„Ich bezweifle, dass Harper es bezaubernd fand", sage ich.

Josie nimmt ihr Handy und beginnt, eine SMS zu schreiben.

Ich versteife mich. „Du schreibst ihr, oder?"

Sie lächelt und schreibt fröhlich weiter. „Ich habe ihr gerade gesagt, dass du zum Abendessen hier bist, und dass du mich gebeten hast, ihr zu sagen, dass du hoffst, dass es ihr gut geht."

Es klingt nach der richtigen Nachricht, ihr mein Interesse zu zeigen, ohne Druck auf sie auszuüben. „Klingt okay."

Josie schreibt so lange, dass sich meine Nackenhaare aufrichten. Sie hat irgendwas eingefädelt, oder? Ein Schritt zu weit.

„Schreibst du über mich?", frage ich.

Josie legt das Handy auf den Tisch und sieht mich mit großen Augen unschuldig an. Diese Frau ist jedoch niemals unschuldig. „Keine große Sache. Habe sie einfach wissen lassen, wie großartig du aus meiner Insider-Sicht bist und dass sie, wenn sie ein freundliches Ohr braucht, sich jederzeit mit dir in Verbindung setzen kann, um zu quatschen."

Ich beiße die Zähne zusammen. „Diesem letzten Teil habe ich nicht zugestimmt. Sie wird denken, ich habe dich darum gebeten, und sich unter Druck gesetzt fühlen." *Und es lässt mich verzweifelt aussehen.* „Komm schon, Josie. Glaubst du, ich kann allein keine Frau finden? Du lässt mich schlecht aussehen."

Sie dreht sich zu meinem Bruder um. „Das war doch harmlos, findest du nicht auch, Sean?"

Sean schiebt das Abendessen in den Ofen und sagt: „Zieh du mich nicht in deine hinterhältigen Kuppler-Methoden rein."

Josie dreht sich zu mir um und hebt ihr Kinn. „Es tut mir *nicht* leid. Du solltest mir danken."

Ich schlucke eine scharfe Antwort herunter.

Sie sieht mich mit klimpernden Wimpern an. *Lächerlich.* Ich bin immer noch angepisst.

Ich kneife die Augen zusammen und trinke mein Bier. Mein Handy vibriert mit einer Nachricht.

Harper: *Mir geht's gut, aber danke für das Angebot zum Reden.*

„Das ist sie, nicht wahr? Was hat sie gesagt?", fragt Josie eifrig.

Ich trinke einen Schluck Bier, spiele cool und ignoriere den Stich der Ablehnung. Ich schätze, da hat sich doch ein bisschen Hoffnung eingeschlichen. „Sie sagt Tschüss."

„Oh." Sie streichelt meinen Arm. „Entschuldigung, Garrett. Dann hat es wohl doch nicht sein sollen."

Und wenn schon. Ich bin es leid, auf Dinge zu hoffen, die nicht funktionieren. Ich habe beschlossen, dass das Schicksal mir die richtige Frau über den Weg schicken wird. Harper Ellis ist einfach nicht diese Frau.

„Was hältst du von einer älteren Frau?", zwitschert Josie. „Die Frau, die in meiner Show die Matriarchin der Familie spielt, ist Single. Sie ist auch nicht so alt, vierzig. Sie benutzen Make-up, um sie älter wirken zu lassen."

„Nein!", sagen Sean und ich gleichzeitig.

Josie presst die Lippen zusammen. „Sie ist nett und du auch. Ich sehe nicht, dass irgendetwas falsch daran wäre."

Sean deutet auf mich. „Beast braucht eine Frau, die ..."

„Ich brauche keine Hilfe", knurre ich.

Josies Miene hellt sich auf. „Oh, erinnerst du dich an das nette katholische Mädchen, mit dem deine Mutter versucht hat, Brendan zusammenzubringen?"

Wir alle prusten vor Lachen. Armer Brendan. Gerade, als mein Bruder die Liebe seines Lebens nach Hause gebracht hat, stellte Mom ihn Faith vor. Josie weiß definitiv, wie man die Stimmung aufhellt.

„Vielleicht?", fragt Josie.

„Nein!"

4

Harper

Mein Handy vibriert auf dem Esstisch, an dem ich zu Abend esse, und als ich darauf starre, beschleunigt sich mein Puls. Meldet Garrett sich, um das weiterzuverfolgen? Will ich, dass er es tut? Ich kann nicht leugnen, dass die Chemie zwischen uns mit nichts vergleichbar war, was ich jemals zuvor erlebt habe. Und ich mag ihn wirklich. Gleichzeitig bin ich immer noch verletzt, nachdem Colton mich betrogen hat. Ich hätte das kommen sehen sollen. Mein Ex John hat mich auch nur benutzt, um in die Branche zu kommen. Es ist nur so, dass Colton so anders war als John, so locker und entspannt in allem, dass ich nicht gedacht hätte, dass er solche Ambitionen hatte. Ich schätze, er hat es gut versteckt, und schau, wie gut es für ihn geklappt hat. Dank unseres Status als „It-Paar" hat seine Karriere einen Sprung von einer Nebendarstellerrolle in einem Musikvideo zu einer Hauptrolle in einem Film gemacht. Dabei habe *ich* noch nicht einmal eine Hauptrolle in einem Film gespielt! Nur unwichtige Nebenrollen von Freundinnen.

Ich ignoriere mein Handy und bin in meinem gegenwärtigen Zustand nicht bereit, mich mit irgendetwas zu befassen.

Ich habe diese Ausnutzer-Typen so satt. John hatte in unserer ersten Staffel von *Capital Asset* eine Gastrolle gehabt. Er hat mich mit Charme, Geschenken und Zuneigung überschüttet. Ich bin unvorsichtig geworden und habe ihn in mein Herz gelassen. Wir sind überall zusammen hingegangen, haben sogar zusammengelebt. Die Presse hat uns geliebt, und als mein Profil mit Amanda gewachsen ist, ist auch die Begeisterung für uns gewachsen. Ich dachte, alle hätte gesehen, was ich gesehen habe – ein verliebtes Paar. Eine Hochzeit sicherlich in unserer Zukunft. Johns Karriere fasste mit Nebenrollen in zwei Filmen Fuß, und ich habe mich für ihn gefreut. Aber in dem Moment, als ihm die Hauptrolle in einem neuen Superheldenfilm angeboten wurde, hat er unsere Beziehung geändert. Er sagte mir, dass das Geschäft einfach so funktioniert, nichts Persönliches. *Nichts Persönliches für die Frau, mit der er ein Jahr lang gedatet hat!* Ich war mir nie bewusst gewesen, wie rücksichtslos ehrgeizig er war, bis er sein wahres Gesicht gezeigt hat.

Zweimal verbrannt, und ich werde nicht zulassen, dass es ein drittes Mal passiert. Ich werde mich auf die Arbeit konzentrieren und gut. Mein Agent sagt, ich bin ein TV-Arbeitstier, das zuverlässig dazu beiträgt, dass jede Show glänzt, aber ich will mehr als das. Ich will eine interessante Rolle in einem Film spielen. Rollen von der Sorte, wie sie mir einfach nicht angeboten werden. Vielleicht sollte ich daten, um bessere Rollen abzusahnen. Für John und Colton hat es offensichtlich funktioniert!

Ich lasse meinen Kopf in meine Hände sinken. Ich muss aufhören, falsche Typen zu daten. Ich muss mehr auf meinen Bauch hören, und auf Warnsignale achten, wenn etwas nicht stimmt. Ich habe heute ein Buch über Frauen gelesen, die bei Männern schlechte Entscheidungen treffen. *Ja, so verzweifelt suche ich nach Antworten. Ich bin intelligent, aber ich mache trotzdem immer wieder denselben Fehler.* Einer der Gründe, warum Frauen die falschen Männer wählen, ist die Angst, verlassen zu werden, die ich definitiv habe, da meine Mutter mich als Neugeborenes verlassen hat und nicht Teil meines Lebens war. Ich hatte immer den Verdacht, dass meine strenge Großmutter sie vergrault hat, da sie eine Neunzehnjährige, die versehentlich von einem verheirateten Mann schwanger geworden war, nicht ertragen konnte. Mein Vater hat mich nie gewollt. Er hatte eine andere Familie, und meine Existenz bedrohte, was er hatte. Mein Hals schnürt sich zu, meine Augen brennen. *Unerwünscht, nicht der Liebe wert.* Ich wische mir eine Träne von der Wange und atme zittrig ein.

Kein Wunder, dass ich mit Männern und Beziehungen so ins Klo greife. Mein Vater war ein Fremdgeher, der nie versucht hat, seine Tochter zu kontaktieren. Ich habe jung gelernt, dass man auf Männer nicht zählen kann. Sie bleiben nicht. Und irgendwie muss ich diese Lektion weiter lernen, indem ich regelmäßig die falschen Männer auswähle.

Also, okay, jetzt, wo ich weiß, warum ich dieses destruktive Verhaltensmuster habe, kann ich klug sein und es beenden. Ich werde das nächste Mal die richtige Art von Mann wählen. Einen guten, vertrauenswürdigen Mann. Sobald ich bereit bin, wieder mit dem Daten anzufangen, ist das so weit, weit, weit in der Zukunft.

Eines ist sicher, ich werde niemals ungewollt ein Kind bekommen wie meine Mutter. Mein Kind wird gewollt sein, in einer liebevollen Familie, die es umgibt. Es wird sich niemals wertlos oder unbeliebt fühlen. *Fantasien.* Wer weiß, ob ich überhaupt verheiratet sein werde, bevor sich mein Fruchtbarkeitsfenster schließt? Doch wenn es so sein soll, mache ich es *richtig.*

Ich atme scharf aus und nehme mein Handy, um die Nachricht zu lesen. Nicht Garrett. Ich atme tief durch und sage mir, dass ich erleichtert bin, dass es mein Manager ist.

Habe die Berichte gesehen. Wusstest du, dass Garrett Rourke zum europäischen Hochadel gehört? Die königlichen Rourkes aus

Villroy? Herzlichen Glückwunsch, dass du dir einen Prinzen geschnappt hast! Gute PR.

Das hatte ich nicht gewusst. Ich versuche, keine Klatschpresse und nichts Schlechtes über mich selbst zu lesen. Deshalb habe ich einen Publizisten als Puffer engagiert. Ein Typ aus Brooklyn ist also ein Prinz oder sowas? Ist das allgemein bekannt? Ich will schon nach seinem Namen suchen, doch ich halte inne. Dabei würde ich nur über den neuesten trashigen Klatsch über mich und Colton stolpern, nachdem ich Garrett erwähnt habe. Das hätte ich nicht tun sollen. Es ist nur so, dass er einen guten Eindruck auf mich gemacht hat, also ist sein Name einfach aufgetaucht. Und mein Adrenalinspiegel war durch die Decke, als dieser Reporter aufgetaucht ist, als ich gerade in mein Haus wollte. Ich mag es nicht, wenn Männer mich da überraschen, wo ich wohne.

Ich schwöre, der nächste Mann, mit dem ich ausgehe, wird keine Verbindung zur Branche haben. Ein Schriftsteller wäre nett. Der wäre wahrscheinlich ein ganz Ruhiger mit vielen Büchern im Regal. Wir würden unsere Sonntage damit verbringen, in einem malerischen Häuschen am Wasser zu lesen. In der Zwischenzeit …

Schicke ich meinem Manager eine kurze Antwort und wende mich wieder meinem Abendessen zu. Joe ist nebenan eingezogen, also fühle ich mich sicher. Nach dem Abendessen werde ich einen entspannten Samstagabend verbringen und mein Trostbuch *Der Schurke und die Gouvernante* von Alice Segal lesen. Seht ihr, wie ich mich bereits auf meine Rolle als Ehefrau eines Schriftstellers vorbereite, indem ich so viel lese? Es ist nicht ungesellig, es heißt Proben für mein zukünftiges Traumleben.

Gerade, als ich mich mit meinem E-Reader in der bequemen Ecke meines Sofas niederlasse, klingelt mein Handy. Ich werfe einen Blick auf das Display und verspanne mich sofort – Dana, meine Publizistin/Bulldogge vom Dienst. Ich habe sie vor allem angeheuert, damit sie das Medieninteresse an mir begrenzt, es sei denn, ich bin vertraglich verpflichtet, für irgendwas die Werbetrommel zu rühren. Ich bin kein guter Redner. Das heißt, dass ich tagelang vollkommen außer mir bin und es in einem schweißtreibenden, herzklopfenden Rennen bis zum Ende durchziehe, wonach ich kollabiere. Es ist *nicht* schön. Ich sage viel lieber Zeilen, die für meine Rollen geschrieben wurden, als mich der Öffentlichkeit als ich selbst zu stellen.

Ich nehme den Anruf an und übernehme sofort die Kontrolle über das Gespräch. „Hallo Dana, hast du es geschafft, den Garrett-Teil der Geschichte zu dämpfen?"

„Ich habe es genau verfolgt und ganz ehrlich, ich *liebe* es, dass du diesen adligen Typen in die Gleichung gezogen hast", sagt sie. „Hat Coltons neuestes süßes junges Ding komplett übertroffen. Tut mir leid. Ich weiß, dass du Gefühle für ihn hattest, und dass ihr zusammen großartig ausgesehen habt, aber alle haben gesagt, dass er nicht der Typ ist, der bleibt. Wenn es hilft, wird er Taylor sicher auch betrügen."

„Es hilft nicht." Ich halte das Handy fester. „Du hast gesagt, du würdest mir helfen, Garrett aus der Geschichte rauszubekommen."

„Sie explodiert mit dem Hochadelsfaktor. Auf keinen Fall kann ich das aufhalten. Ich sage, schwimm auf der Welle. Und jetzt, wo Colton nächsten Samstag für die Gala raus ist, darf ich vorschlagen, dass du diesen Prinzen einlädst? Du brauchst einen umwerfenden Mann im Smoking an deiner Seite. Ohne Colton allein hinzugehen, wird unangenehm. Du wirst die ganze Nacht damit verbringen, Fragen über ihn zu beantworten, und keiner von uns will das."

Ich versteife mich. Ich habe vergessen, dass Colton für die Gala einfliegen sollte. Auf keinen Fall ziehe ich Garrett da rein. Der arme Mann! Zuerst labere ich ihn an und ziehe ihn in meinen Trailer, gehe davon aus, dass er mein Bodyguard ist, und dann nenne ich einem neugierigen, gut vernetzten Reporter seinen Namen. Er hat meinetwegen schon genug durchgemacht. Die Gala ist ein Spenden-Dinner für eine Organisation, die mir am Herzen liegt – *Best Friends Care*. Sie bilden Assistenzhunde aus und bringen sie mit Leuten zusammen, die körperliche und/oder psychische Probleme haben. Viele Veteranen mit PTBS profitieren von einem Therapiehund. Mein Onkel hat an PTBS gelitten und nie die Hilfe bekommen, die er gebraucht hätte. Er hat unglaublich gelitten, bevor er Selbstmord begangen hat. Ein Therapiehund hätte ihn retten können.

„Dana", sage ich entschlossen, „ich werde Garrett nicht fragen, mich zu einem für ihn wahrscheinlich todlangweiligen Abend zu begleiten." Ich will auch nicht, dass er sich benutzt fühlt. Es ist ein schreckliches Gefühl, wenn man erkennt, dass jemand, von dem man dachte, er sei ein Freund (oder die große Liebe), nur auf sein persönliches Vorankommen bedacht gewesen war.

„Er ist ein Adliger. Solche Events lebt und atmet er."

Garrett sah aus wie ein ganz normaler Typ in T-Shirt, Jeans und Arbeitsstiefeln. Er arbeitet in der Baufirma seiner Familie. Ich kann ihn mir einfach nicht als Prinz oder dergleichen vorstellen, der Fototermine absolviert und Bänder bei irgendwelchen Eröffnungen durchschneidet. Dafür ist er zu ungeschliffen und tough, wohl der Grund, warum ich ihn für meinen Bodyguard gehalten habe. Ich schließe peinlich berührt die Augen. *Mein tougher, heißer, höllisch sexy Bodyguard. Nein.*

Er hat mein Regal repariert.

Nein, ich gehe diesen Weg nicht.

„Ich gehe allein", sage ich. „Oder vielleicht bringe ich eine Freundin mit." Ich bin nur anderthalb Stunden von meinem Geburtsort Summerdale, New York, entfernt. Ich könnte eine meiner Freundinnen aus meiner Heimatstadt fragen. „Eine Frau in einem Smoking an meiner Seite könnte vom Colton-Klatsch ablenken." Ich unterdrücke ein Lachen.

„Harper", sagt Dana gereizt.

Ich ziehe sie oft auf. Wir haben unterschiedliche Ziele – ich arbeite hart daran, mein Leben privat zu halten, und sie arbeitet hart daran, mich bekannt zu machen. Sie wusste, womit sie es zu tun hat, als sie den Job angenommen hat.

Sie lässt sich nicht beirren. „Ich habe diese Rourkes gegoogelt. Sie sind verdammt heiß."

Mindestens einer von ihnen auf jeden Fall. Ich werde es trotzdem nicht tun.

„Ich benutze ihn nicht für ein paar Fotos auf dem roten Teppich", sage ich.

Dana fährt fort, als hätte ich nichts gesagt. „Und obwohl Garrett im Hintergrund dieses Hochzeitsbildes steht, das durch die Medien geistert – in einem schwarzen Smoking, darf ich hinzufügen – ist klar, dass er mit all seinen Muskeln ein echter Augenschmaus ist."

Wie ein Bodyguard. Dann kommt mir eine Idee. „Ich habe doch Joe. Es ist perfekt. Als mein Bodyguard begleitet er mich sowieso, also stecke ich ihn einfach in einen Smoking, und es sieht so aus, als wäre er mein Date. Problem gelöst." Ich lächle und freue mich über meine clevere Idee.

„Du verwendest deinen Bodyguard nicht als Date. Er hat sich erst vor Kurzem von seiner Frau getrennt und ist noch nicht geschieden. Das ist nicht die PR, die wir für dich wollen. Liest du überhaupt die täglichen Memos, die Trina verschickt, um dich auf dem Laufenden zu halten?"

Ich schneide eine Grimasse. Meine Assistentin ist sehr fleißig, aber wer soll denn bitte mit täglichen Memos schritthalten? Ich vertraue darauf, dass sie ihren Job macht. Sie ist jetzt seit drei Jahren bei mir.

„Okay, vergiss die Memos", sagt Dana. „Ich lese sie gerne für dich. Deine Aufgabe ist es, diesen Prinzen nächsten Samstag an deinem Arm zu haben."

Bei dem Gedanken bricht mir der kalte Schweiß aus. Könnte ich die Veranstaltung einfach auslassen? Nein. Ich will, dass die Presse *Best Friends Care* zur Kenntnis nimmt, und meine Anwesenheit wird dazu beitragen, die Aufmerksamkeit auf ihr Anliegen zu lenken.

„Harper, verstehen wir uns? Date für die Gala am Samstag?"

Nein. „Ich lasse mir was einfallen."

„Ich werde mich für dich mit Prince Garrett Rourke in Verbindung setzen, okay? Ich weiß, dass dir sowas unbehaglich ist." Das ist ihr höflicher Hinweis auf meine Schüchternheit. Ich laufe Männern nicht nach. *Außer offensichtlich, wenn ich sie für meinen Bodyguard halte.*

„Ich glaube nicht, dass jemand ihn Prince Garrett nennt." *Oder doch? Josie tat es nicht.* Junge, sie ist ein großer Fan von Garrett. Ich wette, sie liebt alle in der Rourke-Familie mit überschwänglicher Begeisterung. So ist sie einfach. „Ruf ihn nicht an. Ich werde mir was einfallen lassen."

Ihre Stimme wird eindringlich. „Du musst da hingehen. Du bekommst eine Auszeichnung für deinen Beitrag. Es ist dir zu verdanken, dass sie mit ihrer Organisation international agieren können. Das ist eine große Sache. Du kannst so spät nicht absagen. Ich habe eine Menge Presse dafür arrangiert."

„Ich gehe! Mach dir keine Sorgen. "

Sie seufzt übertrieben laut. „Okay, okay. Wir wollen den Fokus auf die Mission der Gala lenken, nicht auf deinen treulosen Ex. Wenn du mit einem Date da auftauchst, lautet die Nachricht: Mir geht's gut, und ihr beide liebt die Mission von *Best Friends Care.* Mach es dir nicht schwerer, als es sein muss. Und er ist nett anzusehen. Danach wird dich niemand mehr bemitleiden."

Mein Atem stockt. „Die Leute haben *Mitleid* mit mir?"

„Sie bedauern dich. Du weißt, ich sage es so wie es ist. Es ist Karriere-Selbstmord, bemitleidet zu werden. Niemand kann sich dich in deinen Rollen als Amanda Boxer, Lexi Gold oder sonst wen vorstellen, wenn er dich bemitleidet. Du kannst tough sein, du kannst ein reicher Promi sein, aber du darfst nicht bemitleidenswert und schwach aussehen. Du darfst nicht bemitleidet werden. Verstehst du?"

Bemitleidenswert und schwach! Meine Erziehung meldet sich in meinem Hinterkopf, und ich straffe meine Schultern und strecke meine Wirbelsäule. Ich wurde dazu erzogen, stark zu sein, und ich bin es. Colton hat mich betrogen, und ich habe nichts falsch gemacht.

Ich halte meinen Ton ruhig. „Ich gehe allein da hin. Auf Wiedersehen, Dana."

„Denk bitte darüber nach", sagt sie mit angespannter Stimme. „Ciao."

Ich lege auf. Allein werde ich noch stärker und tougher aussehen. Ich brauche kein Date, um für Punktegleichheit zwischen mir und Colton zu sorgen. Ich stehe darüber.

Ich gehe zum Mittagessen zu meinem Trailer, nachdem unsere Montagmorgen-Tischlesung für *Living Gold* fertig ist, und freue mich auf ein bisschen Ruhe. Ich bleibe überrascht stehen, als ich Dana auf den Stufen des Trailers sitzen sehe. Sie ist in den Vierzigern, hat glattes schwarzes Haar und mehr Energie als jede andere, die ich kenne. Außer vielleicht Josie. Diese Frau ist ein Kraftwerk.

„Überraschung!", ruft sie und erhebt sich von ihrem Platz auf der obersten Stufe.

Ich umarme sie mit einem Arm, damit ich mein Sushi nicht durcheinander schüttle. „Ich kann nicht glauben, dass du den ganzen Weg von L.A. hierhergeflogen bist, um mich zu sehen. Geht's um die Gala?"

„Hey, ich melde mich regelmäßig bei meinen New Yorker Kontakten. Nicht alles dreht sich um dich, obwohl du meine Lieblingsklientin bist."

Ich schließe meine Trailertür auf und gehe hinein. Sie folgt ungewöhnlich leise.

Sobald wir beide mit Getränken auf dem Sofa sitzen, biete ich ihr die Hälfte meines Mittagessens an.

„Schon gegessen, danke", sagt sie. „Iss du nur."

Ich ziehe den eingebauten Tisch in der gegenüberliegenden Wand aus, stelle mein Mittagessen darauf und öffne den Deckel des Behälters.

„Wie läuft's hier?", fragt sie. „Spielst du gerne Lexi Gold?"

Ich packe die Stäbchen aus. „Ich liebe es." In *Living Gold* kann ich als alleinerziehende Mutter mit einer verletzlichen Seite zeigen, dass ich auch anders kann als toughe Businessfrau, was der Hauptgrund ist, warum ich die Rolle übernommen habe. In der Show geht es darum, dass eine wohlhabende Familie (die Golds) ein Dienstmädchenproblem hat. Die uneheliche Tochter des ehemaligen Dienstmädchens – gespielt vom komödiantischen Genie Josie – hat die Villa gerade von dem kürzlich verstorbenen Patriarchen geerbt, der eine Affäre mit ihrer Mutter gehabt hatte. Sitcom Gold. Ha. *Gold*.

Dana ist wieder still. Sie arbeitet an etwas.

Ich esse mein Mittagessen und warte.

Schließlich sagt sie: „Wäre es nicht großartig, diese sensible Fashionista-Persönlichkeit bei der Gala in die Öffentlichkeit zu bringen? Anstatt als dieses toughe Biest eingestuft zu werden, wirst du zum Star mit einem Herz aus Gold."

„Was ist falsch daran, in der Öffentlichkeit ich selbst zu sein?" Ich schiebe mir einen Bissen in den Mund. Ich mache meinen Job, gehe rein, gehe raus, und alles so höflich und professionell wie möglich. Nicht, dass es mir leichtfällt, aber zumindest ist es ehrlich.

Sie nickt und trinkt einen langen Schluck Wasser.

Ich hebe fragend die Brauen.

„Natürlich nichts", sagt sie schließlich. „Du bist wunderbar, sehr süß, nur, dass du manchmal so zurückhaltend bist, dass Reporter die Lücken füllen. Eine ausdruckslose Miene kann als hart oder distanziert oder wütend interpretiert werden."

„Oh Gott. Das ist mein RBF, mein *resting bitch face*. Pfeif auf die Reporter. Lass sie interpretieren, so viel sie wollen."

Sie lacht nervös. „Siehst du, deshalb bin ich die Publizistin und du das Talent. Also, wer ist dein Date für die Gala?"

Ich kneife die Augen zusammen. „Sag mir, dass du nicht hierhergeflogen bist, nur um mich wegen eines Dates zu belästigen."

„Natürlich nicht. Ich habe andere Geschäfte in New York zu erledigen. Ich bin nur vorbeigekommen, um sicherzugehen, dass du den nächsten Schritt richtig machst."

Ich schüttle den Kopf. Sie ist wirklich hierhergekommen, um mich zu belästigen.

„Das ist größer als du", sagt sie. „Hier geht es darum, Aufmerksamkeit auf *Best Friends Care* zu lenken. Alle wollen von dem neuen Typen hören, von dem du gesagt hast, dass du ihn datest; darum werden dir alle zuhören, wenn du über diese wunderbare Charity sprichst. Wir werden uns einen unverbindlichen Soundbite einfallen lassen, um die Aufmerksamkeit von ihm auf die Begleithunde zu lenken."

Ich seufze. Sie weiß, wie viel mir diese Organisation bedeutet. Ich habe ihnen vor Jahren in L.A. geholfen und Welpen für sie aufgenommen, als sie gerade anfingen. Als meine Bekanntheit wuchs, konnte ich ihnen helfen, auch zu wachsen. Bald hatten sie Ausbildungszentren im ganzen Land und jetzt auf der ganzen Welt.

Ich lege meine Stäbchen auf den Tisch, mein Magen verknotet. Es ist nicht so, dass ich ihn nicht sehen will. Ich will nur nicht, dass er sich benutzt fühlt. Und es ist peinlich, was ich dem Mann angetan habe. Doch ich darf mich nicht davon zurückhalten lassen. Ich kann meine Verlegenheit für die Sache überwinden. „Okay! Ich werde Garrett fragen."

Sie strahlt. „Jaaa!"

Ich hebe eine Hand. „Aber ich werde ihm sagen, dass er

nicht verpflichtet ist, besonders nachdem ich seinen Namen in die Presse gezogen habe." *Und ihn in meinen Trailer.* Dann erinnere ich mich, was er gesagt hat, als ich ihn gefragt habe, warum er mich im Glauben gelassen hat, dass er mein Bodyguard sei: *Ich hätte was sagen sollen, aber es hat sich angefühlt, als wäre da eine echte Verbindung, weißt du?* Ich kenne nicht viele Leute, die so aufrichtig wären. Vielleicht ist da wirklich was – eine echte Verbindung. Wenn ich bereit bin, ein Risiko einzugehen. Mein Magen dreht sich. Ich muss auf mein Bauchgefühl hören, und es sagt mir, dass ich mich nicht zu tief da reinziehen lassen sollte. Ich bin nicht bereit dafür.

Sie steht auf und küsst meine Stirn. „Er wird nicht nein sagen, glaub mir. Du bist ein erstklassiger Fang."

Ich sehe sie schief an. „Mach dir nicht ins Hemd, wenn ich am Samstag allein auftauche."

„Das passiert nicht. Ich muss los. Ich habe gleich noch ein Treffen mit Josie."

„Oh? Ist sie jetzt auch deine Klientin?"

Sie drückt die Daumen und hält sie hoch. „Noch nicht. Sie will sehen, ob ich mehr Aufmerksamkeit für die Wohltätigkeitsveranstaltung der Rourke Foundation an der Met generieren kann. Ich bin voll damit beschäftigt. Ciao!"

Sie eilt davon, doch der zitronige Duft ihres Parfums bleibt zurück. Lebhaft wie sie. Ich habe Josie gesagt, ich würde zu ihrer Wohltätigkeitsveranstaltung gehen, weil sie mich gebeten hat, und ich hatte das Gefühl, nicht nein sagen zu können. Ich hoffe nur, dass Dana nicht auch für dieses Event auf ein königliches Date besteht. Es ist der Samstag nach der Gala, und zwei schillernde Ereignisse hintereinander sind zu viel. Das kann ich nicht von jemandem verlangen, und schon gar nicht von einem Mann, den ich gerade unter eher peinlichen Umständen kennengelernt habe.

Ich bin plötzlich zu nervös, um weiter zu essen. Ich beschließe, Garrett eine SMS zu schreiben und es einfach hinter mich zu bringen. Ich schreibe eine lange Nachricht, in der ich die Mission von *Best Friends Care* erkläre und warum es schön wäre, wenn er mit mir dahingehen würde. Ich füge hinzu, dass er absolut NICHT DAZU VERPFLICHTET ist. In Großbuchstaben, um es zu betonen.

Dann warte ich.

Er ist wahrscheinlich beschäftigt. Ich schalte den Klingelton meines Handys ein, damit ich die Benachrichtigung nicht verpasse, und wende mich wieder dem Mittagessen zu, mein Handy für alle Fälle in Reichweite. Ich hätte gerne eine Antwort, bevor ich mich wieder an die Arbeit mache. Wir gehen die Szenen am Set mit den Skripten in der Hand durch, darum sind keine Handys erlaubt. Ich will nicht den ganzen Tag darüber nachgrübeln. Ich habe mich exponiert. Okay, ich habe mich bis gerade eben schreiend und tretend dagegen gewehrt, aber ein Teil von mir hofft, dass er um meinetwillen dahingehen will. Ich atme scharf aus. Das ist ein weiterer Grund, warum ich immer wieder an die falschen Männer gerate. Ich hoffe immer, dass der nächste Typ anders sein wird. Und ich wünsche mir, dass ich genug bin und nicht nur eine Stufe auf der Karriereleiter.

Mein Handy klingelt, und ich zucke zusammen. Er ruft mich an. Ich bevorzuge Nachrichten. Da kann ich sorgfältig überlegen, was ich sagen will, und die perfekte Botschaft verfassen. Wer weiß, was ich in der Hitze des Augenblicks sagen werde?

„Hallo?", melde ich mich vorsichtig.

„Hey, schön von dir zu hören, Harper." Seine tiefe, sanfte Stimme bringt mich zum Schmelzen, und ich fühle mich innerlich ganz weich und schnulzig. Ich bin Schokolade. *Moment, was?*

„Hi." Ich traue mich nicht, mehr zu sagen.

„Hallo", sagt er herzlich. „Du hast mir eine lange Nachricht geschrieben, also dachte ich, anrufen wäre besser."

Adrenalin schießt durch mich hindurch, als mir klar wird, dass das der Teil ist, in dem ich ihn nach einem Date fragen muss. „Ja. Wie ich in meiner Nachricht geschrieben habe, sollte ich mit Colton zu dieser Gala gehen, und es gibt all diese Presse – für einen wirklich guten Zweck, Begleithunde für Leute, die sie wirklich brauchen – und es wird eine Menge Presse geben. Habe ich das in der Nachricht erwähnt? Über die Presse? Ich kann allein hingehen, kein Problem, aber wenn ich ein Date hätte, wäre das schön, besonders wenn du auch sagen könntest, dass Dienst- und Therapiehunde eine gute Sache sind. Zur Presse meine ich. Kein Druck, einfach wie Freunde, die zusammen was für einen guten Zweck tun."

„Wird Presse da sein?"

„Oh ja." *Habe ich das nicht erwähnt?*

Er lacht. „War ein Witz. Ich glaube, du hast es viermal gesagt. Klingt so, als ob du dir Sorgen wegen denen machst."

„Ich will das Hauptaugenmerk auf *Best Friends Care* lenken, nicht auf mich und meinen untreuen Ex. Das Hauptaugenmerk würde natürlich zuerst auf uns liegen, aber dann würden wir es auf die Hunde lenken."

„Ich denke, Begleithunde sind eine gute Sache."

Mein Herz pocht, weil sich das fast wie ein Ja anhört, und ich bin mir nicht sicher, wie ich mich dabei fühle. *Warum habe ich mich von Dana dazu überreden lassen?* „Du bist nicht verpflichtet mit mir dahinzugehen. Überhaupt nicht. Es wird wahrscheinlich ein schrecklich langweiliger Abend. Ich muss eine Rede halten, die überhaupt nicht unterhaltsam sein wird. Es wird schmerzhaft und unangenehm anzusehen sein. Für mich auch. Ich werde mich den ganzen Abend deswegen stressen. Öffentliches Sprechen ist nicht mein Ding. Ich muss eine Rolle spielen, um mich vor Publikum wohlzufühlen –"

„Harper."

„Ja?"

„Ich komme mit."

„Warum?", platze ich heraus.

„Weil ich dich mag."

„Welcher Teil hat dir am besten gefallen? Als ich dich

angequatscht habe, oder der Teil, als ich dem Reporter deinen Namen genannt habe, ohne dich vorher zu fragen?" *Im Ernst, welcher Typ will sowas?*

Er lacht.

Ich halte das Handy fester. „Hast du nicht gehört, was für ein schreckliches Date ich sein werde? Ich werde mich den ganzen Abend wegen meiner Rede stressen, und die wird furchtbar langweilig sein. Das heißt, wenn ich überhaupt einen Ton herausbringen werde, nachdem ich an meiner eigenen Spucke verschluckt und ins Mikrofon gehustet habe."

„Du bist witzig."

Ich richte mich auf. „Ich mein es todernst."

„Okay. Aber weißt du, was ich aus diesem Gespräch gelernt habe? Ich habe eine Frau gehört, die mutig genug ist, sich für eine gute Sache ihrer Angst zu stellen und öffentlich zu sprechen. Mit so jemandem würde ich gerne Zeit verbringen. Und wie du gesagt hast, ist es für einen guten Zweck."

Mein Herz pocht stärker. „Es ist eine Gala. Smoking und so weiter." *Letzte Chance, nein zu sagen! Ich kann damit umgehen. Wirklich.*

Ich kann das Lächeln in seiner Stimme hören. „Ich werde einen Smoking mieten."

Eine warme Welle geht durch mich hindurch. „Danke. Ich weiß das wirklich zu schätzen. Ich werde dich von meinem Fahrer abholen lassen. Und lass mich wissen, ob ich den Gefallen irgendwie erwidern kann."

„Wenn ich das nächste Mal ein Gala-Event habe, bei dem ich eine langweilige Rede halten muss, bist du die erste Nummer, die ich anrufen werde."

Ich lache. „Okay."

An seinem Ende kreischt im Hintergrund eine Kreissäge.

„Ich sollte wieder an die Arbeit", sagt er. „Aber ich wollte dich was fragen. Moment."

Ich bin wieder angespannt und nicht sicher, ob ich irgendwelche persönlichen Fragen beantworten will. Der Lärm im

Hintergrund verstummt, und ich frage mich, ob er nach draußen gegangen ist, um unser Gespräch fortzusetzen.

„Arbeitet Sean noch da mit dir?", frage ich. Ich bin neugierig, weil ich ihn oft am Set sehe.

„Manchmal. Er verbringt jetzt mehr Zeit auf der philanthropischen Seite und arbeitet, wo immer er gerade ist, damit er mit Josie zusammen sein kann."

Wow. Das ist so süß. „Ich gehe zu seiner Wohltätigkeitsveranstaltung in der Met."

„Cool", sagt er. „Brauchst du dafür auch ein Date?"

Ich lächle. Vielleicht sieht er mich doch nicht als diese Frau, die ihn in unangenehme Situationen bringt. „Wäre es okay für dich, zwei Dates hintereinander mit mir zu vereinbaren? Was, wenn du dich am Samstag gar nicht amüsierst? Dann hast du mich nächsten Samstag trotzdem an der Backe."

„Was, wenn ich mich großartig amüsiere?"

Mein Magen schlägt einen Salto. „Was, wenn."

„Meine Frage ist also, muss ich vor den Reportern so tun, als hätten wir eine Beziehung?"

Einfache Frage. „Wenn es dir nichts ausmacht, würde es alles ein bisschen leichter machen. Es liegt jedoch an dir. Nur, wenn du damit einverstanden bist. Wir können sagen, wir sind nur Freunde. Das ist sowieso wahr."

„Ich bin okay mit dieser vorgetäuschten Beziehungssache. Irgendwas, was ich wissen sollte?"

Ich atmete erleichtert auf. Seine Bereitschaft bedeutet, Reportern weniger erklären zu müssen, was immer gut ist. „Ich werde mir eine Geschichte einfallen lassen und dich auf dem Weg dahin informieren. Nochmals danke, Garrett."

„Du solltest mich Beast nennen. Das machen alle."

„Weil du mit deinen Muskeln ein Tier von einem Mann bist?" Ich schneide eine Grimasse. Ich kann nicht glauben, dass ich das gerade gesagt habe.

„Volltreffer", sagt er mit einem Lachen.

„Und wie willst du mich nennen?"

„Beauty."

Mein Atem stockt. Die Schöne und das Biest. So romantisch. Und die Sache ist, ich habe mich immer als Belle gesehen, mit ihrer Liebe zu Büchern. Vielleicht hege ich geheime Prinzessinnenfantasien. Nicht etwas, das der General, der mich großgezogen hat, toleriert hätte. Ich liebe meine Großmutter, aber sie ist eine schwierige Frau. Joan Ellis isst Nägel zum Frühstück. Ich habe meinen Prinzessinnenfantasien gefrönt, indem ich Filme bei Freunden angesehen habe.

„Danke, Beast."

„Bis Samstag, Beauty."

5

Harper

Ich fahre mit Joe, meinem neuen Schatten, im Aufzug meines Wohnhauses runter zum Wagen, der uns heute Abend zur Gala bringt. Ich bin angespannt wegen meiner Rede und versuche verzweifelt, sie zu verbessern. Ich habe Garrett gewarnt, dass ich ein Nervenbündel sein würde. Der Fahrer hat ihn bereits abgeholt, und er wartet auf dem Rücksitz. Ich bin immer noch ein bisschen überrascht, dass er zugestimmt hat, mitzukommen. Die meisten Männer würden zu einer Veranstaltung wie dieser für die PR gehen, und – schmutziges kleines Geheimnis hier – wenn ich keinen Freund habe, wird das Date oft zwischen meinem und seinem Publizisten vereinbart. Garrett hat nichts zu gewinnen, wenn er mit mir gesehen wird. Tatsächlich tut er mir einen Gefallen und hilft mir, mit einer vorgetäuschten Beziehung das Gesicht zu wahren. Vielleicht hat Josie ihm von mir vorgeschwärmt, wer weiß; ich bin nur froh, ein dramafreies Date zu haben. Ich bin genug gestresst wegen meiner Rede. Ich habe sie fünfmal umgeschrieben. Ich mache mir Sorgen, dass ich Teile aus der falschen Version sagen könnte oder sie à la Frankenstein auf eine Weise zusammenschustere, die keinen Sinn ergibt.

Als ich auf den Gehsteig trete, steigt der Fahrer Michael aus, um mir die Tür zum Fond zu öffnen. Ich benutze nur einen Fahrdienst in der Stadt, weil das Parken so mühsam ist. In L.A. fahre ich selbst. Joe bleibt dicht hinter mir.

Eine Frau, die auf dem Gehsteig vorbeikommt, wendet sich dem Mann zu, der neben ihr geht, und sagt laut: „Ist das Amanda Boxer?"

„Ich denke schon!", sagt er. „Wie heißt sie nochmal?" Er ruft mir zu: „Hi! Harper Ellis, nicht wahr?"

Ich winke kurz, bevor ich vorsichtig auf den Rücksitz des Wagens schlüpfe, die rosa Seidenschichten meines Caroline Herrera-Kleides bändige und besonders darauf achte, mir nicht den Kopf zu stoßen. Es macht mir nichts aus, erkannt zu werden. Ich mag einfach nur nicht angesprochen werden.

Joe setzt sich auf den Vordersitz und begrüßt Garrett neben mir, bevor er sich nach vorne dreht. Der Wagen fährt in den Verkehr und zum Hotel, in dem die Gala stattfindet.

Ich wende mich Garrett zu, und mein Atem stockt. *Wow.* Er ist für Abendgarderobe gemacht. Seine breiten Schultern und seine breite Brust füllen seine Smokingjacke perfekt aus. Das schwarze Material und das weiße Hemd bieten einen reizvollen Kontrast zu seinen atemberaubenden Aquamarinaugen. Er ist glattrasiert, die scharfen Kanten seines Kiefers sind deutlich sichtbar.

„Hi", sage ich atemlos.

Er lächelt. „Hi. Du siehst wunderschön aus." Er berührt einen meiner tropfenförmigen Diamantohrringe. „Sind die echt?"

„Ja. Sie sind von einem aufstrebenden Juwelier ausgeliehen, der die Presse will." Meine Haare sind hochgesteckt, um die Aufmerksamkeit auf die Ohrringe zu lenken. Für eine Veranstaltung wie diese ist alles sorgfältig orchestriert. Die Ohrringe sind wunderschön, ein aufwändiges Design aus Weißgold und Diamanten.

„Komisch, dass Leute, die sich schönen Schmuck leisten können, ihn kostenlos tragen dürfen."

„Alles Teil der PR-Maschinerie. Wie auch immer, du siehst großartig aus. Der Smoking steht dir."

Er zupft an seinem Ärmel. „Ich habe mir sagen lassen, dass ich ganz nett darin aussehe." Er zwinkert. „Ich sollte mir wahrscheinlich einen Smoking zulegen. Ich musste für die vier Hochzeiten meiner Brüder einen tragen. Einer hat nur standesamtlich geheiratet, also musste ich mich da nicht auftakeln. Außerdem brauche ich einen für die Wohltätigkeitsveranstaltung der Rourke Foundation nächsten Samstag." Er mustert mein Gesicht.

Mir wird bewusst, dass er mich fragt. Er will jetzt schon ein zweites Date. Ich kann mich da nicht reinziehen lassen. Es ist zu früh. Ich habe geschworen, dass ich mir Zeit nehmen würde, bevor ich wieder was mit jemandem anfange. Außerdem bin ich mir sicher, dass er bei diesen Veranstaltungen nicht viel Spaß haben wird. Ich habe nie welchen. Ich gehe nur hin, um einer Sache zu helfen, an die ich glaube.

„Heute Abend wird sich für dich hinziehen", sage ich. „Es ist eher Arbeit als Party."

„Muss ich einen Hammer schwingen?"

Ich lache. „Nein, nicht diese Art von Arbeit." Ich entspanne mich ein bisschen. Er ist Bauarbeiter. Es gibt nichts, was er dadurch gewinnen könnte, mit mir in Verbindung gebracht zu werden. Ich muss mich daran erinnern, damit ich heute Abend nicht dichtmache und es schwieriger mache, als es sein muss.

„Wie geht's dir? Nervös?"

Wie seltsam. Ich war so mit ihm beschäftigt, dass ich für ein paar Minuten vergessen habe, wegen meiner Rede nervös zu sein. „Ich mache mir Sorgen, dass ich verschiedene Versionen meiner Rede durcheinanderbringen werde. Ich habe sie fünfmal umgeschrieben und neu auswendig gelernt."

„Bring sie einfach mit aufs Podium. Wenn du unsicher bist, würde es sicher niemandem was ausmachen, wenn du einen Blick darauf wirfst."

Ich hole tief Luft, und die Nervosität rauscht durch mich, als ich mir vorstelle, wie ich am Podium zittere. „Ich stelle mir vor, dass ich mich frei auf der Bühne bewege, wie bei einem TED-Talk, weißt du? Vollkommen selbstbewusst, als wäre ich auf der Bühne zu Hause."

„Du kannst die Rolle eines TED-Redners spielen. Mach eine Performance draus."

„Das kann ich nicht. Die Worte kommen von Herzen."

Er beugt sich näher, und plötzlich fühlt es sich an wie ein intimes Gespräch. „Diese Sache ist dir also wichtig. Nicht nur was, was du für die PR tust."

„Ja." Ich erzähle ihm von der PTBS meines Onkels und wie sehr ich mir wünschte, er hätte einen Therapiehund gehabt. Es ist überraschend leicht, mit ihm zu reden.

Er drückt meinen Arm. „Es ist erstaunlich, welchen Effekt die bedingungslose Liebe eines Hundes auf einen Menschen haben kann. Hast du einen Hund?"

„Nein. Ich ziehe zu viel rum, und meine Arbeitstage sind lang. Ich habe das Gefühl, dass es nicht fair wäre, wenn der Hund so viel allein gelassen würde. Eines Tages werde ich mir einen zulegen. Ich wollte schon immer einen Golden Retriever."

„Süßer Hund."

„Ja, meine Freundin hatte einen, als wir Kinder waren." Mein Atem stockt, als sich unsere Blicke begegnen und Wärme sich in mir ausbreitet. Ich blinzele und wende mich ab. „Also, ich sollte dir erklären, wie es bei der Gala abläuft. Wenn wir ankommen, gibt es einen roten Teppich, über den wir gehen werden. Viele Kameras und Blitzlichtgewitter. Bleib einfach in meiner Nähe. Ich werde das Reden übernehmen. Es wäre allerdings großartig, wenn du sagen könntest, dass du die Organisation auch unterstützt. Die Leute wollen

sehen, mit wem ich zusammen bin, und unsere Aufgabe ist
es, das Rampenlicht zu nutzen und es auf *Best Friends Care* zu
lenken."

„Verstanden."

Ich riskiere einen Blick auf ihn. Immer noch atemberau-
bend attraktiv in seinem Smoking, und er duftet wunderbar
nach frischer Seife und Mann. *Sei stark, Harper. Sei freundlich
aber nicht zu flirty.* „Beantworte keine Fragen zu unserer Beziehung. Ich werde die übernehmen, aber nur damit du es weißt,
die Geschichte ist, dass Colton und ich uns vor einem Monat
darauf geeinigt haben, die Beziehung zu beenden. Du und ich
haben uns vor drei Wochen durch Josie kennengelernt."

„Alles klar. Daten wir exklusiv?"

Ich denke darüber nach. „Wir sind exklusiv, weil ich nicht
anders date." *Und meine Freunde waren immer an Bord, obwohl
nur wenige treu geblieben sind. Männer sind scheiße.*

„Ich denke immer, es ist menschlicher, es zu beenden,
bevor man zum nächsten Partner übergeht."

Mir bleibt der Mund offenstehen. Ein Mann, der an Mono-
gamie als grundlegenden menschlichen Anstand glaubt.
Großartig.

Er lächelt, seine Augen funkeln vor guter Laune. „Warum
siehst du so überrascht aus? Hast du gedacht, ich wäre ein
Playboy?"

Ich öffne meinen Mund und schließe ihn wieder, da ich
meine derzeit nicht sonderlich hohe Meinung von Männern
nicht eingestehen will. „Ich kenne dich nicht gut genug, um
ein Urteil zu fällen. Ich war nur überrascht, wie offen du das
sagst."

„Ein Punkt für Beast."

„Oh, du bist viel zu nett, um dich Beast zu nennen", platze
ich heraus.

Er lächelt und sieht mich mit warmen Augen an. „Danke."

Hitze strömt durch mich hindurch; Schmetterlinge tanzen
in meinem Bauch, jedes Nervenende hellwach. Es ist genau

wie bei unserer ersten Begegnung, nur, dass es jetzt über pure Lust hinausgeht. *Sei smart. Schütze dich.*

Sein Blick fällt auf meinen Hals und dann auf meine nackte Schulter und zurück zu meinen Augen. Meine Haut erwärmt sich überall, wo er hinsieht. Ich stelle mir vor, er hätte mich tatsächlich berührt. „Die Leute werden wahrscheinlich sagen, dass das nur eine Reboundbeziehung ist. Sie gehen davon aus, dass es nichts Ernstes ist."

Ich blicke nach vorn und muss etwas Abstand zwischen uns schaffen. „Ich bin nicht verantwortlich für das, was die Leute sagen. Wir halten am Ziel des heutigen Abends fest, und das ist alles, was wir tun können."

„Datest du normalerweise nur Schauspieler?"

Ich drehe mich zu ihm um. „Normalerweise sind das die einzigen Männer, die mir über den Weg laufen. Ich habe kurz einen Kameramann gedatet, als ich zwanzig war. Er versuchte mich wegen seelischer Grausamkeit zu verklagen, als wir uns getrennt haben. Jetzt werden meine Dates alle zuerst von meiner Publizistin durchleuchtet."

„Ich wurde durchleuchtet?"

„In gewisser Weise. Nachdem ich deinen Namen diesem Reporter gegenüber erwähnt hatte, hat mein Publizistin dich recherchiert. Sie hat mir von deinen königlichen Verbindungen erzählt, aber das ist nicht der Grund, weswegen ich dich gefragt habe. Ich habe ein Date für die Gala gebraucht, das ist alles." Ich verziehe das Gesicht, weil das so klingt, als würde ich ihn als schnellen Ersatz für meinen treulosen Ex benutzen, was ich irgendwie tue, aber ich mag ihn wirklich. Er ist so viel netter als die meisten Leute, die ich sonst treffe. „In meinen Augen bist du wegen deiner Verbindung zu Josie hier. Und ich rede gerne mit dir."

„Ich bin froh, dass sie den Kontakt hergestellt hat. Du kannst jederzeit anrufen oder mir eine Nachricht schicken."

Mein Herz pocht stärker. Es hört sich so an, als würde er mich kennenlernen wollen. Nicht nur das Theater um mich herum oder um wie die meisten Männer die Neugier zu stillen, wie schnell er mir an die Wäsche gehen kann. Bin ich dumm zu hoffen, dass er anders ist, oder ist er einfach echt?

„Danke", sage ich leise. „Das ist lieb von dir."

„Ist es okay, wenn ich deine Hand halte?"

Ich blinzele fassungslos, dass er mich fragt. Ich bin nicht schüchtern, körperlich zu werden, sobald der Ball ins Rollen kommt. Tatsächlich fällt es mir schwer, mich dann aufzuhalten, und dann verheddern sich meine Gefühle mit dem Sex, und dann ende ich mit einem gebrochenen Herzen. Plötzlich fühlt sich Händchenhalten gefährlich an.

Er bietet mir seine Hand an. Sie ist groß und schwielig von seiner Arbeit. Wie würden sich diese Hände auf meiner nackten Haut anfühlen? Meine Freunde haben normalerweise weiche Hände. Manche gingen sogar regelmäßig zur Maniküre. „Ich denke, wir sind seit drei Wochen zusammen, also sollten wir uns aneinander gewöhnen."

Gefährlich! Fallgitter runter, Zugbrücke hoch!

Ich lege meine Hand in seine warme Hand, und er schließt sie sanft. Ein heißer Schauer läuft über meinen Rücken. Nervosität ist das nicht. Ich bin erregt. Von etwas so Unschuldigem wie Händchenhalten.

Er beugt sich vor, seine tiefe Stimme rumpelt in meinem Ohr und jagt einen weiteren Schauer durch mich. „Ich werde deine Hand so halten, wenn wir über den roten Teppich gehen. Es sei denn, du ziehst meinen Arm um dich vor."

Pure Lust flutet meinen Körper. Ich kann nicht klar denken zwischen seiner Hitze, seiner Nähe und seinem berauschenden Duft, der mich dazu bringt, mein Gesicht an seinen Hals schmiegen und tief einatmen zu wollen.

Er richtet sich auf und studiert mich für einen Moment. „Oder wir könnten den Gentleman-Arm machen." Er lässt meine Hand los und bietet seinen Arm an.

„Lass uns das spontan entscheiden", sage ich, verwirrt

von der wahnsinnigen Wirkung, die er auf mich hat. Wir haben nur Händchen gehalten!

„Sicher kein Problem."

„Erzähl mir mehr über dich", sage ich und sterbe vor Neugier. „Nur für den Fall, dass ich gefragt werde. Nach drei Wochen sollte ich was über dich wissen."

Er erzählt vollkommen unverkrampft. Es ist klar, dass er seine Familie liebt, so, wie er sie beschreibt, und mir von der großen Liebe seiner Eltern und seinen fünf älteren Brüdern erzählt. Er hat gerade angefangen, mir zu erzählen, wie stolz er auf sein Familienunternehmen ist, als das Auto vor dem Hotel vorfährt. Ich bin unglaublich enttäuscht. Ich liebe es, von seiner Welt zu hören. Es muss wunderbar gewesen sein, als Nesthäkchen umgeben von all den Menschen, die ihn lieben, aufzuwachsen. Ich habe meine Kindheit damit verbracht, mir ein dickeres Fell wachsen zu lassen, um Anerkennung von General Joan zu bekommen. Es ist unmöglich, seine Natur dermaßen zu verändern, doch ich kann die Rolle gut spielen. Ich habe also schon in jungen Jahren mit der Schauspielerei angefangen.

Mit fünfzehn habe ich mich vom Gericht für mündig erklären lassen, um meinen Beruf auszuüben. Meine Großmutter gab mir die „Freiheit, auf der Nase zu landen", und hier bin ich. Hmm ... vielleicht sollte ich ihr dafür danken. Sie hat mir das gegeben, was ich brauchte, um in diesem harten Geschäft zu überleben.

Die Tür wird geöffnet, und die versammelten Paparazzi und Reporter schwirren vor Aufregung. Der Fahrer hilft mir aus dem Wagen, während Joe Wache steht. Garrett erscheint an meiner Seite. Ich setze ein Lächeln auf, das sagt, dass ich glücklich bin, hier zu sein, nehme Garretts angebotenen Arm und gehe über den roten Teppich, der zum Hoteleingang führt. Joe folgt uns.

Ich bleibe ein paar Meter vor dem Eingang stehen, wo der

Großteil der Reporter mit den Kameras wartet, posiere und lächle.

„Ist das Garrett Rourke?", fragt ein Reporter.

„Wie er leibt und lebt", antwortet Garrett mit einem höschenschmelzenden Lächeln.

Die Kameras klicken hektisch und zoomen auf ihn heran. Er strafft die Schultern und scheint die Aufmerksamkeit zu genießen. Er dreht sich zu mir um und lächelt immer noch. Seine Augen begegnen meinen mit dieser Wärme von zuvor. Die Menge verschwindet. Ich kann mich nur auf dieses schöne Lächeln und die Wärme in seinen Augen konzentrieren, als würde er es wirklich genießen, mit mir zusammen zu sein. Mit meinem normalen Ich, so wie ich bin.

„Hier drüben! Hier drüben!", schreit jemand und deutet uns weiter den Teppich hinunter.

Ich gehe weiter und spüre Garretts Augen auf mir. *Vergewissert er sich, ob es mir gut geht?* Ich habe das unzählige Male gemacht. Es ist die Rede, die ich später halten muss, das ist der schwierige Teil.

Wir halten erneut an, um mit Reportern zu sprechen, die Mikrofone von Lokalsendern und ein paar Unterhaltungskanälen halten. Dana hat mir gesagt, ich solle mit allen reden.

Sie rufen mir Fragen zu, hauptsächlich darüber, was mit Colton passiert ist, und ist es ernst mit Garrett?

Ich lächle und übernehme die Kontrolle über das Gespräch. „Wir freuen uns sehr, heute Abend zu Ehren von *Best Friends Care* hier zu sein. Begleithunde können für Menschen mit Behinderungen, ob physisch oder psychisch, lebensverändernd sein. Ich bin ein langjähriger Unterstützer ihrer Mission."

„Eine großartige Mission", mischt sich Garrett ein. „Die bedingungslose Liebe eines Hundes ist mit nichts auf der Welt zu vergleichen. Über die emotionale Unterstützung hinaus können diese Hunde Lücken in den Fähigkeiten ihrer

Menschen schließen und helfen, ein erfüllteres Leben zu führen. Wer würde das nicht wollen?"

Ich überspiele meine Überraschung. Das war großartig, und ich habe ihm auch nicht gesagt, dass er das sagen soll. Er ist ein Naturtalent vor den Kameras.

Die Reporter sind verrückt nach Garrett, winken ihn für Bilder näher und stellen ihm Fragen, die von seiner Lieblingshundeart bis zu Fragen nach seiner Filmografie oder was er von Amanda Boxer hält, reichen. Das ist verrückt. Sie nehmen an, dass er ein Schauspieler ist, da ich bisher hauptsächlich Schauspieler gedatet habe. Garrett ist entspannt, als er ruhig Fragen beantwortet. Er sagt sogar, er habe großen Respekt vor der Figur der Amanda Boxer und noch größeren Respekt vor der Frau, die sie gespielt hat.

Ich schmelze.

„Amanda!", schreit ein Mann, der sich zwischen die Reporter zwängt. „Warum bist du so ein Miststück? Ich werde dir eine Lektion erteilen."

Mir wird eiskalt. Joe eilt vor, um sich um ihn zu kümmern.

Garrett starrt den Mann an und sagt mit tödlich ruhiger Stimme. „Verschwinde, Mann."

Der Typ zeigt Garrett den Mittelfinger, bemerkt dann jedoch Joe an seiner Seite und verschwindet.

Ich ziehe an Garretts Arm und lasse ihn wissen, dass wir hier fertig sind. Mir ist ganz flau im Magen beim Gedanken daran, dass es auch mit einem Bodyguard und einem beeindruckenden Mann wie Garrett an meinem Arm immer irgendwelche Männer geben wird, die versuchen werden, an mich heranzukommen.

Garrett nickt mir zu, bevor er zu den Reportern sagt: „*Best Friends Care* ist eine großartige Sache. Spenden Sie, wieviel und in welcher Form Sie können, kein Betrag ist zu klein. Oder zu groß."

„Sie sind groß!", haucht eine Reporterin. „Sieht gut aus, wie Sie diesen Smoking ausfüllen."

Ich sehe sie mit zusammengekniffenen Augen an.

Garrett steckt es mit einem Lächeln weg und sagt augenzwinkernd: „Sie nennen mich nicht umsonst Beast."

Neiiiiin. Das ist Futter für ihre Überschrift – Beast. Alle werden sich darauf stürzen.

Ich ziehe noch einmal an seinem Arm, und er folgt mir ins Hotel. Wir werden schnell durch die Lobby zu einer Seitentür und einen langen Flur hinunter zum Ballsaal geführt. Joe ist direkt hinter uns.

Ich spreche leise: „Du hättest ihnen deinen Spitznamen nicht sagen sollen."

„Warum nicht?"

„Weil es ihnen zu viel Futter gibt. *Das* wird explodieren anstatt der Gala."

Er verzieht das Gesicht. „Scheiße. Ich bin neu mit sowas. Ich werde den Rest des Abends nur über die Mission sprechen. Die werden auch da draußen sein, wenn wir gehen, oder?"

„Höchstwahrscheinlich."

„Okay, ich werde es reparieren. Ich werde über die Charity reden und sonst den Mund halten. Bist du okay, nachdem dieses Arschloch dich angeschrien hat?"

„Das passiert oft. Deshalb habe ich Joe." Ich blicke über meine Schulter und lächle ihm dankbar zu.

Seine steinerne Miene verändert sich nicht, doch er nimmt es mit einem Nicken zur Kenntnis. Harter Typ.

Garrett blickt zurück zu Joe und nickt ihm zu, bevor er sich wieder zu mir umdreht. „Müssen eine ganze Menge Typen mit kleinen Schwänzen rumlaufen, die glauben, was beweisen zu müssen."

Ich lächle. „Wenn ich so darüber denke, fühle ich mich gleich besser. Du warst großartig da draußen. Ich bin gerade nur ein bisschen empfindlich. Sie haben dich geliebt."

„Mir haben die Fragen und Kameras nicht so viel ausgemacht, wie ich dachte. Es hat Spaß gemacht, die Rolle von Harper Ellis' Lover zu spielen."

Ich lache ein wenig. Obwohl ich überrascht bin, dass ein Typ wie er, der keine Erfahrung im Umgang mit der Presse hat, tatsächlich Spaß daran hatte. „Ich bin sicher, es ist leichter, die Rolle zu spielen, als die Rolle tatsächlich zu übernehmen."

„Warum? Weil du so tough bist?"

Ich bin nicht liebenswert. Ich blicke zu ihm auf und höre das Lächeln in seiner Stimme. „Ja, klar."

„Zu spät. Dass du ein Süßschnabel bist, hat dich verraten, als du mir deine versteckten Schokoquadrate angeboten hast. Drei kleine Quadrate. Du hast einen ganz weichen Kern."

Ich schüttle meinen Kopf. „Ich habe dir gesagt, dass ich dir diese Schokolade angeboten habe, um meinen neuen Bodyguard kennenzulernen."

Er strafft die Schultern und plustert sich auf. „Ja, all das Gewichtheben zahlt sich endlich aus." Er grinst. „Scherz. Es zahlt sich seit Jahren bei den Frauen aus."

„Das glaube ich gern."

„Du bevorzugst deine Männer dürr wie Colton?"

Ich pruste vor Lachen. Colton ist von Natur aus schlank und arbeitet so verdammt hart, um auch nur die Spur definierter Muskeln zu haben.

Wir bleiben stehen, als unser Begleiter seine Hotel-Sicherheitskarte benutzt, um die Tür für uns zu öffnen. Wir betreten einen glitzernden Ballsaal. Es gibt eine große Tanzfläche, Tische mit weißen Tischdecken für das Wohltätigkeitsdinner und eine Bühne an der Vorderseite für die Ansprachen und Ehrungen. Meine Nerven flattern in der wenig freudigen Erwartung, bald für meine Rede da oben zu stehen.

„Unsere Plätze sind vorne, aber wir sollten uns zuerst unterhalten", sage ich. „Hier sind auch Presseleute, um über die Veranstaltung zu berichten, aber sie werden keine persönlichen Fragen stellen. Das hier sind nicht die Klatschreporter."

„Alles klar." Er hebt sein Kinn und sieht aus wie ein klassischer Hauptdarsteller mit seinem kantigen Kiefer. „Eine Chance, das von vorhin wieder gutzumachen."

Ich muss aufhören, mir ihn in der Schauspielwelt vorzustellen. Er ist Bauarbeiter. Ein ganz normaler Mann.

Ich gehe auf Zehenspitzen und flüstere: „Du hast schon was Wunderbares getan, indem du mit mir hierhergekommen bist."

Er senkt den Kopf und küsst meine Wange, was mich überrascht. „Süß. Ich werde dich für den Rest des Abends Sweetheart nennen. Du kannst mich –"

„Garrett."

„*Lamb chop* nennen."

Ich kichere.

„Was? Lamm ist auch ein Tier, oder nicht?"

„Irgendwie sehe ich dich nicht als kuscheliges kleines Lamm."

Er legt einen Arm um meine Schultern und zieht mich an sich. „Ich kann durchaus kuschelig sein."

Ich kann mein Lächeln nicht unterdrücken, als ich seinem Blick begegne. „Du bist so ein Kuschler im Bett, oder?"

Er sieht mich ernst an. „Ich bevorzuge Löffelchenstellung."

Plötzlich will ich wissen, wie sich das anfühlen würde, wenn sich sein großer Körper von hinten an meinen schmiegt, sein starker Arm um meine Mitte liegt und seine Erektion gegen ...

„Oh, ich freue mich so, dich zu sehen, Harper", sagt eine weibliche Stimme.

Ich wirble meinen Kopf zu Carol herum, der Geschäftsführerin von *Best Friends Care*, und meine Wangen werden rot von meinen Gedanken. Garrett lässt seinen Arm sinken. Ich vermisse ihn sofort. „Hallo Carol, schön, dich zu sehen! Ich freue mich so, hier zu sein. Das ist Garrett Rourke. Garrett, das ist Carol Lemke. Sie ist das Mastermind hinter der Organisation."

„Oh, du", sagt sie liebevoll und streicht ihr lockiges rotes Haar von der Schulter. „Ich würde nicht *Mastermind* sagen. Aber du kannst es so nennen, wenn du willst."

Garrett lacht sanft. „Was Sie tun ist wunderbar. Ich bin sicher, Sie haben viele Leben zum Besseren verändert."

Sie lächelt und betrachtet uns beide. „Jetzt, da wir international sind, haben wir fast eine halbe Million Hunde aus Tierheimen platziert."

„Ich wusste nicht, dass Sie mit Tieren aus dem Tierheim arbeiten", sagt Garrett. „Das ist noch beeindruckender. Sie haben also ein Trainingsprogramm für die Hunde?"

Ich höre stolz zu, wie Carol erzählt, wie sie die Hunde anhand ihres Temperaments auswählen und wie eifrig sie sind, die Arbeit zu erledigen. Es gibt ihnen einen Lebenssinn. Es ist eine Win-Win-Situation für die Hunde und die glücklichen Menschen, die sie haben.

„Platzieren Sie jemals auch Welpen?", fragt er.

„Das tun wir. Die brauchen eine Pflegefamilie, um sich an den Kontakt zu Menschen zu gewöhnen, bis sie so weit sind, mit der Ausbildung anzufangen."

„Ich würde das gerne tun", sagt er, und mein Herz zieht sich zusammen. Genau das habe ich in L.A. gemacht, bevor ich regelmäßige Arbeit hatte. „Wenn ich mehr zu Hause wäre, würde ich mich sofort freiwillig melden. Ich werde es meinen Eltern gegenüber erwähnen. Sie sind jetzt allein zu Hause und haben viel Liebe zu geben."

Ich fange an zu vermuten, dass er ein Herz aus Gold hat. Ich hoffe wirklich, dass dem so ist, weil ich innerlich schmelze.

Carol lächelt ihn an. „Gehen Sie auf unsere Website, und sagen Sie ihnen, dass sie das Freiwilligenformular ausfüllen sollen. Oh, hier, ich habe eine Karte." Sie zieht eine aus ihrer Handtasche. „Geben Sie Ihren Eltern die. Sagen Sie es allen, die Sie kennen. Die Tierheime in der Stadt sind voll." Sie lächelt ihn noch strahlender an. Er scheint diese Wirkung auf andere zu haben. „So schön, Sie kennengelernt zu haben, Garrett." Sie dreht sich zu mir um und flüstert in einem verschwörerischen Ton: „Ich mag ihn."

„Ich auch", flüstere ich zurück.

Sie lächelt, ihre Augen tanzen fröhlich, als sie zum Abschied winkt, bevor sie geht, um sich mit jemand anderem zu unterhalten.

Garrett legt seinen Arm um meine Schultern, und er küsst meine Schläfe. „Sweetheart."

Ein Lachen sprudelt. „*Lamb chop.*"

„Du hast gesagt, du würdest heute Abend wegen deiner Rede so nervös sein, aber du scheinst glücklich zu sein."

Du bist es. „Ich verschließe die Augen vor der Realität."

„Ah. Schauspielkünste zahlen sich aus."

„Komm, lass mich dich den Direktoren und allen anderen, die ich kenne, vorstellen."

„Klingt so, als hätte ich den Harper Ellis-Test bestanden. Du hast mich nicht einmal gebrieft."

„Du bist ein Naturtalent."

Und das ist er. Ich kann einfach nicht fassen, wie gut er Smalltalk mit den Leuten hier macht – geschmeidig, aufrichtig, begeistert von der Sache. Und mit mir? Ist er warm und liebevoll. Ich habe vielleicht das perfekte Date mitgebracht. Eine Spur von Unbehagen rieselt durch mich hindurch. Niemand ist so perfekt, wie er scheint. Irgendwo muss es einen Haken geben. Ich muss aufpassen, dass er sich nicht mehr von mir nimmt, als ich geben will.

Ich werde mich nicht nochmal betrügen lassen.

6

Harper

Wir sitzen jetzt am zentralen Tisch, und sie haben uns unser Abendessen zuerst serviert. Ich kann kaum essen, weil ich weiß, dass ich bald für meine Rede auf die Bühne gerufen werde. Ich zwinge ein bisschen Reis herunter, meine Bewegungen sind ruckartig, jeder Muskel ist angespannt. Garrett bemerkt meinen lautlosen Meltdown nicht, während er sein Essen mit Begeisterung isst. Ich wünschte, es gäbe einen magischen Knopf, mit dem ich schnell zu nach meiner Rede vorspulen könnte. Nichts könnte jetzt meine Nerven beruhigen, nicht einmal der schöne Mann an meiner Seite. Ich kann nur beten, dass ich nicht mitten in meiner Rede anfange zu hyperventilieren.

Bitte, Gott, lass mich für diesen guten Zweck kohärent sein.

Eine große Hand landet auf meiner Schulter, und ich zucke zusammen. Garrett spricht leise. „Hey, nur dein Freund, mit dem du seit drei Wochen zusammen bist und der dich ganz normal berührt."

„Tut mir leid. Ich bin fast dran … " Meine Stimme versagt, als ich mich an meiner eigenen Spucke verschlucke und huste. Ich nehme mein Glas Wasser und trinke es aus.

Er deutet auf den Todesgriff, mit dem ich die Karten mit meiner Rede auf meinem Schoß halte. „Lass mich die Rede sehen."

Ich öffne meine Hand und enthülle mehrere zerknautschte Karteikarten. „Ich sollte sie nochmal durchgehen." Ich streiche sie mit zitternden Händen so gut ich kann glatt und blättere sie durch, ohne die Worte zu verstehen.

„Vielleicht hättest du ein Glas Wein trinken sollen. Oder zwei."

Ich atme scharf aus. „Es ist lächerlich, dass ich bei sowas immer noch Lampenfieber bekomme. Aber das bin ich da oben, nicht die toughe Amanda, weißt du?" Ich schiebe meinen Teller zurück, lege die Karten auf den Tisch und starre sie an. Durchgestrichene Worte und Pfeile, die auf neue Sätze verweisen, springen mir ins Gesicht. Ich hätte alles neu schreiben sollen, damit es keine Verwirrung gibt.

Wem versuche ich hier was vorzumachen? Ich könnte die perfekteste Rede der Welt halten, und niemand würde sie über mein Husten, Stocken und die gelegentlich quietschende Stimme hören. Warum ist das so schwer? Ich verdiene meinen Lebensunterhalt damit, vor der Kamera zu sprechen! Aber das ist alles nur gespielt. Das hier bin ich – ein unbeholfenes Nervenbündel.

„Soll ich dir einen Wein holen?", fragt er.

Ich schüttle den Kopf. „Wenn ich auch nur ein Glas trinke, werde ich da oben lallen. Ich achte sehr darauf, mich gesund zu ernähren und trinke nur einmal pro Woche ein Glas Rotwein zu meinem Steak. Du weißt schon, aus gesundheitlichen Gründen."

„Was würde helfen?"

„Jemand anderes, der die Rede hält?" Meine Stimme wird am Ende unnatürlich hoch.

Er nimmt meine Hand in seine und drückt sie sanft. „Sweetheart, das ist eine Mission, an die du glaubst. Alles, was du tun musst, ist, ihnen zu sagen, warum. Dann wird jeder einzelne der potenziellen Spender, die heute Abend hier sitzen, sein Herz und seine Brieftasche öffnen."

Ich starre auf das Meer der Gesichter, die darauf warten, meine Rede zu hören. Die kultivierte, wohlhabende Elite in ihrer besten Abendgarderobe. Ich soll sie für den guten Zweck motivieren. *Carol sollte diese Rede halten!* Sie ist diejenige, die all die harte Arbeit hinter den Kulissen geleistet hat. Ich hole scharf Luft, da ich angefangen habe, kurz und flach zu atmen.

Eine riesige Leinwand wird hinter uns ausgefahren. Sie werden mein Bild da drauf projizieren, damit mich jeder aus der Nähe sehen kann, zitternd wie Espenlaub.

Ich nehme meine Karten und zwinge mich, langsam genug zu lesen, um zu verstehen.

„Ist die große Leinwand da, damit sie dich sehen können, oder zeigen sie einen Film oder so?", fragt Garrett.

Ich blicke nicht von den Karten auf. „Nur für mich."

„Bin gleich wieder da."

Meine Augen weiten sich. Er lässt mich hier allein? Ich wusste nicht, wie sehr seine ruhige Anwesenheit die Panik in Schach gehalten hat. Ich breche in kalten Schweiß aus. „Wo gehst du hin?"

„Ich will Carol nur schnell was fragen. Bin gleich wieder da, versprochen."

Ich nicke wie ein Wackeldackel. *Gleich wieder da. Er ist gleich wieder da.* „Okay."

Zurück zu meinen Karten. Eine Schweißperle läuft mir über die Stirn, und ich wische sie weg, bevor sie auf meinen Karten landen und die Tinte verwischen kann.

Ich höre, wie das Mikrofon am Podium eingestellt wird. Carol ist da oben. Ich schlucke schwer. Es ist Zeit.

Oh, Garrett ist wieder da und setzt sich neben mich. Er sieht so ruhig aus. Ich starre ihn an und versuche, in diese Ruhe einzutauchen. Er lächelt, aber ich kann nicht zurücklächeln. Meine Lippen fühlen sich taub an.

Carol spricht selbstbewusst und mit großer Begeisterung. „Harper Ellis ist unsere prominente Botschafterin und vieles mehr. Sie ist bei uns, seit wir ein einziges Büro in L.A. hatten, als sie ein Teenager war. Sie hat von Anfang an großzügig gegeben. Mit ihrer Karriere gewann auch ihre Großzügigkeit an Dynamik. Heute Abend ehren wir sie mit unserem Unterstützerpreis für ihren Beitrag zum Wachstum unserer Organisation. Wir sind jetzt global und erreichen so viele Menschen, die liebevolle Kameradschaft und Unterstützung im täglichen Leben brauchen."

Sie bedeutet mir, dass ich auf die Bühne kommen soll. Höflicher Applaus bricht aus. Ich stehe ruckartig auf und schreite auf steifen Beinen zum Podium.

Carol zielt mit einer kleinen Fernbedienung auf ihren Laptop, blickt über meine Schulter und kehrt zu ihrem Platz zurück. Das Publikum seufzt unisono *Awwww* und starrt auf die große Leinwand hinter mir.

Ich drehe mich um und vor Überraschung öffnet sich mein Mund. Da ist ein Bild eines Rudels Golden Retriever-Welpen. Meine Herzfrequenz verlangsamt sich zu einem normalen Rhythmus als ich diese entzückenden Hunde sehe. Sie sind das Herzstück dieser wichtigen Mission. Welpen wie sie werden von ihren Pflegefamilien geliebt, für wichtige Arbeiten ausgebildet und geben Menschen, die sie brauchen, jahrelang bedingungslose Liebe. Eines Tages hoffe ich, selbst einen Golden Retriever zu haben.

Meine Hand fliegt zu meinem Herzen, als ich begreife. Ich lächle Garrett an. Das war er! Ich habe ihm vorhin erzählt, dass ich einen Golden Retriever wollte. Deshalb ist er gegangen, um mit Carol zu reden. Er hat sie gebeten, das Bild zu projizieren, da er wusste, dass es mich beruhigen und die Aufmerksamkeit des Publikums auf die Welpen anstatt auf mich lenken würde.

Er lächelt zurück, und es ist wie eine warme Umarmung.

Danke, forme ich lautlos mit dem Mund.

Er nickt und bedeutet mir, weiterzumachen. Ich hole tief Luft, bevor ich mich wieder dem Publikum zuwende. Ich halte meine Karteikarten hoch. „Die brauche ich heute nicht. Ich werde nur aus dem Herzen sprechen und Ihnen erzählen, warum ich *Best Friends Care* liebe, und hoffentlich werden Sie erkennen, warum Sie das auch sollten."

Und ich tue es. Mein Herz pocht in meinem Hals, als ich von meinem Onkel erzähle, und dann wende ich meinen Blick für einen beruhigenden Moment wieder den Welpen zu, bevor ich all die Bewunderung beschreibe, die ich für das empfinde, was *Best Friends Care* in den zwölf Jahren, die ich nun schon mit ihnen zusammenarbeite, erreicht hat. Meine Stimme ist ein paarmal erstickt und bricht, aber das spielt keine Rolle. Ich habe alles gesagt, was ich sagen wollte, und schließe mit: „Bitte geben Sie von Herzen für diese wichtige Sache, die das Leben eines Menschen und eines Hundes aus einem Tierheim verändern kann."

Die Menge bricht in tosenden Applaus aus. Er ist nicht für mich. Er ist für Carols harte Arbeit und Hingabe. Ich lächle und weise auf sie, als sie sich dem Podium nähert. „Und hier ist sie wieder, das Herz und die Seele dieser wunderbaren Organisation: Carol Lemke."

Sie schließt sich mir an und sagt ins Mikrofon: „Danke, Harper. Wie Sie gerade gehört haben, tut *Best Friends Care* Gutes auf dieser Welt, und wir hoffen, dass Sie uns unterstützen werden. Auf Ihren Tischen finden Sie ein Kartenlesegerät zum Spenden. Die Gesamtsumme des heutigen Abends wird von jetzt an hier oben angezeigt." Sie zeigt auf den Bildschirm, auf dem jetzt eine Null steht, die plötzlich auf zehntausend Dollar umspringt. „Oh, danke!" Sie blickt auf die Menge. „Danke, wer auch immer angefangen hat."

Wunderbar! Ich gestikuliere allen zu, weiterzumachen. An jedem Tisch zücken die Gäste ihre Kreditkarten. Ich starre auf den Bildschirm, als Jubel sich unter den Gästen erhebt. *Whoa.* Es ist bereits eine Viertelmillion.

Ich hab's geschafft!

Mit ein wenig Hilfe von den Welpen und einem sehr intuitiven Mann.

Garrett

Harper lässt sich auf ihren Platz neben mir fallen, die Wangen gerötet, ihre Augen strahlend. Sie unterstützt diese Charity seit ihrem sechzehnten Lebensjahr. Das ist ein beeindruckendes Engagement. Sie ist beeindruckend, die Art von Frau, dich ich gesucht habe – süß, großzügig, fleißig. Ich bin so verdammt stolz auf sie.

Sie nimmt ihr Wasser und trinkt einen langen Schluck.

Ich beuge mich vor. „Das hast du gut gemacht."

Sie strahlt und überrascht mich mit einer kurzen Umarmung. „Es war nicht ganz der TED-Talk, den ich mir erhofft hatte, aber das Foto von den Welpen hat mir wirklich geholfen, mich zu entspannen. Danke, dass du daran gedacht hast."

„Ich helfe gerne."

Wir lächeln uns einen schwindelerregenden Moment an, bevor eine weitere Welle des Jubels aufbrandet. Ich drehe mich zur Leinwand um, auf der sich die Spenden häufen. Diese Leute sind stinkreich.

Nachdem der Spendenteil des Abends vorbei ist und atemberaubende zwei Millionen Dollar an Spenden eingegangen sind, beginnt eine Band zu spielen, und alle strömen auf die Tanzfläche, um zu tanzen.

„Komm", sage ich, nehme ihre Hand und ziehe sie von ihrem Stuhl.

Ihr Blick hält meinen für einen spannungsgeladenen Moment fest. „Forderst du mich etwa zum Tanzen auf, *Lamb chop*?"

Ich grinse. „Vollkommen korrekt, Sweetheart."

Ich führe sie auf die Tanzfläche, lege meine Hand auf ihren Rücken und genieße das Gefühl ihrer nackten Haut unter meiner Hand, die sich erwärmt. Sobald wir auf der Tanzfläche sind, nehme ich ihre Hand in meine und fange an, sie zum Takt des Walzers zu führen.

„Haben sie dir im königlichen Palast beigebracht, so zu tanzen?", fragt sie.

„Eine Ex. All diese Musikfestivals sind normalerweise voll von Frauen, die gerne tanzen. Eine von ihnen hat mich gebeten, mit ihr einen Gesellschaftstanzkurs zu machen."

„Wie lange hast du das gemacht?"

„Acht Wochen. Der Coach sagt, ich bin ein Naturtalent." Ich tauche sie über meinen Arm und bringe sie langsam wieder hoch. „Ich habe Rhythmus."

Ihre Augen sind groß, ihre Lippen geöffnet. „Ich fühle mich wie in einem Musical."

Ich lache. „Gut. Das sind normalerweise fröhliche Shows, oder? All das Gesinge und Getanze."

„In der Regel. Hast du viele Broadway-Shows gesehen?"

„Nein, nur eine. Die Eltern meines Freundes haben mich mitgenommen, als ich ein Kind war, um den König der Löwen zu sehen. Es war toll."

Sie strahlt. „Ich liebe diese Show auch. Ich habe sie als Erwachsene gesehen."

„Entschuldigung", sagt ein Mann. „Darf ich ein Foto für die Gesellschaftsseiten aufnehmen?" Er hält eine Kamera in der Hand.

Ich werfe Harper einen Blick zu. Sie sieht auch überrascht aus.

„Ich dachte, die einzige Presse hier ist da, um über das Event in den Nachrichten zu berichten, nicht in den Gesellschaftsseiten", sagt Harper.

„Ja, aber ich habe meiner Redakteurin gesagt, dass wir hier jemanden aus dem europäischen Adel haben, und sie hätte gern ein Bild von ihm für die Gesellschaftsseite. Ich bin von der *New York Times*." Er dreht sich zu mir um. „Macht es Ihnen etwas aus?"

Die New York Times will mich? *Ich bin doch kein bekannter Prinz oder sowas.*

„Sie wissen, dass ich in meinem Leben nie Gefahr laufen werde, den Thron besteigen zu müssen, oder?", frage ich den Mann. „Ich bin weit, weit unten in der Thronfolge."

Er streicht über mein Revers. „Sie sehen fürstlich in diesem Smoking aus, und es ist das erste Mal, dass Sie jemand bei einer wichtigen Veranstaltung sieht. Der ledige Prinz und die schöne Schauspielerin. Unsere Leser werden dafür sterben."

Ich sehe Harper an. Sie denkt einen Moment darüber nach und stimmt schließlich zu.

Der Fotograf winkt uns weiter. „Tanzen Sie einfach weiter, wie Sie es eben gemacht haben, lächeln Sie einander an, und flirten Sie. Das ist perfekt."

Wir tanzen weiter. Harper lächelt das unechteste Lächeln, das ich je von ihr gesehen habe.

Ich lehne mich an ihr Ohr. „Harp, kann ich dich Harp nennen? Du siehst aus, als hättest du gerade zusehen müssen, wie jemand anderes deinen Oscar bekommen hat."

„Tue ich nicht", sagt sie erhitzt. „Außerdem wurde ich nie für einen nominiert."

Ich richte mich auf. „Ich gebe dir den Preis für das gezwungenste Lächeln."

Sie kichert. „Du bist grottenschlecht im Flirten."

„Sweetheart, ich versuche es nicht einmal."

Bei *Sweetheart* wird sie weich, ihre haselnussbraunen Augen sind auf meine gerichtet. Jedes Nervenende ist in Alarmbereitschaft, die Chemie flirrt kraftvoll zwischen uns. Rohe Lust durchströmt mich.

„Perfekt!", sagt der Fotograf und schnappt ein Bild nach dem anderen. Nachdem er mit den Ergebnissen zufrieden ist, bedankt er sich bei uns und geht.

Ein weiterer langsamer Tanz beginnt, also ziehe ich sie näher und tanze weiter.

Sie seufzt, scheint sich dann an etwas zu erinnern und schafft ein wenig Abstand zwischen uns. „Du bist so ein guter Tänzer, ich fürchte, ich bin ein bisschen zu nahegekommen."

„Zu nahe gibt es nicht."

„Garrett", sagt sie leise, „du bist ein netter Kerl, aber das ist ein Date unter Freunden."

Netter Kerl. Das ist weiblicher Code für, *ich fühle mich nicht von dir angezogen.* Was eine Lüge ist. Die Chemie hier ist so offensichtlich, dass wir einen Fotografen angezogen haben. Ich glaube ihm nicht, dass meine Verbindung zum Thron von Villroy für die New Yorker Elite so interessant ist. Wir sind die armen Verwandten der reichen königlichen Familie. Unser Geschäft läuft gut, aber die meisten Gewinne fließen in den Kauf der nächsten Immobilie. Wir bauen das Geschäft ja immer noch auf. Dieser Typ wollte unser Bild, weil Harper und ich diese spürbare Verbindung haben. Warum versucht sie, es zu leugnen?

„Und warum haben wir ein Date unter Freunden anstatt eines echten Dates?", frage ich.

Sie blinzelt ein paarmal. „Warum?"

„Ja, warum?"

Sie starrt auf meine Schulter. „Weil dieser Fotograf mich daran erinnert hat, warum ich vorsichtig sein muss. Ich habe gerade mit dem Jüngsten in einer langen Reihe schlechter Entscheidungen bei Männern Schluss gemacht, und ich weiß, dass du damit nichts zu tun hast, aber ich schleppe Ballast mit mir herum, okay? Ich bin momentan nicht bereit, mich auf jemanden einzulassen."

Das ist ehrlich, und ich weiß das zu schätzen. Noch wichtiger ist, dass es nichts Persönliches gegen mich ist.

„Verstehe ich", sage ich.

Ihr Mund öffnet sich überrascht. „Wirklich?"

Ich flüstere ihr ins Ohr: „Hast du erwartet, dass ich die

Flucht ergreife, weil Sex vom Tisch ist? Ich kann es langsam angehen lassen. Ich denke, du bist es wert."

Ich hebe den Kopf wieder, um ihren Gesichtsausdruck zu lesen.

Ihre Augen glänzen voll unvergossener Tränen. „Du bist nicht wie die Männer, die ich normalerweise treffe."

Ich grinse. „Das ist das Beste, was ich den ganzen Abend gehört habe. Neben deiner unglaublich motivierenden Rede. Deinetwegen haben sie heute über zwei Millionen Dollar gesammelt."

„Nein", sagt sie lächelnd.

„Ja. Carol hat sogar ihre langweilige Rede ausgelassen, weil sie wusste, dass sie das Harper Ellis-Momentum nutzen musste."

„Oh, hör auf", sagt sie und senkt den Kopf.

Ich hebe ihr Kinn. „Du kannst wirklich kein Kompliment annehmen."

„Ich bin das nicht gewohnt."

„Dann gebe ich dir mehr, bis du eine Toleranz aufbaust."

„Eine Art Desensibilisierungsprogramm?"

„Ganz genau, Sweetheart."

Sie strahlt mich an und kommt ein wenig näher in unserem langsam wiegenden Tanz. „Du bist unglaublich."

Blitzlichtgewitter umgibt uns. Ich drehe mich überrascht um, als mehrere Fotografen Bilder von uns machen. Sie zieht mich von der Tanzfläche in eine ruhige Ecke, wo wir vor den Blicken der Fotografen geschützt sind.

„Was ist das mit all den Fotos?", frage ich sie. Es ist ein bisschen seltsam, dass die Reporter hier, die sich weniger mit Klatsch als mit Substanz befassen sollten, unsere Fotos wollen. Wie viele Gesellschaftsseiten kann es schon geben?

„Ich weiß nicht. Meine Publizistin sagte, sie habe viel Presse für das Event arrangiert. Doch jetzt fängt es an, sich persönlicher anzufühlen. Wahrscheinlich wegen der Colton-Sache. Wir sind eine Geschichte. Normalerweise hält sie die

Klatschtypen aus sowas raus. Ich finde das ein bisschen gruselig."

„Willst du gehen?"

„Nein, ich werde das durchstehen. Lass uns nur darauf achten, nichts zu tun, was Aufmerksamkeit erregt."

„Wie Gesellschaftstanz?"

Sie lacht. „Ja."

Ich grinse. „Also kein anbetend in deine Augen schmachten?"

Sie gibt meiner Schulter einen kleinen Stoß. „Du bist zum Schießen."

Ich wackle mit den Brauen. „Bin ich oder bist du gerade so angemacht, dass du bereit bist, mich zu Boden zu werfen und mir die Kleider vom Leib zu reißen?"

Sie lacht, und dann kann sie nicht aufhören, Tränen fließen über ihr Gesicht. Joe wirft mir einen seltsamen Blick zu – er steht wie immer in der Nähe. Ich zucke die Achseln. Ich hatte keine Ahnung, dass ich so ein Komiker bin. Die Leute fangen an zu starren.

Ich auch, wenn auch ein wenig beleidigt. „Bist du fertig damit, dich über die Idee, mich nackt zu sehen, kaputtzulachen?"

Sie wird ernst. „Tut mir leid. Es ist nur so, dass ich eine lebhafte Fantasie habe und alles wie einen Zeichentrickfilm gesehen habe. Wie ich mit großen Herzen in den Augen in die Luft springe und mich dann auf dich stürze. Aber du bist so groß, dass es lächerlich ist." Sie lacht noch mehr. „Tut mir leid. Es war einfach urkomisch."

Ich spiele beleidigt Irritation vor, schnaube und starre an die Decke. Dann kitzle ich sie, und sie kreischt überrascht. Ich ziehe sie in meine Arme, umarme sie und schütze sie gleichzeitig vor neugierigen Augen und Kameras.

„Machen wir eine Szene?", fragt sie meine Brust.

„Das ist mein schlechter Einfluss. Du kannst mich nirgendwohin mitnehmen."

Sie lächelt mich an, und mein Herz donnert in meiner Brust. Ich will sie so sehr küssen. Doch ich habe gesagt, ich würde ihr Zeit geben, mich als Freund kennenzulernen, damit sie sehen kann, dass sie mir vertrauen kann. Und das kann nur helfen, wenn wir etwas Tieferes aufbauen. Dann werde ich sicher wissen, dass ich nicht nur ihr Rebound-Typ bin.

„Lass uns zurück zu unseren Plätzen gehen", sage ich und lege einen Arm um ihre Schultern. „Wir sind da weniger interessant als auf der Tanzfläche oder kichernd in der Ecke, und wir haben Gelegenheit, uns mehr zu unterhalten."

„Ich kichere nicht", protestiert sie. „Ich bin sehr ernst."

„Mh-hm."

„Du hast mich gekitzelt. Das hat mich überrascht."

„Vergiss dein lustiges Kichern beim Gedanken, mich nackt zu sehen, nicht."

Sie kichert wieder. „Nur die animierte Version in meinem Kopf."

„Hör auf, es dir vorzustellen", befehle ich.

Sie versucht, ein Lachen zu unterdrücken, doch ihre haselnussbraunen Augen tanzen vor Belustigung. Süße Frau. Ich will sie so verdammt sehr.

Auf dem Weg zu unserem Tisch werden wir mehrmals von Gästen angehalten. Die meisten Leute wollen nur die Gelegenheit, ein paar Worte mit ihr zu wechseln. Sie ist lebhaft und enthusiastisch und ermutigt sie, sich auf jede erdenkliche Weise für *Best Friends Care* zu engagieren. Jedes Kompliment, das sie ihr machen, biegt sie ab und lenkt die Aufmerksamkeit auf die Sache, selbst, während sie Programme und Eintrittskarten signiert und für Selfies posiert. Sie gibt ihnen, was sie wollen, aber es geht nie um sie. Kein großes Ego hier, wo das leicht möglich gewesen wäre, so, wie die Leute über sie herfallen. Ich mag es. Ihre Bekanntheit ist ihr nicht zu Kopf gestiegen, was bedeutet, dass sie mit einem normalen Mann wie mir zusammen sein könnte. Es funktioniert bei Sean und Josie ja auch. Natürlich haben sie sich kennengelernt, als Josie eine arbeitslose Schauspielerin war. Trotzdem habe ich Hoffnung.

Am Ende des Abends weiß ich es ohne Zweifel. Sie ist mir aus einem bestimmten Grund über den Weg geschickt worden. Hier ist das Schicksal am Werk.

7

———

Am nächsten Morgen wache ich auf und strecke mich. Meine Gedanken springen zu gestern Abend – Garrett. Er hat mich Sweetheart genannt. Er sagte, ich bin es wert, es langsam angehen zu lassen. Was für eine Offenbarung dieser Mann ist!

Ich nehme mein Handy vom Nachttisch, setze mich auf, schiebe ein paar Kissen hinter meinen Rücken und schalte es ein. Ein paar Augenblicke später erscheint eine Reihe von Nachrichten meiner Publizistin.

Dana: *Oh mein Gott, du hast es geschafft!. Du bist auf der Gesellschaftsseite der* New York Times! *Ihr zwei seht toll zusammen aus. Jeder liebt euch. Du musst ihn zu weiteren Veranstaltungen mitnehmen. Sie spekulieren, dass du die nächste amerikanische Prinzessin sein wirst!!!*

Es folgt eine Reihe von Links. Bilder und Geschichten von der Veranstaltung und vom roten Teppich. Fast alle konzentrieren sich auf Garrett, wobei ab und an eine Geschichte die Leser an mich und Colton erinnert. Alle wollen mehr über den „geheimen Prinzen von Brooklyn" erfahren. Einige fragen, in welchen Filmen er gespielt hat. Andere spekulieren, dass er ein Model ist.

Ich presse meine Lippen zusammen, und Galle steigt mir in den Hals. Wo sind die Artikel über *Best Friends Care*? Das war der springende Punkt der Gala. Ich starte eine Suche in der Hoffnung, etwas zu finden. Es gibt nur wenige kurze Artikel, die so blah klingen wie die Pressemitteilung darüber, wie viel der Abend eingebracht hat. Zumindest etwas, doch ich hatte gehofft, dass die Veranstaltung weitere Wellen schlagen würde, um die Öffentlichkeit zu motivieren. Ich hätte ihn nicht mitbringen sollen. Ich wollte allein gehen. Natürlich hätte der Fokus dann wahrscheinlich auf Colton und dem, was mit uns passiert ist, gelegen.

Warum können sich die Leute nicht auf das konzentrieren, was wichtig ist? Mein Liebesleben sollte niemanden etwas angehen außer mich. Ich weiß, dass das dazugehört, wenn man eine Persönlichkeit des öffentlichen Lebens ist, aber bitte!

Ich muss wissen, was Garrett über all das denkt, also schreibe ich ihm. *Du bist berühmt.*

Keine Antwort.

Ich blinzele irritiert Tränen weg. Die kommen nur von dem Ballast, den ich mit mir rumschleppe. Garrett war wunderbar gestern Abend.

Nach dem Duschen mache ich es mir auf dem Sofa bequem, um in meinem Lieblings-T-Shirt und meinen Fleece-Pyjamahosen einen alten Film zu sehen. Ich brauche nach einem großen Ereignis wie der Gala immer Zeit, meine Batterien wieder aufzuladen. Mein Handy pingt mit einem Text, und ich nehme es vom Sofatisch.

Garrett: *Du bist die Berühmte, Sweetheart. Ich war nur in deinem Schatten.*

Ich kann seine tiefe, sanfte Stimme durch die Worte fast hören und ertappe mich dabei, dass ich lächle.

Garrett: *Vor meiner Haustür wartet eine Horde von Leuten mit*

*Kameras. Sind die wirklich meinetwegen da? Wenn ja, was soll ich
tun? Ich muss heute raus.*

Er weiß wirklich nicht, warum die Paparazzi vor seiner
Tür lagern?

Natürlich. Er hat keine Publizistin, die ihm Links zu Arti-
keln schickt. Und ich bezweifle, dass er einen Google-Alert
für seinen Namen eingerichtet hat. Warum sollte er auch?
Normalerweise berichtet niemand über einen Mann, der auf
einer Baustelle arbeitet.

Ich: *Diese Leute sind Paparazzi. Du bist gerade im ganzen
Internet der Hit. Jeder will mehr über den geheimen Prinzen von
Brooklyn erfahren.*

Garrett: *Im Ernst?*

Ich: *Ja!*

Ich schicke ihm ein paar der Links, die Dana mir geschickt
hat. Ein paar Minuten später schreibt er mir wieder.

Garrett: *Sie sagen, ich bin ein Model.*

Er ist stolz auf seine Rolle in seinem Familienunternehmen
– sie leisten wichtige Arbeit – und ich kann mir vorstellen,
dass er nicht glücklich ist, wenn die Leute ihn als Model definieren. Ich versuche, ihn zu beruhigen.

Ich: *Das passiert andauernd. Nimm es dir nicht zu Herzen. Es
bedeutet nichts.*

Mein Handy klingelt und überrascht mich. Er ruft mich
an. Mein Herz rast vor Aufregung.

„Bist du böse auf mich?", fragt er in dem Moment, in dem
ich mich melde.

Ich bin immer noch überrascht. „Warum sollte ich böse auf
dich sein?"

„Weil da lächerlich viel über mich geschrieben wurde und
du kaum erwähnt wirst."

Meine Nackenhaare stellen sich bei seinem Ton auf. „Ich
werde auch erwähnt. Ich denke nicht – es ist in Ordnung."

„Du *bist* böse auf mich. Ich spreche fließend Frau. In
Ordnung ist nie in Ordnung."

Ich kann spüren, wie ich zur Selbstverteidigung dichtmache. Er spricht fließend Frau, offensichtlich wegen all seiner *vielen* Freundinnen. „Gut für dich, dass du die weibliche Sprache so gut gelernt hast."

„Mh-hm. Schau, du hast mich gebeten, zu diesem Ding mitzukommen, nachdem dein Arschloch-Ex dich hängengelassen hat. Ich bin mir nicht sicher, wie das meine Schuld sein soll. Ich bin nur deinetwegen für die Öffentlichkeit interessant."

„Du kommst aus einer Königsfamilie. Das macht dich von Natur aus interessant."

„Meine fünf älteren Brüder auch. Meine sieben Cousins auch. Und jeder andere Verwandte, den ich habe."

„Ja, aber sie waren letzte Nacht nicht bei mir. Du schon." Bedauert er es, mit mir im Rampenlicht zu stehen, weil alle Vermutungen über ihn anstellen? Sind es die Paparazzi, die ihm auflauern, die das Problem sind?

Oder vielleicht ist er auch nur jemand, der mich benutzt, und er ist wütend, weil ich ihn irgendwie darauf aufmerksam gemacht habe. Klassisches Verhalten für so jemanden, dem anderen die Schuld zu geben. Ich wollte, dass er anders ist.

Ich bin verwirrt.

„Garrett –"

Er stößt einen langen Pfiff aus. „Ich habe mich wirklich geirrt. Hier dachte ich, dir geht's nicht um Ruhm, kein großes Ego hier. Mann, dabei gibt es in der ganzen Stadt nicht genug Platz für dein Ego."

Ich keuche. „Wie bitte?"

„Du hasst es, dass sie sich auf mich konzentrieren. Und du bist wütend, weil du denkst, ich wollte das. Ich wollte nur ein Date mit jemandem, den ich für eine freundliche, mitfühlende und fürsorgliche Frau gehalten habe. Jetzt sehe ich, was gestern Abend wirklich für dich war, eine große PR-Kampagne, damit du gut aussiehst."

„Das ist nicht wahr!"

„Ich bin so enttäuscht von dir."

Mein Magen verknotet sich. „Die Mission ist mir wichtig. Sehr sogar. Ich habe dir gesagt warum."

Er schnaubt. „Und jetzt habe ich diese Verrückten unten. Soll ich mit ihnen sprechen? Ignoriere ich sie?"

„Du kannst sie ignorieren, aber sie werden dir folgen."

„Na toll, sie sollten mir heute Abend besser nicht folgen, wenn ich zu meinen Eltern zum Abendessen gehe. Das geht zu weit."

„Dann musst du eine Erklärung abgeben und ihnen sagen, dass das alles ist, was du sagen wirst."

„Was für eine Erklärung?"

„Was auch immer du ihnen sagen willst. Es liegt an dir. Nur erwähne mich nicht."

„Lächerlich", murmelt er. „Alles nur, weil ich zu dieser Gala gegangen bin."

Schuldgefühle nagen an mir. Er bereut es, und es ist meine Schuld, dass die Leute ihm auflauern. Das Mindeste, was ich tun kann, ist, ihn vor dem zu schützen, womit ich mich herumschlagen muss. „Du musst nächsten Samstag nicht mit mir zur Benefizveranstaltung der Rourke-Foundation gehen."

„Wow. Danke für die Ausladung zur Benefizveranstaltung meiner eigenen Familie. Das wird ja immer besser. Ich bin so froh, dass ich diesem Freunde-auf-einem-Date-Bullshit zuge-stimmt habe. Tschüss, Harper."

Ich zucke zusammen angesichts des barschen Abschieds. Er hat aufgelegt!

Ich atme zittrig aus. Irgendwie ist das Gespräch aus dem Ruder gelaufen.

Genau aus diesem Grund wollte ich mich nicht so schnell wieder mit jemandem einlassen. Ich bin immer noch verletzt, und das macht mich besonders defensiv und verletzlich. Ich reibe meine Schläfe gegen die Kopfschmer-zen, die anfangen, dort zu pochen. Er war auch sehr defensiv und barsch.

Verdammt nochmal. Ich brauche keine Schuldgefühle und diesen *ich-bin-so-enttäuscht-von-dir*-Müll.

Garrett Rourke kann mir den Buckel runterrutschen.

Garrett

Harper Ellis kann mir den Buckel runterrutschen.

Wo zum Teufel ist ihr Problem? Ich habe ihr einen *Gefallen* getan, nachdem sie einem Reporter meinen Namen genannt und so getan hat, als wären wir ein Paar. Und das ist der Dank? Ich jogge die Treppe hinunter, auf dem Weg nach draußen für meinen morgendlichen Lauf. Sie ist angepisst, weil sie glaubt, ich hätte ihr das Rampenlicht gestohlen. Ich war überrascht, dass die Presse denkt, ich sei ein Model, da ich das noch nie in Betracht gezogen habe. Und dann macht sie mich runter und sagt, es ist nur Gelaber und bedeutet nichts. Ich wette, sie glaubt, ich benutze sie, um in der Entertainmentwelt Fuß zu fassen, dabei bin *ich* derjenige, der hier benutzt wurde. Sie wirft mich mit ihrem Ex in einen Topf. Und ich habe sie wirklich gut behandelt. Und hier war ich und habe geglaubt, dass das der Beginn von was Gutem zwischen uns war.

Jetzt, wo ich darüber nachdenke, könnte Modeln eine Überlegung wert sein. Meine Mutter war ein Model, als sie jünger war. Sie hat genug verdient und damit ihr Studium finanziert. Es könnte ein lukrativer Nebenjob für mich sein. Ich würde das Geschäft meiner Familie niemals verlassen. Ich bin eifrig mit einem Werkzeug (oder der Kinderversion davon) in der Hand in die Fußstapfen meiner Brüder getreten, seit ich laufen konnte. Das machen wir als Familie. Doch wäre es nicht großartig, das Geld zu haben, um das Haus zu kaufen, das ich mir immer gewünscht habe, anstatt es zu mieten? Harper ist zu sehr mit ihrem eigenen Mist beschäftigt, um zu sehen, wie es für andere Leute ist.

Ich öffne die Haustür, gehe hinaus und werde von Kamerablitzen geblendet, während Reporter mir Fragen zuschreien.

„Was denkt Colton von euch beiden?"

„Wird Harper Ellis die nächste amerikanische Prinzessin sein?"

„Gibt es Projekte mit Ihnen und Harper in den Hauptrollen?"

Ich verschränke die Arme vor der Brust. „Ich habe nur eines zu sagen, also hören Sie zu. Mehr bekommen Sie von mir nicht. Harper und ich haben uns im Guten getrennt. Ende der Geschichte."

Ich jogge den Gehsteig hinunter und biege in Richtung Park ab. Die Wichser folgen mir und schreien immer noch Fragen.

Ich laufe schneller, und nach einer Weile geben sie auf. Es lohnt sich, in Form zu sein. *Gern geschehen, Harper. Jetzt bist du frei von dem Typen, von dem du denkst, dass er dich benutzt hat.* Von hier an sind es meine eigenen Bemühungen, die meine Zukunft bestimmen. Ich werde heute Abend mit meiner Mutter über das Modeln sprechen.

Ich beiße die Zähne zusammen und bin immer wieder wütend darüber, dass Harper mich in dieselbe Kategorie wie ihr Arschloch-Ex gesteckt hatte. Ich hätte wissen sollen, dass ein Star ein großes Ego haben würde, dass sie denkt, dass alles sich um sie drehen muss, und es hasst, das Rampenlicht zu teilen. Ich habe keine Zeit für diesen Bullshit.

Meine Gedanken wandern zu ihren zitternden Händen kurz vor ihrer Rede.

Dann dazu, wie sie mir eines ihrer letzten kleinen Schokoquadrate angeboten hat.

Okay, sie ist nicht *nur* Ego. Sie ist eine echte Frau mit Unsicherheiten wie alle anderen auch. Oh nein, ich weigere mich, weiter darüber nachzudenken. Ich bin beleidigt und habe

Besseres verdient, nachdem ich sie wirklich gut behandelt habe.

Ich halte den ganzen Tag dieses selbstgerechte Gefühl fest. Bis ich am Abend zum Abendessen bei meinen Eltern ankomme. Mein Vater sieht mich an und sagt mit seiner natürlich autoritären Stimme: „Wir müssen über diese Presse sprechen, mein Sohn."

Und genau in diesem Moment weiß ich, dass ich mich nicht mehr so selbstgerecht fühlen werde.

Er bedeutet mir, mich auf das dunkelblaue Sofa im Wohnzimmer zu setzen. Meine Mutter winkt mir aus der Küche zu, wo sie ihren berühmten Schmorbraten mit Kartoffeln zubereitet. Es ist ein offener Grundriss – Wohnzimmer, Küche, Esszimmer gehen fließend ineinander über, wie es für die Reihenhäuser in Brooklyn typisch ist. Sie haben die Taschenschiebetüren, die die Räume trennen, schon immer offengelassen.

Ich lächle sie an und setze mich. „Ich komme dir gleich helfen." Ich bin gespannt darauf, mit ihr über den Einstieg ins Modeln zu sprechen. Ich muss zuschlagen, solange das Eisen heiß ist. Bei meinem derzeitigen Gehalt wird es Jahre dauern, bis ich mir ein Haus leisten kann.

„Hört sich gut an", sagt sie und lächelt mich an.

Ich wende mich meinem Vater zu, der mir auf dem Zweisitzer gegenübersitzt, den Rücken gerade, die Schultern straff. Ich schwöre, er könnte überall sitzen – von einem Barhocker bis zu einem alten Liegestuhl – und immer so aussehen, als säße er auf einem Thron. Man kann einem Mann seine Krone wegnehmen, aber er wird immer König sein.

„Scheint, als wärst du eine lokale Berühmtheit geworden", sagt er.

„Wie hast du davon gehört?" Ich hätte nicht gedacht, dass meine Eltern die Gesellschaftsseiten oder Klatschfetzen lesen.

„Mrs. Bianchi hat es uns erzählt", sagt er. „Anscheinend hat sie einen Google-Alert für alle Rourkes." Er verkneift es sich gerade so, mit den Augen zu rollen – zu unwürdig – und tauscht einen Blick mit meiner Mutter aus. Mrs. Bianchi ist unsere Nachbarin.

„Sie interessiert sich für uns", sagt meine Mutter diplomatisch.

„So viel ist klar", sagt mein Vater.

Es hat eine Fehde gegeben. Solange ich denken kann, waren Mama und Mrs. Bianchi wütend aufeinander. Die Familienlegende besagt, dass alles mit einem fehlenden Servierlöffel bei einem Potluck-Abendessen der Nachbarschaft bei den Bianchis begann. Das war vor meiner Geburt, aber ich habe das Getuschel gehört. Mom ist nach Hause gekommen und hat festgestellt, dass sie ihren Servierlöffel nicht hatte, also ging sie nach nebenan, um ihn zu holen. Mrs. Bianchi behauptete, sie hätte ihn nie gesehen. Meine Mutter schwor, dass Mrs. Bianchi ihn gesehen haben musste, da sie von der Verzierung geschwärmt hatte. Wie auch immer, Mom ist wütend nach Hause gegangen und hat gesagt, Mrs. Bianchi sei eine Diebin. Von da an ging es schnell bergab, als sich die Bianchis einen Hund zugelegt haben, der ständig durch ihren kaputten Zaun gekommen ist, um in unserem winzigen Garten sein Geschäft zu erledigen. Von da an herrschte totaler Krieg zwischen Mom und Mrs. Bianchi, bei dem sich die beiden Ehemänner für die eine oder andere Beschwerde einmischten. Aber das ist jetzt vorbei, seit Mrs. Bianchis Tochter Ariana meinen ältesten Bruder Dylan geheiratet hat. Jetzt sind alle wieder Freunde. *Freundlich.*

Mein Vater sieht mich an. „Es ist seltsam, eine Persönlichkeit des öffentlichen Lebens zu sein. Dein Privatleben ist nicht dein eigenes. Man muss immer den Schein wahren und niemals ein schlechtes Wort über jemanden verlieren. Das haftet dir sonst an."

„Ich habe nichts Schlechtes gesagt."

Er neigt den Kopf. „Ich sage dir nur das, was ich weiß, nachdem ich im Rampenlicht aufgewachsen bin. Verwechsle niemals die Freundlichkeit eines Reporters mit tatsächlicher Freundschaft. Du musst deine Gedanken und Gefühle für dich behalten. Die sind nicht für die Öffentlichkeit bestimmt. Was ein Reporter am meisten will, ist, dich in einem verletzlichen Moment zu erwischen und ein Eingeständnis von etwas zu hören, aus dem er eine Geschichte fabrizieren kann."

Ich nicke.

Er runzelt die Stirn und scheint in Gedanken versunken zu sein. „Für eine Person des öffentlichen Lebens ist es schwierig zu wissen, wem man vertrauen kann. Zu viele Menschen hoffen, von den Verbindungen zu profitieren. Jeder will ein Stück von dir oder das, was du für ihn tun kannst."

Und da geht mein Zorn des Gerechten. Er spricht über sich selbst, doch ich sehe sofort die Wahrheit für Harper. Sie ist defensiv, weil sie es sein muss, besonders bei einem Mann. Männer sind ein Problem für sie – Stalker, Betrüger, Benutzer. Es ist ein Wunder, dass sie überhaupt bereit ist, sich zu verabreden. Natürlich ist sie jung und schön. Es wäre eine Schande, wenn sie das verschwenden würde. Schade, dass sie es nicht wie eine normale, nicht-berühmte Frau genießen kann.

Mein Vater fährt fort. „Solange du Zeit mit Harper verbringen willst, musst du vorsichtig sein. Lächle für die Kameras, das ist in Ordnung. Aber gib ihnen nicht mehr. Wir wollen nicht, dass irgendwelcher Schmutz mit dem Namen Rourke in Verbindung gebracht wird."

Scheiße. Daran hatte ich noch nicht einmal gedacht. Erst seit kurzer Zeit ist unsere Familie wieder im Königreich willkommen. Es bedeutet meinem Vater viel nach seiner Verbannung. In der Presse geht's nicht nur um mich, sondern auch um meine Familie.

„Ich werde vorsichtig sein", sage ich.

Er lächelt. „Ich bin sicher, sie hat PR-Leute, die sie auf dem Laufenden halten. Lass sie ihr Ding machen."

„Honey, er verbringt keine Zeit mehr mit ihr!", ruft meine Mutter aus der Küche. „Es gibt eine neue Geschichte über

Garrett, die besagt, dass sie sich im Guten getrennt haben. Geht's dir gut, Teddybär?"

„Ja, mir geht's gut", sage ich durch meine Zähne. Nicht, dass es eine echte Beziehung gewesen wäre. Ich war ein Anhängsel, um sie gut aussehen zu lassen. Da ist dieses selbstgerechte Gefühl wieder. Harper war im Unrecht, nicht ich.

Mein Vater wedelt mit dem Finger. „So etwas solltest du nicht mit der Presse teilen. Damit hast du nur Wasser auf ihre Mühlen gegossen."

Ich bin angespannt. „Ich dachte, das würde die Spekulationen beenden."

Er schüttelt den Kopf. „Das ist wie Benzin ins Feuer zu gießen. Jede neue Information hält es am Leben. Sag von jetzt an einfach *kein Kommentar*."

Das ist schlecht. Zuerst ging es um Harper, die betrogen wurde, dann um unsere neue Beziehung und jetzt um unsere Trennung. Wird sie eine weitere vorgetäuschte Beziehung erfinden, um unserer Trennung entgegenzuwirken? Wird sie sich mit einem neuen Mann zeigen, den ihr Publizist nächsten Samstag für die Benefizveranstaltung der Rourke-Foundation für sie organisiert hat? Ich wette, es gibt viele Leute in der Hollywood-Elite, unter denen sie die freie Wahl hat. Bei dem Gedanken dreht sich mein Magen um.

„Garrett, hörst du mir zu?"

Ich konzentriere mich auf meinen Vater. „Ja, ich verstehe es. Ich werde die Klappe halten."

„Du kannst Dinge sagen, die betonen, worüber sie wirklich berichten sollen. Zum Beispiel, wie sehr du einen guten Zweck unterstützt, oder du kannst über die gute Arbeit sprechen, die du und deine Brüder in eurem neuesten Projekt mit dem Gemeinschaftsgarten geleistet habt. Nur nicht deine Privatangelegenheiten."

Ich beiße die Zähne zusammen. All diese Anweisungen werden nicht viel nützen, da ich sie nicht wiedersehen werde.

„Okay, ich bezweifle, dass ich mich noch viel länger mit der Presse auseinandersetzen muss."

Er beugt sich vor. „Wie bist du eigentlich an Harper geraten?"

Ich schnaube. „Lange Geschichte. Die Kurzfassung ist, ich habe Josie am Set besucht."

„Ah." Er lehnt sich zurück. „Gute Show. Deine Mutter und ich hatten vor ein paar Wochen wirklich Spaß, bei einer Aufnahme zuzusehen. Du kommst am Donnerstag zum Schauen, oder?" *Living Gold* feiert am Donnerstagabend Premiere, und meine Eltern veranstalten eine Party für unsere Familie, damit wir sie gemeinsam ansehen.

„Natürlich. Ich will für Josie da sein."

„Josie schätzt Harper sehr."

Meine Brauen schießen überrascht in die Höhe. Die Busch-trommeln arbeiten schnell in meiner Familie.

Er sieht meine Mutter an, bevor er sich vorbeugt und leise sagt: „Deine Mutter hat mit ihr gesprochen."

„Daniel!", ruft meine Mutter aus. „Das solltest du ihm nicht sagen."

Seine Lippen zucken. „Das ist ein privates Gespräch zwischen Männern."

Sie verdreht die Augen.

Er dreht sich wieder zu mir um. „Was ist passiert, dass es so schnell vorbei war? Normalerweise hast du längere Beziehungen."

„Ego-Konflikt. Ihr Ego." Ich breite meine Arme aus. „Rie-siges Ego."

„Ah. Ich habe leider keine Erfahrung damit." Er zwinkert.

„Ha!", sagt meine Mom aus der Küche. „Das liegt daran, dass du derjenige mit dem riesigen Ego bist."

Er geht zu ihr in die Küche, zieht sie in seine Arme und flüstert etwas, das sie ihn lachend wegstoßen lässt. Sie flüs-tern einander lächelnd zu, und ich schaue weg. Vollkommen unnötig, die Anfänge eines Schäferstündchens meiner Eltern mitanzusehen.

Das ist die Art von Liebe, auf die ich warte. Vielleicht sollte ich Harper noch eine Chance geben. Aber sie hat mich so schnell weggestoßen. Andererseits war ich bei unserem letzten Telefonat nicht gerade gesprächig. Ich war beleidigt und verletzt und habe mich zur Wehr gesetzt.

Wieder zu Hause zu sein erinnert mich an die Familienphilosophie der Rourkes. In meiner Kindheit hat mein Vater immer gesagt, sei mutig, gehe Risiken ein, du hast in diesem Leben nur einen Versuch. Er hat alles riskiert, um mit meiner Mutter zusammen zu sein, und man muss sie sich jetzt nur ansehen.

Ich atme tief durch. Ich bin ein Rourke. Zeit, mutig zu sein.

8

Garrett

Ich trage dank Josies freundlicher Unterstützung einen maßgefertigten anthrazitfarbenen Anzug für die Spendenaktion der Rourke Foundation im Metropolitan Museum of Art. Da Abendgarderobe optional war, habe ich mich entschieden, keinen Smoking mehr zu mieten. Ich mag es, dass das Jackett nicht wie die meisten über meinen Schultern spannt. Ich fühle mich in diesem Anzug wirklich wohl. Josie hat ihn durch einen Stylistenfreund als Dankeschön für das Housesitting arrangiert, als sie und Sean letzten Sommer weg waren, doch ich kenne den wahren Grund. Sie versucht, mich stärker in die Veranstaltungen der Rourke-Stiftung einzubeziehen. Nicht, weil ich so gut mit der reichen Elite networken kann. Es liegt daran, dass ich – ich sage es jetzt einfach –ihr Liebling unter den Rourkes bin. Neben Sean natürlich. Sie lädt mich ständig zu Events ein. Normalerweise lehne ich ab, aber heute Abend nicht. Ich habe eine Mission.

Ich versuche, Harper hier ein bisschen zu unterstützen. Sie muss vorsichtig sein, mit wem sie sich einlässt, und ich habe selbst gesehen, was passiert, wenn sie es nicht ist. Das ist alles in kräftigen Farben da draußen im Netz. Ich werde nicht gleich zu ihr gehen. Ich will sehen, ob sie ein anderes falsches PR-Date hat. Wenn ja, bin ich raus. Für immer. Ich will nicht mit einer oberflächlichen, ego-getriebenen Frau zusammen sein, auch wenn sie ihre süßen Momente hat.

Ich trinke einen Schluck Champagner und sehe mich nach ihr um. Alle haben sich zu einem Cocktailempfang in der historischen Eingangshalle des Museums versammelt. Es ist ein beeindruckender Saal im altgriechischen Stil mit Bögen und Säulen, die sich über die gesamte Länge erstrecken. Über uns befindet sich ein umlaufender Balkon, auf dem sich noch mehr Gäste versammeln. Ich scanne den Balkon nach ihrem vertrauten Gesicht, sehe all die schönen Menschen in ihren schicken Kleidern und bemerke dann die drei riesigen Kuppeln über mir. Wie haben sie die im 19. Jahrhundert umgesetzt? Kann nicht leicht gewesen sein. Das erinnert mich ein bisschen an den Amalienpalast auf Villroy. Gebaut, um zu beeindrucken.

Ich musste diese Woche viel an Harper denken, doch ich habe mich zurückgehalten, ihr keine Nachricht geschrieben und sie auch nicht angerufen. Ich habe sie bei der Premiere von *Living Gold* auf unserer Familienparty gesehen. Sie hörte sich ganz wie die kultivierte Gesellschaftsdame an, doch wenn die Kamera nähergekommen ist, haben ihre Augen den Kummer über den Verlust ihres Vaters gezeigt. Wie schaffte sie es nur, so viel zu vermitteln, ohne ein Wort zu sagen? Mir wird bewusst, dass sie so sensibel sein muss wie ich.

Das könnte der Grund sein, warum wir überhaupt Klick gemacht haben.

Bei Menschen im Rampenlicht ist es anders. Das verstehe ich jetzt. Wer weiß, vielleicht stehe ich bald auch im Rampenlicht. Meine Mutter hat mir einen Kontakt bei ihrer ehemaligen Modelagentur gegeben, und ich soll am Montagmorgen professionelle Fotos machen lassen. Eine beschwingte Aufregung breitet sich bei dem Gedanken in mir aus. Ein Gig für mich. Nichts, was ich jemals in meinem Leben getan habe, war nur für mich allein. Es ist immer um die Familie gegangen.

Ich habe bereits Josie und Sean Hallo gesagt. Ich denke, es ist Zeit für mich, ein paar Gespräche zu führen und meinen Beitrag für die Rourke-Foundation zu leisten. Ich sehe einen Mann in einem schwarzen Smoking, der relativ normal aussieht. Wahrscheinlich, weil er mich an meinen Bruder Brendan erinnert. Er sieht aus, als wäre er ungefähr in meinem Alter mit dunkelbraunem Haar und einem ordentlich gestutzten Bart. Er lehnt lässig an einer Säule und beobachtet die Szene ein wenig müde. Ich wette, er ist dazu verdonnert worden, hierherzukommen.

Ich gehe zu ihm hinüber. „Hey, amüsierst du dich?"

Er bleibt an die Säule gelehnt und nickt mir zu. „Wer will das wissen?"

Ich biete ihm meine Hand an. „Garrett Rourke. Es ist die Stiftung meiner Familie."

Er richtet sich auf und schüttelt meine Hand in einem festen Griff. „Wyatt Winters. Dann bist du auch einer der Regenmacher wie Sean?"

„Nein, ich arbeite am Bau. Aber die Mission der Stiftung ist großartig. Alle heute Abend gesammelten Mittel fließen in den Gemeinschaftsgarten unseres neuesten Projekts. Wir wollen den Gemeinden, in denen wir Projekte abwickeln, etwas zurückzugeben. Meistens in Brooklyn, wo ich herkomme." *Da. Ist doch offensichtlich, dass ich unsere Sache unterstütze.*

„Eine bewundernswerte Mission. Ist auch der einzige Grund, warum ich hier bin. Erzähl mir genau, *wie* euere Firma in der Vergangenheit etwas zurückgegeben hat."

Einfach und direkt. Gefällt mir.

Deshalb erzähle ich ihm alles über die bisherigen Projekte von Rourke Management, einschließlich des Baus eines rollstuhlgerechten Spielplatzes, günstiger Räumlichkeiten für Künstler und gemeinnütziger Organisationen und Parks. Ich bin verdammt stolz auf das, was wir bisher erreicht haben.

Unsere Firma hat Auszeichnungen für Stadtentwicklung und soziale Verantwortung bekommen.

„Wir bauen Nachbarschaften, in denen die Leute über Generationen leben wollen", schließe ich. Das klang großartig. Ich sollte Becca sagen, dass sie das in unser Marketing-Material aufnehmen soll. Sie ist unser Chief Strategy Officer (und die Frau meines Bruders Connor).

Er lächelt. „Cool. Vielleicht hätte ich nicht in die Technologie-, sondern in die Baubranche gehen sollen. Ich bin es so leid, an einen Computer gekettet zu sein."

„Was machst du?"

Er starrt seinen unberührten Champagner an. „Ich war eines dieser Silicon Valley-Wunderkinder. Jetzt bin ich im Ruhestand."

Ich blinzle. „Ziemlich jung, um in den Ruhestand zu gehen."

Er hebt eine Schulter. „Willst du mit an die Bar, was Stärkeres holen?"

„Klar." Ich hatte nicht bemerkt, dass sie eine Bar eingerichtet haben. Ich dachte, es gäbe nur den Champagner, den die Kellner servierten.

„Champagner ist für Weicheier", sagt er und stellt sein Glas auf einen Tisch in der Nähe.

Ich lasse mein Glas auch zurück. „Weicheier, was? War mir dessen nicht bewusst."

„Oh ja. Ich mag Whisky. Wie ist es mit dir?"

Wir machen uns auf den Weg durch die Menge.

„Mir reicht Bier."

„Ich glaube nicht, dass sie hier Bier servieren", sagt er. „Ist das deine erste Gala?" Er steuert eine Nische an, wo die Schlange zur Bar beginnt.

Ich sehe mich nach Harper um, sehe sie aber nicht. „Genau genommen meine zweite Gala in zwei Wochen."

„Todlangweilig, findest du nicht? Das soll jetzt keine Beleidigung für die Stiftung deiner Familie sein."

„Wie kommst du hierher?"

Er lacht. „Ich habe Sean und Josie in L.A. bei einer Benefizveranstaltung getroffen, zu der mich eine Ex geschleift hat. Das wird für eine Weile meine letzte sein. Ich will danach ein bisschen den Ball flach halten."

„Prinz Garrett!", ruft jemand.

Seltsam. Es gibt einen Prinzen mit meinem Namen. Sean muss bessere Connections in königlichen Kreisen haben, als ich dachte, wahrscheinlich durch einen unserer Cousins.

Ich wende mich wieder Wyatt zu, als wir der Bar näherkommen. „Also, wie ist es, dass du dich zurückziehen kannst mit nur – wie alt bist du eigentlich?"

„Dreißig", sagt Wyatt. „Die große Drei-Null. Ich habe meine Mid-Life-Crisis früher als andere."

Ich lache.

Ein Glatzkopf in den Vierzigern taucht neben mir auf. „Prinz Garrett, so froh, dass ich Sie hier gefunden habe."

Warum nennt er mich Prinz Garrett? Ich habe in New York noch nie eine königliche Behandlung erhalten. Das ist streng genommen eine reine Villroy-Sache.

„Kenne ich Sie aus Villroy?", frage ich. Möglicherweise haben wir uns irgendwann getroffen. Es kommen und gehen viele Leute im Palast da.

Er lächelt mit blendend weißen Zähnen und bietet mir seine Hand an. „Mark Perlman, Ihr neuer Agent. Und Sie sind der heimliche Prinz von Brooklyn."

Ich schüttle ihm kurz die Hand, um höflich zu sein. Ich bin mir nicht sicher, was er mit „ihr neuer Agent" meint. Der Modelagent, mit dem ich gesprochen habe, war eine Frau.

Wyatt bestellt einen Whisky. „Willst du auch einen?", fragt er mich.

„Ich nehme einen Tequila."

Wyatt dreht sich fragend zu Mark um, doch er lehnt dankend ab und wartet geduldig an meiner Seite.

Sobald die Getränke kommen, prostet er mir zu, wandert davon und lässt mich mit Mark allein.

Mark legt eine Hand auf meinen Ellbogen und führt mich in eine ruhige Ecke. „Also, Prinz Garrett …"

„Nur Garrett."

„Sie haben hier was. Einen Look. Und ich weiß nicht, ob Sie sich dessen bewusst sind, aber das Interesse an Ihnen wächst."

Ich nippe an meinem Tequila – ein High-End-Label, das ich genießen sollte – und starre ihn an. Ich bin sicher, er wird bald auf den Punkt kommen. Er ist ein schnell sprechender, enthusiastischer Typ.

„Haben Sie jemals über Schauspielerei nachgedacht?", fragt er.

„Nein."

„Kein Problem. Viele Männer fangen später damit an, sobald sich ihre Körper geformt haben." Er mustert mich von oben bis unten, was sich anfühlt, als würde ich als Rassehund auf einer Hundeausstellung inspiziert. Ich bin überrascht, dass er mir nicht die Lippen auseinanderzieht, um meine Zähne zu untersuchen. „Zumindest kann ich Sie in die Werbung bringen, aber, Garrett, ich habe ein gutes Gefühl bei Ihnen. Ich denke, Sie können darauf aufbauen und ein großer Star werden. Nicht nur ein arbeitender Schauspieler. Ich meine ein Name, den Filme als Hauptdarsteller wollen!"

Adrenalin rauscht durch mich hindurch. Whoa. Stell sich das einer vor! Es ist viel aufregender als mein jetziges Leben, was keineswegs schlecht ist, aber … ein Filmstar? Mich? *Reality-Check.* Ich weiß nichts über Schauspielerei. Dieser Typ muss mich mit einem der echten Schauspieler hier verwechselt haben, die Josie eingeladen hat.

„Ich glaube nicht, dass ich der bin, für den Sie mich halten." Ich gestikuliere um mich herum. „Werfen Sie einen Stock, und Sie werden überall einen Schauspieler finden. Ich bin nur ein Bauarbeiter."

Er nickt heftig. „Ja, ja, ich weiß, wer Sie sind. Der Mann, der letzte Woche mit Harper Ellis bei der *Best Friends Care*-Gala war. Gute Strategie, sie zu daten. Oh, das tut mir leid. Ich habe gehört, Sie haben sich getrennt. Ich kann dafür sorgen, dass eine andere aufstrebende Schauspielerin mit Ihnen gesehen wird, um den Ball ins Rollen zu bringen. Sie müssen die PR-Maschine weiter füttern."

PR-Maschine. Genau, warum Harper mich überhaupt gebeten hat, mit ihr zu kommen, und jetzt weiß ich nicht, was echt ist und was nicht. Das ist krank.

Ich proste ihm zu. „Nein, danke. War nett, mich mit Ihnen zu unterhalten."

„Warten Sie! Hören Sie zu. Zu früh an der Dating-Front. Ich verstehe das. Ich sehe hier großes Potenzial, das ist alles." Er zieht eine Visitenkarte aus der Innentasche seiner Smokingjacke und gibt sie mir. „Überlegen Sie, ob Sie bei mir unterschreiben wollen. Es gibt einen Aftershave-Werbespot, den ich für Sie leicht an Land ziehen kann." Er hebt eine Hand in der Nähe meiner Wange. „Dieser Kiefer ist Perfektion."

„Äh, danke?" Ich kann nicht sagen, ob er mich anbaggert oder versucht, mich als Klienten zu gewinnen. Ich sehe mich noch einmal nach Harper um. Sie ist durchschnittlich groß und könnte von einem großen Typen verdeckt sein, vielleicht ihrem Bodyguard.

Mark fährt in einem eindringlichen Ton fort. „Wissen Sie, wie viel Geld ein Werbespot bringt? Mindestens dreißigtausend für einen Arbeitstag."

Das erregt meine Aufmerksamkeit. „Im Ernst?" Ich könnte das nebenbei machen und in kürzester Zeit eine Anzahlung für ein Haus sparen. Das ist noch besser als Modeln. Und ich müsste mich nicht schuldig fühlen, dass ich das Geschäft meiner Familie aufgeben würde. Ich könnte beides machen.

Er grinst. „Im Ernst. Und wenn Sie an Bord sind, werde ich einen persönlichen Schauspielcoach für Sie organisieren.

Ich sehe eine großartige Zukunft für Sie, Garrett. Mit mir in Ihrem Team ist der Himmel die Grenze. Denken Sie darüber nach." Er geht.

Ich starre auf seine Karte. „Ist das eine seriöse Agentur?"

Er bleibt stehen und dreht sich um. Ein breites Lächeln breitet sich auf seinem Gesicht aus. „William Morris Endeavour ist die Spitze der Nahrungskette."

„Hm." Ich schiebe die Karte in meine Tasche.

Er tippt sich an die Schläfe. „Ich kann sehen, dass Sie darüber nachdenken. Sie werden es nicht bereuen."

Ich winke zum Abschied und wandere durch die Menge, meine Gedanken kreisen. Es ist eine Sache, wenn die Presse mutmaßt, dass ich ein Model bin, und eine ganz andere, von einem legitimen Agenten einer Top-Agentur wegen eines Werbespots angesprochen zu werden. Ich hatte keine Ahnung, dass ein Werbespot so viel Geld bringt. Es sieht auch so einfach aus. Drei Minuten oder weniger mit minimalem Dialog. Verdammt, ich könnte das im Schlaf tun. Das könnte eine großartige Gelegenheit sein.

Dieses Filmstar-Gelaber ist ein abwegiger Traum, an den ich nie gedacht hätte. Für einen Moment erlaube ich mir, mir dieses Leben vorzustellen – als cooler Action-Held Filme zu machen, in einem schönen eigenen Haus zu leben, mich nie um Geld sorgen und überall an der Schlange vorbeigewunken zu werden. Könnte es sein, dass ich für jede wichtige Rolle im Unternehmen meiner Familie übergangen wurde, weil mir eine andere Rolle im Leben bestimmt war? Ich habe mich bis jetzt nie ehrgeizig gefühlt.

Ich sollte mit Josie darüber reden und ihre Meinung zu Mark Perlman hören. Ich schiebe mich durch die Menge, um sie zu finden, und bleibe wie angewurzelt stehen.

Harper. Und sie ist allein. Mein Puls pocht. Zeit, meinen Zug zu machen.

9

Garrett

Sie sieht unglaublich aus in einem blassrosa Kleid mit asymmetrischem Top, das ihren sexy Körper umspielt. Eine Welle roher Lust lässt mich für einen Moment erstarren. Ich muss die Kontrolle haben, es langsam und locker angehen. Ich sehe ihren Bodyguard, Joe, der ein Stück hinter ihr steht. Es wird schwer sein, mich daran zu gewöhnen, immer einen Zeugen zu haben, aber ich werde mein Bestes geben.

Ein großer blonder Mann im Smoking kommt auf Harper zu. Sie lächelt hübsch und spricht mit ihm. Ein seltsames Brennen von Eifersucht trifft mich.

Ich trinke meinen Tequila aus, stelle das Glas auf das Tablett eines Kellners und gehe zu ihr. „Hallo, Sweetheart", sage ich mit meiner wärmsten Stimme und unterdrücke die Schärfe der Eifersucht, die sich bemerkbar zu machen droht. „Sweetheart" soll den anderen Kerl abschrecken. Meinen Anspruch anmelden. Tief im Inneren sind meine Instinkte die eines Höhlenmenschen.

Ihre haselnussbraunen Augen weiten sich. „Garrett."

„Überrascht, mich zu sehen?"

Sie blinzelt. „Ich habe einfach nicht gedacht, dass das deine Szene ist."

„Ist es." *Nicht wirklich.* Ich sehe den Typen an, der versucht, mein potenzielles Date abzuwerben, und wende mich wieder Harper zu. „Meine Familie ist der Grund für diese Veranstaltung." Ich deute mit dem Finger auf das Banner über dem Eingang, auf dem in großen Lettern Royal Rourke Foundation steht.

„Natürlich, sorry."

Es ist tatsächlich mein erstes Mal, dass ich bei einem dieser Events auftauche, aber ich bin zu sehr darauf konzentriert, den Störenfried loszuwerden, um es zu erklären. Ich wende mich ihm zu. „Ich bin Garrett Rourke. Und woher kennen Sie Harper?"

Er lächelt unbehaglich. *Gut. Aggressive Nachricht empfangen.* „Wir haben uns gerade kennengelernt, aber ich habe das Gefühl, sie von ihrer herausragenden Leistung in *The Zone* zu kennen." Er bietet seine Hand an. „Ich bin Jeff Briggs."

„Schön, Sie kennenzulernen, Jeff. Harper und ich haben einiges zu besprechen." Ich sehe ihn direkt an.

„Garrett", sagt Harper und klingt irgendwo zwischen überrascht und entsetzt.

„Das tun wir", beharre ich und lasse Jeff nicht aus den Augen. Ich werde ihn wegstarren.

Er wirft Harper ein Lächeln zu. „Freut mich, Sie kennengelernt zu haben. Ich bin verfügbar, wenn Sie für *Living Gold* casten. Jeff Briggs. Ich bin bei der SAG."

Harper lächelt. „Ich habe keine Kontrolle über das Casting. Sie sollten Ihren Agenten nach Castingterminen Ausschau halten lassen."

„Natürlich, ich dachte nur, dass es nicht wehtun würde ..." Er verstummt bei meinem Blick, dreht sich um und geht.

„Passiert das oft?", frage ich.

Sie seufzt. „Andauernd."

„Hast du jemals Schauspieler auf Partys angequatscht, in der Hoffnung, einen Einstieg zu finden?"

Sie spottet. „Nein. Ich habe mir den Arsch aufgerissen und bin von einem Vorsprechen zum nächsten gegangen. Ich würde niemals ..." Sie unterbricht sich mit zusammengebissenen Zähnen. „Egal. Die große Neuigkeit ist, dass du und ich uns getrennt haben." Sie senkt ihre Stimme. „Ich habe dir gesagt, du sollst mich den Paparazzi gegenüber nicht erwähnen, wenn du mit ihnen sprichst."

Ich schneide eine Grimasse. Ich sollte ihrem Rat genauer folgen. „Ich dachte, ich würde das Richtige tun, um den Geschichten über uns ein Ende zu setzen. Wie auch immer, sorry. Ich habe gelernt, dass ich ihnen niemals etwas Persönliches sagen sollte. Wird nicht wieder vorkommen. Versprochen."

Sie nickt. „Danke."

„Bist du immer noch sauer, dass ich begeistert war, dass sie mich für ein Model gehalten haben?" Ich bin angespannt, weil das ein echtes Problem sein könnte. „Ich habe nicht versucht, dir das Rampenlicht zu stehlen", füge ich hinzu.

„Ich war nie neidisch oder sauer, dass sie sich für dich interessiert haben. Das ist nicht deine Schuld. Ich hatte nur gehofft, dass *Best Friends Care* mehr Presse bekommen würde, denn darum sollte es an dem Abend gehen."

Das ergibt einen Sinn. Ich hake nach, um reinen Tisch zu machen. „Nachdem ich gesagt habe, dass die Presse mich für ein Model gehalten hat, hast du gesagt, das ist Blödsinn und bedeutet nichts. Ein ziemlicher Schlag ins Gesicht."

Sie seufzt. „Ich wollte, dass du dich besser fühlst. Ich dachte, es ärgert dich, da das Modeln nicht annähernd so wichtig ist wie das, was du mit deinen Entwicklungsprojekten machst." Sie deutet auf uns. „Schau dir an, wo wir heute Abend sind. All diese Leute unterstützen einen guten Zweck, um bestehende Wohngegenden aufzuwerten, anstatt sie zugunsten von Wolkenkratzern, die irgendeinem weit entfernten Immobilienunternehmen gehören, abzureißen. Josie und Sean haben mir alles darüber erzählt."

Ich reibe meinen Nacken. „Das ist das Problem mit SMSen. Es ist zu leicht, Worte falsch zu interpretieren. Du weißt also, dass ich kein Ausnutzertyp wie dein Ex bin, oder?"

Sie blickt über meine Schulter. „Ich gebe zu, unser ganzes Gespräch hat mich verwirrt."

„Unser Streit."

„Es hat sich so angefühlt, ja." Sie begegnet meinem Blick, eine sanfte Verwundbarkeit in ihren Augen. „Ich habe gehofft, dass du anders bist."

Ich nicke, Erleichterung, die mich entspannen lässt. Sie war nicht neidisch, dass ich ihr das Rampenlicht gestohlen habe. Es war nur ein Missverständnis. „Also nur du und Joe auf einem heißen Date?" Ich nicke in seine Richtung. Er kratzt sich mit dem Mittelfinger an der Wange. Ich unterdrücke ein Lachen. Ich mag Joe wirklich.

Harper bemerkt es nicht. Sie starrt auf ihren unberührten Champagner, ihre Stirn ist gerunzelt. „Nun, nach dem katastrophalen Ende nach unserem Date letzte Woche dachte ich, es wäre besser, keinen anderen Mann ins Rampenlicht zu zerren." Sie sieht mich an. „Nicht, dass das Datum selbst schlecht war, nur der Fallout."

Ich beuge mich zu ihrem Ohr vor. „Es war keine Katastrophe, Sweetheart."

Sie fröstelt und verschränkt die Arme. „Du kannst aufhören, so zu tun, als wären wir jetzt in einer Beziehung."

„Kein *Lamb chop* mehr?"

Sie lacht. „Ich dachte, du wärst wütend auf mich." Sie beugt sich vor, um zu flüstern: „Du hast aufgelegt. Und dann haben die Paparazzi dir aufgelauert, was meine Schuld war, und dann hast du ihnen gesagt, dass das zwischen uns vorbei ist."

Ich bewege mich, um ihr ins Ohr zu flüstern: „Wir haben

beide ein bisschen empfindlich reagiert. Ich würde es gerne noch einmal versuchen." Ich richte mich auf. „Wie war die letzte Woche?" Josie hat mir erzählt, dass Harper diese Woche bei der Arbeit ein bisschen niedergeschlagen war. Ein Teil von mir hofft, dass sie mich vermisst hat.

Sie seufzt. „Kann mich nicht beschweren."

„Aber wenn du dich beschweren könntest –" Ich hebe eine Hand an mein Ohr und beuge mich vor „– mach nur, und flüstere es."

Ich richte mich auf, als sie schweigt. Sie lächelt.

Ich grinse. „Du hast mich vermisst, oder?"

Sie schüttelt den Kopf. „Ich habe mich so verdammt schuldig gefühlt. Ich will niemals jemand sein, der andere benutzt. Ich dachte, das hast du von mir gedacht, als ich dich in letzter Minute gebeten habe, mit mir zur Gala zu gehen, und dir dann auch noch gesagt habe, was du über die Charity sagen sollst. Den Rest kennst du ja."

„Hey, was hast du schon von mir bekommen, außer einem sexy Escort?"

„Schhh, das hört sich fast so an, als hätte ich dich bezahlt." Sie senkt ihre Stimme. „Wie eine männliche Prostituierte."

„Die schlimmsten hundert Dollar, die ich je ausgegeben habe. Ich habe nicht einmal einen Kuss bekommen. "

„Was? Du hast mir nie was bezahlt. Außerdem würde ich dich bezahlen, nicht umgekehrt." Sie bleibt stehen und lacht. „Oh. Tut mir leid, dass meine Schuldgefühle deinen Scherz verdorben haben."

„Ich verstehe, dass man vorsichtig sein muss, wenn man in der Öffentlichkeit steht. Mein Vater wurde zum König erzogen und hat vom Tag seiner Geburt an bis zu seiner Abdankung und seiner Verbannung unter dem wachsamen Auge der Öffentlichkeit gelebt. Zum Glück war das vor Social Media und Internet, aber es waren immer noch ziemlich große Neuigkeiten."

„Ich habe darüber gelesen. Es hört sich so an, als hätte er eine Wahl getroffen, mit der er glücklich ist."

„Er hat die beste Frau der Welt geheiratet. Das sagt er immer über meine Mutter." Ich zupfe an einer Locke ihres dunkelbraunen Haars. Sie ist weich und federnd. „Hast du mich auch gegoogelt?"

„Ich habe letzte Woche die Artikel gelesen, und ein paar Dinge über deine Familie sind darin aufgetaucht."

„Also ja."

Ihre Augen funkeln, als sie ein Lächeln unterdrückt. „Nur, um zu sehen, wie schlimm der Schaden ist."

„Kein Schaden. Schau dir das an." Ich ziehe die Karte des Agenten aus meiner Tasche und zeige sie ihr. „Dieser Typ will mich vertreten und mir einen Werbespot besorgen. Glaubst du, ich soll es tun? Es scheint vernünftig zu sein, wenn man für einen Tag Arbeit so viel verdient."

Sie liest die Karte, dann presst sie die Lippen zusammen. „Das ist eine Top-Agentur."

„Denkst du, ich sollte es versuchen?"

„Hast du jemals zuvor geschauspielert?"

„Nein, aber es ist ein Werbespot. Wie schwer kann das sein?"

Sie kneift die Augen zusammen. „Schauspielerei ist ein Handwerk. Es braucht Zeit und viele Stunden des Lernens, um deine Fähigkeiten auszubauen."

„Um sowas zu sagen wie *Rasieren Sie sich gründlich mit Sharp Edge*? Er sagt, er will mich für einen Aftershave-Werbespot." Ich reibe meinen glattrasierten Kiefer. „Anscheinend ist dieser Kiefer Perfektion."

Sie verbirgt ein Lächeln, indem sie an ihrem Champagner nippt. Mein Charme wirkt auf sie. „Ist das so?"

„Sicher. Fass ihn an." Ich strecke ihr meine Wange entgegen.

Sie klatscht eine Hand auf meinen Kiefer, und es grenzt fast an eine Ohrfeige. „Wow."

„Nicht wahr?"

Sie neigt den Kopf. „Du weißt, wie die Chancen stehen, beim ersten Versuch einen Werbespot zu landen? Das passiert eher nach deinem hundertsten Vorsprechen, wenn du Glück hast. Bist du sicher, dass du so viel Zeit investieren willst?"

Ich zucke die Achseln. „Ich werde ein Vorsprechen machen. Wenn ich es nicht bekomme, kein Problem. Ich gebe meinen Job nicht auf. Ich mag einfach die Idee, ein bisschen Geld auf der hohen Kante zu haben, um ein Haus zu kaufen. Vielleicht mit Garten, damit ich endlich einen Hund haben kann."

Ihre Miene wird weicher. „Das ist schön. Wirklich schön."

Ich mache eine Verbeugung, wie es meine königlichen Cousins tun. „Mit deinem Segen."

Sie zögert.

Ich warte, meine Augen sind auf ihre gerichtet. Ich will nicht, dass sie glaubt, ich sei einer dieser Ausnutzer-Typen. Wenn ich bei diesem neuen Gig Erfolg habe oder versage, liegt das allein an mir.

„Sicher, es kann nicht schaden, ein Vorsprechen zu versuchen", sagt sie schließlich.

„Großartig. Und wie komme ich jetzt in deine Show?"

Sie blickt finster drein. „Nicht witzig."

„Harp, ich will dich nicht wegen deiner Verbindungen. Ich hätte Josie genauso gut um eine Rolle in der Show bitten können." Nicht, dass es mir jemals in den Sinn gekommen wäre, zu versuchen, zu schauspielern.

Sie versteift sich. „Aber du hast es nicht getan, oder? Erst als du mit mir auf dem roten Teppich warst, ist die Presse auf dich aufmerksam geworden. Und ein Top-Agent ist auf dich aufmerksam geworden. Sei ehrlich, du fängst an, es ernsthaft als Karriereweg in Erwägung zu ziehen."

„Und was ist falsch daran? Du bist die Einzige, die in einer Beziehung Schauspielerin sein darf? Die Berufe deiner

Ex-Freunde sagen was anderes. Warum sollte *ich* anders sein?"

Ihre Augen blitzen. „Erstens sind wir nicht in einer Beziehung –" Sie zieht sich einen Schritt zurück. „Vergiss es. Diesmal höre ich auf meinen Bauch."

Und dann dreht sie sich um und lässt mich stehen.

Im Ernst, sie lässt mich stehen!

Ich dachte, wir verstehen uns. Was ist ihr Problem?

HARPER

Ich bin smart, versichere ich mir, als ich zum Abendessen in den europäischen Skulpturengarten gehe. Joe folgt mir. Meine Gefühle sind vollkommen durcheinander, was Garrett angeht, und ich bin wahrscheinlich wegen Colton und John besonders empfindlich, dass er in die Branche kommt, doch ich kann diese Art von Verletzung einfach nicht noch einmal durchmachen. Ich habe mir geschworen, auf meinen Bauch zu hören, wenn er ein Warnsignal sendet, und er schlägt wahre Purzelbäume. Gott, für ihn ist es auch noch so einfach. Er hat keine Ahnung von den anstrengenden Jahren des Vorspielens, die ich hinter mir habe. Mit fünfzehn hatte ich das Glück, eine Teenie-TV-Show und dann noch eine zu bekommen. Danach gab es eine lange Trockenzeit, bevor ich für *Capital Asset* gecastet worden bin. Ich hätte fast aufgegeben. Aber ich konnte es nicht ertragen, geschlagen nach Hause zu gehen, besonders wenn das bedeutete, meiner Großmutter unter die Augen zu treten.

Ich gehe in den Innenhof, wo runde Tische mit weißen Tischdecken mit Kristallgläsern, Porzellangedecken und einem großen Gesteck in der Mitte eingedeckt sind. Marmorstatuen stehen in den Ecken. Am anderen Ende des Hofs ist eine kleine Bühne aufgebaut, wahrscheinlich für eine Rede. Gott sei Dank bin ich heute Abend nicht da oben.

Josie steht auf und winkt mich zu ihrem Tisch, an dem Sean bereits sitzt. Die Sitzplätze sind zugewiesen und ich bin so froh, ein freundliches Gesicht zum Abendessen neben mir zu haben.

Sobald ich sie erreiche, ist sie wie immer begeistert und umarmt mich, als hätten wir uns ewig nicht mehr gesehen. Es ist so witzig, weil ich sie gestern Abend beim Filmen unserer Show gesehen habe.

„Du sitzt neben mir", sagt sie und nimmt ihren Platz ein.

Ich setze mich neben sie und starre erschrocken auf das Namensschild auf meiner anderen Seite. Garrett. Ich will gerade seine Visitenkarte unauffällig gegen eine weiter entfernte austauschen, als er kommt und sich setzt. Meine Wangen werden rot. Josie hat das eingefädelt.

Josie strahlt Garrett an. „Ich bin so froh, dass ihr zwei euch vertragen habt!"

„Sie kann mir nicht widerstehen", antwortet er.

Als ob wir in einer Beziehung wären! Ich denke, ich habe mich vorhin klar ausgedrückt, als ich gegangen bin. Wie soll ich jetzt ein ganzes Abendessen neben ihm überstehen?

Ich starre ihn an und versuche verzweifelt, eine Lösung zu finden, die mehr Distanz zwischen uns schafft. Ich will neben Josie sitzen. Und sie und Sean sind eine Familie, also wird er nicht gehen wollen. Könnte ich Garrett dazu bringen, sich zu Sean zu setzen?

Er lächelt mich langsam und sexy an, was mein Herz höherschlagen lässt. „Sweetheart."

Ich reiße meinen Blick zurück zu Josie, und meine Gedanken verfinstern sich, als ich verzweifelt nach einer passenden Retourkutsche für *Sweetheart* suche. Es ist wie eine warme Umarmung, die sich um mein Herz legt. Sie zieht fragend die Brauen hoch. Ich kann es nicht erklären, wenn er genau neben mir sitzt. Das ist so unbehaglich.

Sean versetzt ihr einen Stoß mit dem Ellbogen, und sie erholt sich und lächelt strahlend. „Gut, gut, gut."

Garrett legt seinen Arm auf meine Stuhllehne und berührt fast, aber nicht ganz meine nackte Schulter. Ich bin mir seiner sehr bewusst, jedes Nervenende ist in Alarmbereitschaft.

Josie springt von ihrem Platz auf, gibt irgendjemandem im Raum ein Zeichen und zieht Sean am Arm mit sich. Sie gehen. Da der Rest der Leute an unserem Tisch noch nicht da ist, entscheide ich, dass es Zeit ist, die Grenzen zu definieren. „Es ist unnötig, so zu tun, als wären wir in einer Beziehung."

Ein Lächeln umspielt seine Lippen, seine Augen leuchten im gedämpften Licht. „Ich weiß, Sweetheart." Seine Stimme ist seidig wie eine Liebkosung.

Ein Schauer läuft mir über den Rücken. „Also, äh ..." *Denk!* Die Lust lenkt alle Energie südlich meines Bauchnabels. Warum muss ich mich so zu ihm hingezogen fühlen? „Du kannst aufhören, mich Sweetheart oder Darling zu nennen, denn wir sind kein Paar. Und Freunde tun sowas nicht." Nicht, dass ich seine Freundin sein will. Ich will nur dieses Abendessen überstehen, ohne, dass es zu weiteren Verwicklungen mit ihm kommt. Mein Bauch sagt nein. Ich kann jeden anderen, prickelnden Teil ignorieren.

„Darling auch nicht? Verdammt." Er schüttelt den Kopf, seine Lippen sind zusammengepresst, als wäre es eine echte Schande. Er hebt den Kopf, und seine Miene hellt sich auf. „Wie wäre es mit Babe?"

Ich unterdrücke ein Lächeln. „Nein."

„Honey?"

Ich schnaube und schlage mir eine Hand auf den Mund. „Bitte keine süßen Namen."

Er nickt langsam. „Nur Freunde. Verstehe."

„Ich meine es ernst."

„So ernst wie ein Herzinfarkt."

„Genau."

Er grinst. „Okay, *Lamb chop*."

Ich beiße mir auf die Unterlippe, hin- und hergerissen

zwischen Lachen und dem Wunsch, ihm die Grenze hier klarzumachen.

„Also, da wir Freunde sind ...", sagt er mit heiserer Stimme.

Mein Herz schlägt höher, und jeder Teil von mir brennt vor Vorfreude. Ich beuge mich vor und will unbedingt wissen, was er glaubt, dass wir als Freunde tun werden.

„Stört es jemanden, wenn ich hier sitze?", fragt eine tiefe Stimme. Ein gutaussehender dunkelhaariger Mann mit einem ordentlich gestutzten Bart nimmt die Platzkarte vom Gedeck neben Garrett, steckt sie ein und legt seine eigene Karte auf den Tisch. Wyatt Winters.

Garrett lächelt. „Wyatt, hey, Mann, sicher, nimm Platz."

Ich kann nicht anders, als über die Platzkarte nachzudenken, die er in die Tasche gesteckt hat. Ich zeige auf seine Tasche. „Willst du die Karte nicht auf einen anderen Tisch legen? Derjenige könnte ziellos herumirren und sich fragen, wo er sitzen soll."

„Richtig", sagt Wyatt, nimmt die Karte aus der Tasche und macht daraus ein kleines Papierflugzeug. Er wirft es, und es landet ein paar Tische weiter in einem Gesteck.

Ich gestikuliere in die Richtung. *Das hilft nicht.*

Er seufzt und steht auf, um die Karte zu holen. „Deine Freundin ist herrisch", sagt er zu Garrett und zwinkert mir zu, bevor er zum anderen Tisch geht.

Garrett grinst mich an. „Mach dir keine Sorgen. Er meint nicht *Freundin*-Freundin. Ich sage jedem, den ich treffe, dass es da einen Unterschied gibt."

Ich presse meine Lippen aufeinander. Er zieht mich auf. Gleichzeitig habe ich das Gefühl, dass ich hier an Boden verliere, da er mit allem, was ich sage, von Herzen einverstanden ist. Er tippt mir auf die Nasenspitze und lacht.

Wyatt kehrt an seinen Platz zurück, beugt sich hinter Garrett und bietet mir seine Hand an. „Wir haben wegen meiner schrecklichen Manieren auf dem falschen Fuß angefangen. Ich bin Wyatt."

Ich schüttle ihm die Hand. „Harper."

Seine Augen weiten sich. „Ich kenne dich. Du bist Amanda Boxer. *Knallhart.*"

„Na ja, Amanda ist das vielleicht", sage ich ruhig. „Jetzt spiele ich eine andere Rolle. Das machen Schauspieler nunmal."

Er lehnt sich zurück. „Sicher, ich weiß. Ich habe natürlich ein paar Schauspieler in L.A. getroffen, und Josie selbstverständlich. Wahrscheinlich der Grund, warum die meisten von uns hier sind. Sie ist was Besonderes, nicht wahr?"

Ich folge seinem Blick dahin, wo Josie eine Frau begeistert umarmt und dann gestikuliert, während sie sie dem Rest der Gruppe um sich herum vorstellt. Sie ist wie ein Glühwürmchen – ihr Licht zieht alle an. Ich bin eher wie eine Raupe in einem Kokon, die nur als eine völlig andere Kreatur in meiner Schmetterlingsschauspielerhaut auftaucht. *Jetzt nicht philosophisch werden, Harper.*

„Sie ist großartig", sagt Garrett. „Sie ist meine Schwägerin, und für mich ist sie wie die Schwester, die ich nie hatte. Ich habe fünf ältere Brüder."

Wyatt packt Garretts Kopf und reibt seine Fingerknöchel auf seinem Schädel. „Ich wette, sie haben dir regelmäßig in den Arsch getreten."

Garrett grinst. „Die meisten haben mich rumgeschleppt und auf mich aufgepasst, außer Brendan. Er ist nur zwei Jahre älter, und wir haben uns viel Ärger eingehandelt. Wir stehen uns jetzt immer noch nahe." Er dreht sich zu mir um. „Was ist mit dir? Irgendwelche Brüder oder Schwestern?"

„Einzelkind."

„Glück", sagt Wyatt. „Ich habe drei jüngere Schwestern." Er verdreht seine dunklen Augen und beugt sich vor. „Das Drama! Das Gequietsche!" Er schaudert. „Es ist ein Wunder, dass ich überhaupt noch hören kann. Zumindest das meiste."

Eine Gruppe älterer Frauen kommt an unseren Tisch, und nachdem sie sich kurz vorgestellt haben, unterhalten sie sich weiter miteinander.

Wyatt dreht sich zu Garrett um. „Zurück zu dem Grund, warum wir heute Abend alle hier sind, sag mir, wie ihr entscheidet, welche Art von Gemeindeprojekt ihr bei jedem eurer Projekte machen wollt."

Ich höre zu, wie Garrett den Prozess erklärt, den das Unternehmen seiner Familie eingerichtet hat, von der Suche nach Immobilien mit potenziellem Wert bis zur Ausarbeitung eines umfassenden Entwicklungsplans, wobei sie überlegen, was sie mit dem Raum tun können, dass es am besten dazu passt. Die Projekte, die sie abgewickelt haben, klingen wirklich cool. Sie haben auch Preise gewonnen. Ich kann sehen, dass er stolz auf ihre Arbeit ist. Natürlich war es offensichtlich, als wir uns gerade kennengelernt haben. Eine unserer ersten Unterhaltungen war über sein Familienunternehmen.

„Also, welche Rolle spielst du?", fragt Wyatt.

Garrett lacht, doch es klingt gezwungen. „Der jüngste Bruder bekommt nicht die erste Wahl für einen aufregenden Posten im Unternehmen. Meine älteren Brüder haben das Kommando übernommen und erklärt, ich sei zu unerfahren. War ich wahrscheinlich zu der Zeit, als wir die Firma von meinem Onkel übernommen haben. Wie auch immer, ich habe die letzten acht Jahre im Bautrupp gearbeitet. Vielleicht werde ich dableiben, bis sich eine andere Gelegenheit bietet."

Wie die Schauspielerei. Ich verstehe plötzlich, warum er etwas anderes versuchen will. Er hat bei seinen Brüdern den Kürzeren gezogen, und er weiß es.

„Wie wenn ein älterer Bruder in den Ruhestand geht?", fragt Wyatt.

Garrett atmet scharf aus. „Wenn das passiert, werden wir alle alt sein. Ich weiß nicht, Mann, ich gehe einfach einen Tag nach dem anderen an." Er klopft auf den Tisch. „Ich liebe es, mit meinen Brüdern zu arbeiten."

Wyatt wirft mir einen ungläubigen Blick zu und wendet sich wieder Garrett zu. „Denkst du jemals an eine andere Branche?"

Garrett zögert, bevor er sagt: „Ich bin in das Familienunternehmen hineingeboren worden. Wir halten zusammen. Was ist mit dir? Denkst du an eine zweite Karriere nach deinem Ruhestand?"

„Ruhestand?", wiederhole ich. „Wie alt bist du?"

Wyatt schüttelt den Kopf. „Warum fragen mich das alle, wenn ich sage, dass ich im Ruhestand bin? Kann ein Mann nicht einfach seine Milliarden nehmen und gut?"

„Whoa", sagt Garrett.

„Nein", sage ich. „Du bist jung –"

„Dreißig", sagt Wyatt.

„Jung", nicke ich. „Du hast noch viele Jahre Zeit, um einen Beitrag zur Gesellschaft zu leisten."

„Das tue ich. Ich bin hier, oder? " Er zeigt durch den Raum. „Ich bin ein Philanthrop."

„Wie hast du Milliarden verdient?", fragt Garrett.

Ich bin auch neugierig, aber mir wurde beigebracht, nie über Geld zu sprechen. Ich überlasse das meinen Agenten.

Wyatt schüttelt die Stoffserviette aus, die wie ein Schwan gefaltet ist, und legt sie auf seinen Schoß. „Ich habe ein Virtual-Reality-System entwickelt, für das ein bestimmtes Social-Media-Unternehmen bereit war, sehr gut zu bezahlen. Davor habe ich einige andere Startup-Tech-Unternehmen gegründet und verkauft. Mit neunzehn habe ich meine erste Million gemacht."

Garrett starrt ihn sprachlos an.

Für mich bedeutet das, dass Wyatt zu mehr fähig ist. Er ist ein Innovator.

„Du musst etwas tun", sage ich. „Niemand kann glücklich sein, ziellos durchs Leben zu wandern und gelegentlich bei Benefizveranstaltungen aufzutauchen."

Ein Kellner kommt und bietet ein Tablett mit Champagner an. Ich nehme ein Glas. Wyatt und Garrett lehnen ab.

Ich trinke meinen Champagner und sehe Wyatt erwartungsvoll an.

Er zieht an seinem Kragen. „Schlimmer als meine Schwestern mit deinen harten, verurteilenden Blicken."

Garrett blinzelt. „Hart? Wovon redest du? Sie hat ein Gesicht wie eine dieser Göttinnenstatuen." Er zeigt auf die Skulpturen, die uns umgeben.

Mein Herz zieht sich zusammen. Ich wurde noch nie mit einer Göttin verglichen. „Danke", sage ich leise.

Garrett nickt. Er scheint um meinetwillen ein bisschen beleidigt zu sein.

Wyatt lehnt sich zurück und legt seine Hände auf den Tisch. „Ich will mich nur in irgendeiner Kleinstadt niederlassen, von der noch niemand was gehört hat, und mich entspannen. Vielleicht spende ich anonym, um der Gemeinde, in der ich mich verstecke, zu helfen. Vielleicht mit einem Bibliotheksanbau oder sowas in der Art, was Garrett macht, aber sonst –" Er gestikuliert mit einer Hand „– chillen."

Ich denke darüber nach. Meine Heimatstadt ist eine Kleinstadt, von der noch niemand etwas gehört hat, und sie könnte ein paar Spenden für die Budgetlücken gut gebrauchen. Die ältere Hippie-Generation, die die Stadt gegründet hat, ist größtenteils abgezogen, und die Gemeinde könnte frisches Blut gebrauchen. Jemand wie Wyatt, ein innovativer Denker, könnte der Stadt helfen, wieder zu florieren. Natürlich würde er da reingezogen werden. Das ist in einer Stadt, in der jeder jedermanns Angelegenheiten kennt, unmöglich, das zu vermeiden. Es war ein Segen für mich, in einer Gemeinde zu leben, der ihre Mitglieder nicht egal sind. Ich spende jedes Jahr, um das Kunstprogramm der Schule zu unterstützen, ein besonderer Ort für mich, da ich dort meine Liebe zum Theater entdeckt habe.

„Schreib das auf", sage ich zu Wyatt.

Er zieht einen imaginären Bleistift hinter seinem Ohr hervor, benetzt die Spitze mit der Zunge und tut so, als wäre er bereit, auf nicht vorhandenes Papier zu schreiben.

Ich lache. „Im Ernst. Nimm dein Handy und schreib es auf. Summerdale, New York. Etwas mehr als eine Stunde von hier. Niemand hat jemals davon gehört. Die Leute sind ein bisschen verschroben, aber wenn du mit einem Postboten, der Tamales mit der Post ausliefert, oder einer Caféinhaberin namens Rainbow zurechtkommst, ist das der perfekte Ort für dich."

Wyatt holt sein Handy heraus und tippt es pflichtbewusst ein. „Jawoll, Madam. Mein neues Versteck." Seine Miene hellt sich auf. „Gibt es eine mexikanische Gemeinde da? Ich liebe authentisches mexikanisches Essen, je würziger desto besser."

„Nein. Bill ist weiß. Er ist nur ein großer Fan von Tamales."

„Verdammt."

„Sind aber wirklich gute Tamales."

Garrett stupst meinen Arm an. „Ich kenne Summerdale. Meine Familie fährt jedes Jahr zum Labor Day dorthin. Wir mieten ein Haus am See."

Meine Nackenhaare richten sich auf. So seltsam, dass Garretts Familie dorthin geht. Ich meine, es gibt immer ein paar Häuser zum Mieten am See, aber es ist nicht gerade ein Hotspot. Und wie kommt jemand aus Brooklyn ausgerechnet auf Summerdale?

Wyatt legt sein Handy mit dem Display nach unten und sieht mich genervt an. „Garrett hier hat davon gehört. Klingt so, als ob das Geheimnis von Summerdale kein Geheimnis ist."

„Es ist wirklich überhaupt nicht bekannt", sage ich, wirklich überrascht, dass Garrett es kennt. „Wie seid ihr dazu gekommen, da ein Haus am See zu mieten?"

Garrett nickt. „Witzig, nicht wahr? Es fing mit meinem Bruder Jack an. Er hat es für einen Streich gemietet und so getan, als hätte er seiner Freundin ein Haus gekauft, und ihr dann vor der ganzen Familie einen Antrag gemacht."

Ich starre ihn mit offenem Mund an. „Ein Streich und ein Heiratsantrag?"

„Ich mag deine Familie", sagt Wyatt. „Brillant."

Garrett lächelt. „Ich könnte Jack fragen, wie er Summerdale gefunden hat, wenn du willst. Er hat wahrscheinlich nur im Internet nach einem schönen Haus gesucht, das groß genug für uns alle war und weit genug von der Stadt entfernt, um seine Freundin zu überraschen, aber nicht zu weit, dass es für den Rest von uns schwierig wäre, dahin zu kommen. Jack ist König der Streiche. Er grübelt viel darüber nach, um den perfekten Streich zu planen."

Ich bin immer noch nicht über den Grund des Ganzen hinweg. „Ein Streich und dann ein Heiratsantrag? Hat sie ja gesagt?"

Er lacht. „Ja, hat sie. Sie spielen sich gegenseitig Streiche. Jetzt sind sie glücklich verheiratet, und ihr Baby ist unterwegs."

„Und deine Familie kommt immer wieder nach Summerdale zurück?", frage ich.

„Ja, Jack wollte eine Tradition daraus machen, um sich an den glücklichen Anlass zu erinnern, also verbringen wir jetzt jedes Jahr den Labor Day dort."

„Welches Haus mietet ihr?"

Er zuckt mit den Schultern. „Jack kümmert sich um alles. Ich kann mich nicht an die Adresse erinnern. Das letzte Mal haben wir ein anderes Haus mit einem riesigen Balkon im ersten Stock mit Blick auf den See gemietet." Er dreht sich zu Wyatt um. „Solltest es dir wirklich ansehen. Es ist die Fahrt wert. Viele Bäume, der See natürlich, Häuser, die versteckt um den See herum und den Hügel rauf liegen. Da ist dieses eine riesige Haus oben auf dem Hügel, und aus irgendeinem Grund gibt es einen Leuchtturm auf dem Grundstück. Mitten auf offenem Land."

„Offensichtlich für die riesigen Schiffe auf dem See", sagt Wyatt.

Ich schüttle den Kopf. „Der See ist gerade groß genug für Ruderboote und Kanus. Er ist klein."

Garrett drückt meine Schulter und jagt eine Hitzewelle durch mich. Der amüsierte Blick in seinen Augen sagt mir, dass Wyatt einen Witz gemacht habe. Ich bin es nicht gewohnt, so viel zu scherzen.

Ich erzähle weiter über meine Heimatstadt in der Hoffnung, dass Wyatt fasziniert sein wird. „Ein exzentrischer Einsiedler hat früher oben auf dem Hügel gelebt. Er ist gestorben, bevor ich zur Welt gekommen bin, und niemand hat das Land gekauft. Die Leute sagen, es spukt da. Ich bin mir sicher, dass es nur von Waschbären und anderen Waldbewohnern heimgesucht wird, aber es hat mich da immer gegruselt."

Wyatt wedelt begeistert mit den Fingern. „Ooh, klingt wie eine Scooby-Doo-Episode mit dem alten Jenkins."

„Zoinks!", quietscht Josie, als sie plötzlich auftaucht und ihre Arme um Wyatt und Garrett legt. „Habt ihr vor, ein Rätsel zu lösen?"

„Ja, das Geheimnis des Leuchtturms ohne Meer", sagt Wyatt.

„Oh, ihr redet über Summerdale?", fragt Josie. „Wir waren vor ein paar Wochen dort, um die Hochzeit meines Bruders und meiner Schwägerin nachzustellen. Ich liebe es!"

„Die Hochzeit nachzustellen?", wiederhole ich.

„Diese Familie ist verrückt", sagt Josie glücklich. „Ich passe da perfekt rein."

Sean erscheint an ihrer Seite und sie setzen sich an den Tisch.

Wyatt deutet auf sie. „Warum konnte ich nicht in eine verrückte Familie hineingeboren werden? Würde so viel besser passen."

Sean lächelt. „Es kann Spaß machen, aber auch ziemlich

nervig sein. Jeder ist ein Energiebündel und stur wie ein Esel." Er tippt sich an den Kopf.

„Das liegt nur an der hohen Testosteronkonzentration bei so vielen Männern", sagt Josie mit einem Lachen. „Jetzt ist es aber besser, nachdem mehr Frauen in die Familie eingeheiratet haben."

„Ich bin begeistert, dass du eingeheiratet hast", sagt Sean und gibt ihr einen Kuss.

Ich seufze. Ich habe Sean und Josie in den letzten fünf Wochen bei der Arbeit zusammen gesehen, und sie sind so perfekt zusammen. Sie lachen und reden und gehen immer liebevoll miteinander um. Ich beneide sie um das selbstverständliche Vertrauen, das sie in Sean hat.

Sie haben sich kennengelernt, bevor sie berühmt geworden ist, und sie weiß, dass er sie um ihretwillen liebt, nicht für das, was er von ihr bekommen kann. Ich schätze, wenn ich mit vierzehn meinen Freund geheiratet hätte – Levi hat gute Arbeit geleistet und mich zum Tanz der achten Klasse begleitet, während er alle Regeln befolgt hat, die General Joan aufgestellt hat –, könnte ich das auch haben. Ha! Witzig und doch nicht witzig. Ich wünsche mir meinen Erfolg nicht weg, aber es wäre schön, einem Mann so vertrauen zu können und zu wissen, dass wir etwas Reales haben.

Ich werde von Josies unerwarteter Frage aus meinen ängstlichen Gedanken gerissen. „Harp, willst du unser Lied spielen, nachdem das Abendessen serviert wurde? Die Leute würden es zu schätzen wissen."

Ich erstarre. Josie und ich mögen beide Musicals – ihre Stimme ist ein Traum – und manchmal singen wir „For Good" aus *Wicked*, ein wunderschönes Lied zweier Schwestern. Aber das tun wir, wenn wir in einem unserer Trailer rumhängen. Ich muss mich auf eine Aufführung vorbereiten. Und meine Stimme kommt nicht einmal annähernd an ihre heran. Es gibt einen Grund, warum ich nie für die New Yorker Theaterszene vorgesprochen habe. Ich liebe Musicals, aber ich weiß, dass ich nicht zu den besten professionellen Sängern gehöre.

„Harp?", fragt Josie und wedelt mir mit der Hand vor dem Gesicht herum.

„Vielleicht nur du", sage ich. „Deine Stimme ist so schön."

Sie neigt den Kopf. „Aber es ist ein Duett! Und du klingst auch gut. Es wird Spaß machen."

Ich benetze meine trockenen Lippen. „Nein, danke."

„Komm schon, du wirst ganz großartig sein", versucht Josie, mich zu überreden.

Garrett meldet sich: „Meine Freundin hier ist ein hartes Nein für After-Dinner-Shows."

Ich drehe mich zu ihm um, überrascht, dass er für mich gesprochen hat. Seine Hand wandert zu meiner Kehle, sein schwelender Blick jagt einen Hitzestoß von meinem Hals bis zu meinen Zehen. „Schrecklicher Fall von Kehlkopfentzündung."

Ich bin so verzaubert, dass ich kein Wort herausbekomme und in seine Augen starre.

Er lässt seine Hand sinken. Ich schlucke und starre auf den Tisch, erschüttert darüber, wie sehr ich ihn will. Ich wusste nicht wie sehr, bis er mich berührt hat. Was sich wie eine unangenehme Position angefühlt haben könnte – seine Hand an meiner Kehle – hat mich angemacht. Keine Warnglocken, die Gefahr geschrillt hätten. Nur rohe Lust.

„Glühende Hitze hat deine Stimme gestohlen", witzelt Josie. „Schon verstanden. Weitermachen!"

Das Abendessen wird serviert, und ich lege meine Serviette verspätet und benommen auf meinen Schoß.

Garretts Stimme grollt in meinem Ohr und jagt mir ein Prickeln über den Rücken. „Alles okay, *Lamb chop*?"

Ich nicke steif und bin nicht bereit, einen weiteren Blick auf diesen verführerischen Mann zu riskieren.

„Sie meint es gut", flüstert er.

Ich drehe mich um, und wir sind so nah, dass ich sehe,

wie sich seine Augen weiten. Meine Stimme kommt atemlos heraus. „Ich weiß."

„Ich meine es auch gut. Nur damit du das auch weißt."

Mein Blick fällt auf seine sinnlichen Lippen, und die Sehnsucht, näherzukommen, zieht mich an.

„Würde es dir was ausmachen, die Butter weiterzugeben?", fragt Wyatt.

Garrett richtet sich auf und gibt sie ihm. Moment verpufft. Wollte ich ihn an einem Tisch küssen, umgeben von all diesen Leuten? Ich weiß es besser, als den Klatsch über mich und den geheimen Prinzen von Brooklyn anzuheizen. Was ist mit all meinen guten Abwehrmechanismen passiert? Meinem Bauchgefühl? Die Warnsignale sind im Ansturm der Lust verpufft.

Ich bin in Schwierigkeiten.

10

—————

Harper

Am Ende des Abends bringt mich Garrett nach draußen. Es sind nur wir zwei und Joe ein paar Meter dahinter. Wir sind eine Weile geblieben und haben mit Sean und Josie gesprochen, also sind wir unter den Letzten, die gehen. Das Museum ist still und fast leer.

„Das Gebäude erinnert mich an den Amalienpalast", sagt er. Das ist der Palast seiner Familie in Villroy. Ich habe mir all das königliche Zeug vielleicht angesehen.

„Gehst du oft da hin?"

„Nicht oft. Die Aussöhnung zwischen unseren Familien ist ziemlich neu. Ich war für zwei Hochzeiten da und die letzten beiden Weihnachten. Sie haben einen Regency-Weihnachtsball. Das würde dir wahrscheinlich gefallen. Ein bisschen wie ein historisches Filmset."

Meld mich an! Ich würde gerne einen Palast besuchen und zu einem Ball gehen. „Veranstalten sie regelmäßig Themenbälle da?"

„Ich weiß nicht. Sie machen es zu Weihnachten. Es ist wegen Alice, der Frau meines Cousins. Sie schreibt Regency-Romane."

Ich hole scharf Luft. „Alice Segal?"

„Ja." Er schüttelt den Kopf, und seine Lippen verziehen sich zu einem ironischen Lächeln. „Sie hat uns sogar eine Leseliste gegeben, um uns auf den Ball vorzubereiten. Sehr Jane Austen-lastig. *Stolz und Vorurteil* war ehrlich gesagt nicht schlecht. Ich habe den Film gesehen." Als ich schweige, dreht er sich zu mir um. „Harper?"

Ich klappe meinen offenen Mund zu. „Du bist mit der Autorin von *Der Schurke und die Gouvernante* verwandt? *Die Herausforderung des Herzogs*? *Der Sieg des Viscount*? Ich liebe diese Trilogie, aber besonders das Schurkenbuch. Im Ernst, ich habe es als eBook, Taschenbuch *und* Audiobuch, also habe ich es immer griffbereit, wenn mir danach ist."

Er grinst. „Ich habe das Gefühl, dass du ein Megafan bist."

„Oh ja! Wow! Ich kann nicht fassen, dass du mit Alice Segal verwandt bist. Glaubst du, sie würde meine Ausgabe von *Der Schurke und die Gouvernante* signieren?"

Seine Augen funkeln, als er mich beobachtet. „Harper Ellis, heimliche Romantikerin."

„Ich mag einfach ein Happy End."

Er hebt die Brauen, seine Stimme ist heiser. „Wer nicht?"

Ich neige meinen Kopf. Meint er das Happy End im Bett? Oh, er ist gut mit Doppeldeutigkeiten. Ich muss bei diesem Mann besonders vorsichtig sein.

Er schmunzelt. „Wer hat jetzt die Connections?"

„Ja, ja."

„Also stehst du auf Bücher und Musik, was noch? Außer mir natürlich. "

Ist das so offensichtlich?

Ich kämpfe gegen das Erröten an. „Zwischen Arbeit, Fitnesstraining und solchen Abenden bleibt nicht viel Zeit für viel anderes." Trainieren ist eine Notwendigkeit. Teil des Deals, mein Aussehen für die Kamera beizubehalten und dafür zu sorgen, dass meine Garderobe passt.

„Harper", sagt er.

„Was?"

„Schau mich an. Ich arbeite und halte mich fit. Und ich habe trotzdem noch andere Interessen."

Ich hebe mein Kinn. „Wie was zum Beispiel?"

Er schenkt mir ein langsames sexy Lächeln, das meinen Bauch flattern lässt. „Wie kochen zum Beispiel. Ich bin ein ausgezeichneter Koch."

Ich blinzele überrascht. Wenn ich dieses Tier von einem Mann mit seinem markanten, kantigen Kiefer und dem massiven Bizeps betrachtete, wäre das Letzte, was ich erwarten würde, dass er kochen kann. Ich habe erwartet, dass er Boxen oder Nägel in die Wand hämmern sagt. Was Macho-mäßiges.

„Du glaubst mir nicht?", fragt er.

Ich erhole mich. „Doch, ich glaube dir. Das ist großartig. Ich koche nicht gern, deshalb fällt es mir schwer, das zu begreifen." Gut gerettet.

„Du würdest mein Kochen mögen. Komm irgendwann zum Abendessen bei mir vorbei."

„Es wäre leichter, wenn du zu mir kommst. Ich meine, was die Sicherheit betrifft." Moment, habe ich ihn gerade eingeladen?

„Kein Problem. Sag mir einfach wann."

Ich schlucke schwer, plötzlich vorsichtig. „Das ist nur eine Sache unter Freunden, oder?"

„Wenn du das willst", sagt er.

„Ist es das, was du willst?"

Er blickt mir in die Augen und sagt mit sanfter Stimme. „Ich will, dass du dich wohlfühlst."

Ich wende den Blick ab und lausche auf meinen Bauch. Ich bin sowohl nervös als auch aufgeregt, Zeit mit ihm zu verbringen. Nervös, weil ich erst kürzlich abserviert wurde. Das Letzte, was ich brauche, ist, dass das mit Garrett und mir öffentlich in die Luft fliegt. Und wir hatten bereits einen Streit nach unserem ersten Date unter Freunden. Irgendwie denke ich, dass er beleidigt wäre, wenn ich ihn an dieser Stelle bitten würde, eine Geheimhaltungserklärung zu unterschreiben. Ich will nicht diese Art Schauspielerin sein.

Seine tiefe Stimme grollt in meinem Ohr und lässt einen köstlichen Schauer über meinen Rücken laufen. „Es ist nur Abendessen."

Sei clever. Schotten dicht. Lass dich nicht von seinem erotischen Gesamtpaket verzaubern!

„Okay."

Er lächelt, seine aquamarinblauen Augen blicken warm in meine. „Großartig. Was würdest du gerne essen? Mit einem Rezept aus dem Internet kann ich alles machen."

„Ich bin flexibel."

„Ich mache dieses würzige Garnelen-Gericht mit Blumen-kohlpüree. Du besorgst das Bier."

Ich mache ein Gesicht. „Bier passt nicht dazu."

„Natürlich tut es das."

„Ich habe kein Bier."

„Na gut. Dann bringe ich auch das Bier mit. Du erscheinst nur als dein süßes Selbst."

„Ich bin nicht süß." Ich wurde erzogen, hart und stark zu sein, niemals weich und süß. *Kopf hoch. Ich habe kein Weichei großgezogen!*

Raus aus meinem Kopf, Großmutter!

„Ja, okay", sagt er.

„Bin ich nicht."

Er bleibt stehen und runzelt die Stirn. „Ich war angepisst, als die Paparazzi vor meiner Haustür aufgetaucht sind."

Ich schneide eine Grimasse. „Das tut mir leid."

Er beugt sich langsam vor, und mein Herz rast. Sein Blick fällt auf meine Lippen, bevor er sich bewegt, um in der Nähe meines Ohrs zu sprechen. „Süß. Hab ich doch gesagt."

Ich schlucke schwer. Irgendwie sieht er an der Toughness vorbei, für die mich die Leute von meiner Rolle als Amanda kennen, aber auch an der dicken Haut, die ich mir so hart erarbeitet habe. So bin ich durch meine strenge Erziehung gekommen, habe ich Ablehnung nach Ablehnung überlebt, so gehe ich damit um, gefeuert zu werden und Absagen für Shows zu bekommen. Tief im Inneren wusste ich jedoch immer, dass es nur eine Fassade war, um mein sensibles Ich zu schützen. Ich weiß nicht, wie er das so schnell gesehen hat. In meinem Kopf schrillt ein Alarm. Das ist ein Mann, der nahe genug an mich herankommen könnte, um ernsthaften Schaden anzurichten.

Ich gehe weiter, meine Gedanken kreisen, mein Herz pocht.

Er wirft mir einen amüsierten Blick zu. „Entspann dich. Du bist mit dem geheimen Prinzen von Brooklyn unterwegs. Was hat er all die Jahre überhaupt gemacht? Seinen Berg von Goldmünzen poliert? Ist er in seinem königlichen Samtumhang herumstolziert? Hat er seine Brüder mit dem königlichen Zepter auf den Kopf geschlagen?"

Ich unterdrücke ein Lächeln. „Kein bisschen eingebildet, was?"

„Willst du damit sagen, dass ich ein großes Ego habe?"

„Ja!"

„Kann nicht anders. Ist genetisch bedingt. Alle Männer in meiner Familie haben das."

„Sean scheint nicht so zu sein."

„Sean ist der Schlimmste! Mein Gott, es ist, als könnte man kaum atmen bei all der heißen Luft, die er in einen Raum bringt!"

Ich unterdrücke ein Lachen, als Sean hinter ihm auftaucht. „Was macht er sonst noch?"

„Früher ist er mit seinem Werkzeuggürtel herumstolziert, als wäre er der Größte, weißt du?" Er bemerkt meinen amüsierten Blick. „Er ist direkt hinter mir, oder?"

Ich nicke.

Er dreht sich um. „Hey, Sean, singe gerade nur ein Loblied auf dich."

„Gerade noch die Kurve gekriegt, blöder Esel."

Er sieht sich um. „Esel? Wo?"

Sean legt eine Hand auf seine Schulter und dreht sich zu mir um. „Belästigt dich dieser Typ hier?"

„Ein bisschen", sage ich.

„Hey!", protestiert Garrett. „Ich bin ihr Freund-Date. Das ist ein offizieller Titel, den sie mir gewährt hat. Wie könnte ich sie belästigen, wenn sie mir die Ehre selbst verliehen hat?"

Sean grinst. „Tatsächlich."

Garrett zeigt auf Sean. „Tatsächlich!"

Ich hebe lachend meine Hände. „Okay, okay. Ihr zwei seid zum Schießen. Reden sie so in Villroy?"

„Eher wie –" Garrett strafft seine Schultern und steht aufrecht, als hätte er einen Stock im Arsch. „Auf Befehl des Königs ist dies ein offizielles Date."

„Geschmeidig", murmelt Sean.

„Und du bist der König?", frage ich.

Ein Mundwinkel verzieht sich zu einem liebenswerten schiefen Lächeln. „Na ja, dann würdest du mich nicht *Lamb chop* nennen."

11

———

Garrett

Ich bin *aufgekratzt*. Ich habe gerade meinen ersten Werbe-spot gedreht. *Ka-ching!* Dreißig Riesen auf der Bank. Mark Perlman weiß, wovon er spricht. Er ist mein neuer Agent. Er hat mir am Dienstag ein Vorsprechen für diesen Aftershave-Werbespot, von dem er mir erzählt hat, organisiert, und zwei Tage später habe ich ihn gefilmt. Er sagt, dass es normaler-weise nicht so schnell geht. Ich hatte Glück mit dem Timing. Alles, was ich tun musste, war, mich vor einem Spiegel zu rasieren, ohne Hemd. Dann habe ich mir den Kiefer gerieben, so getan, als ob ich Aftershave in die Haut klopfe, einen heißen Blick in die Kamera geworfen und gesagt: „Bereit für meine Frau." Dann habe ich die Aftershave-Flasche hochge-halten. Ich habe mir Harper vorgestellt, als ich den heißen Blick in die Kamera geworfen habe. Es muss auch funktio-niert haben, denn nachdem es fertig war, rief der Regisseur: „Jawoll! Das war *heiß*!"

Ich wäre fast geplatzt, so sehr musste ich mich bemühen, nicht zu lachen. Er war so begeistert, dass er sich über-schwänglich bei mir bedankt hat, weil es anscheinend unge-wöhnlich ist, alles in einer Einstellung zu bekommen. Alles in allem eine tolle erste Erfahrung. Ziemlich lustig, als Arbeit was vorzutäuschen. Mark sagt, ich bekomme eine SAG-Karte dafür, das ist die Gewerkschaftskarte für Schauspieler, und das bedeutet, dass er mir noch bessere, höher bezahlte Gigs besorgen kann, die nur SAG-Schauspielern offenstehen. Er will, dass ich nächste Woche für einen Sportwagen-Werbespot vorspreche, und sagt, dass mein Preis gerade gestiegen ist. Was für ein Rausch! Ich hätte nie gedacht, dass ich mir so schnell ein Haus leisten könnte, nicht in absehbarer Zeit. Und jetzt, wenn ich diesen nächsten Werbespot an Land ziehe, könnte ich die Anzahlung haben. Nicht zu glauben.

Ich kann es kaum erwarten, es Josie zu erzählen. Ich fahre mit meiner Harley durch die Straßen von Manhattan zum Studio auf den Chelsea Piers, wo sie *Living Gold* drehen. Sie hat mich auf die Liste gesetzt, damit ich reinkomme, und war aufgeregt, von meinen Erlebnissen zu hören. Heute haben sie einen Durchlauf ohne das Studiopublikum, doch sie hat eine Stunde Mittagspause. Das Timing klappt perfekt. Witzig, dass sie es Mittagessen nennen, auch wenn es fast Abendessenszeit ist. Es hat mit der Anzahl der Mahlzeiten zu tun, irgendwas mit den Gewerkschaftsregeln für die Anzahl der geleisteten Arbeitsstunden und der zugeteilten Mahlzeiten.

Ich werde nicht lügen, das Beste daran ist, dass es mich und Harper auf Augenhöhe bringt. Ich habe mich mit diesem Werbespot bewährt, und er wird zum nächsten führen. Auf keinen Fall kann sie jetzt das Gefühl haben, ich hätte sie als Sprungbrett benutzt. Dieser Gig ist völlig anders als das, was sie tut. Das heißt, sie kann sich um mich herum entspannen. Ich habe sie diese Woche vermisst. Ich trage mein Herz auf der Zunge und entschuldige mich nicht dafür.

Nachdem ich der Wache am Tor meinen Namen gegeben und ihm meinen Ausweis gezeigt habe, fahre ich auf das Grundstück und parke. Josies Trailer ist der größte. Sie sagt, man sieht immer anhand der Größe seines Trailers und ob man ihn mit jemandem teilen muss oder nicht, wo man in der

Jobhierarchie steht. Sie ist jetzt eine große Nummer, unsere Josie.

Ich klemme meinen Helm unter einen Arm und klopfe an die Metalltür.

Sean antwortet. „Beast! Ich habe gehört, du bist unser neuster Star."

Ich schüttle den Kopf. „War nur ein Werbespot. Ein Satz."

Josie taucht strahlend hinter ihm auf. „Komm rein und erzähl mir alles!"

Ich setze mich mit ihr und Sean an einen quadratischen Tisch, an dem sie zu Mittag essen, und lege meinen Helm auf den Boden. „Okay, zuallererst hatte ich keine Ahnung, dass so viele Leute nötig sind, um einen zweiminütigen Werbespot zu drehen."

„Oh ja!", sagt Josie. „Das sind teure Produktionen. Und für einen Film kannst du das verhundertfachen. Darum erweitern die Studios immer wieder bekannte Serienwelten oder entwickeln Spin-offs. Sie wollen eine sichere Sache, um ihre Investition wieder reinzuholen." Sie beugt sich vor, und ihre blauen Augen leuchten. „Also berichte. Von dem Moment an, als du am Set angekommen bist."

Ich sehe Sean an, der amüsiert aussieht. Das klingt nach zu vielen Details. Ich beschreibe ihr die Highlights und gestehe den einen unangenehmen Teil ein – ich musste mich schminken lassen. Ich wusste nicht, dass Männer Make-up vor der Kamera tragen. Kleiner Preis für einen netten Gehaltsscheck.

Sie klatscht. „Sag deinen Text."

Ich halte einen Finger hoch und stelle mir Harper in meinen Gedanken vor, mit ihrer klassischen Schönheit, ihrer Masse dunkler Locken, der Verletzlichkeit, die sich in ihren Augen verbirgt, ihren weich aussehenden rosa Lippen. Verdammt, ich will sie. Ich sehe Josie an und sage meine Zeile: „Bereit für meine Frau."

Sie quietscht. „Oh mein Gott, er ist ein Naturtalent. Das war *fantastisch*!"

Ich wende verlegen, aber auch glücklich den Blick ab. „Mark besorgt mir einen Schauspielcoach."

Josie drückt meinen Arm. „Das wird dir helfen, deine Fähigkeiten zu erweitern, aber, Garrett, du hast bereits den Instinkt." Sie dreht sich zu Sean um. „Hat dir das nicht auch einen Schauer über den Rücken gejagt?"

„Nicht wirklich", sagt er trocken.

Sie tätschelt seine Schulter. „Na ja, du bist keine Frau. Die Frauen werden diesen Werbespot lieben, und die Männer werden sein wollen wie er. Was hast du angehabt?"

„Ich habe mich rasiert, also kein Hemd."

„Also *jetzt* läuft mir ein Schauer den Rücken runter", sagt Sean mit ernstem Gesicht.

Josie hält Sean die Ohren zu, während sie mit einem Bühnenflüstern antwortet, das für jedes Publikum laut genug ist. Sean verdreht die Augen. „Ich habe dich ohne Hemd am See gesehen. Du bist ein wunderschöner Mann. Die Kamera wird dich auffressen." Sie nimmt ihre Hände von Seans Ohren und lächelt ihn verschmitzt an.

Ich reibe meinen Nacken. „Danke."

„Bist du fertig damit, meinen kleinen Bruder zu begaffen?", fragt Sean genervt.

„Ich gebe ihm meine objektive berufliche Sichtweise!", ruft Josie aus. „Aber wenn ich Garrett getroffen hätte, bevor ich dich getroffen habe, hätte ich ihn gefragt, ob er einen mürrischen älteren Bruder hat, und wäre trotzdem bei dir gelandet, also kannst du ein bisschen runterkommen, Mister."

Sean lacht, ergreift ihr Kinn und küsst sie.

Ich wende den Blick ab. Ein Mann kann nur eine begrenzte Anzahl lächerlich glücklich verliebter Paare ertragen.

„Ist Harper in ihrem Trailer?", frage ich.

Josie lächelt breit. „Warte, ich schicke ihr eine Nachricht, um zu sehen, ob sie da ist." Sie nimmt ihr Handy vom Tisch und schreibt viel zu lange für eine einfache Frage. Wann werde ich es jemals lernen?

Ich unterdrücke ein Stöhnen. Ich dachte, Josie wüsste, wo sie ist. „Was hast du ihr diesmal gesagt?"

Sie grinst. „Ich habe ihr gerade gesagt, dass du hier bist und du sie gerne sehen würdest. Oh, und auch, dass du einen Werbespot gemacht hast, weil ich so glücklich für dich bin. Sie sagt, du sollst auf dem Weg nach draußen bei ihr vorbeischauen."

Ich nehme meinen Helm und stehe auf. „Hat sie sich verärgert oder glücklich angehört, dass ich einen Werbespot gemacht habe?"

Josie zuckt die Achseln. „Sie hat es nicht kommentiert."

Ich atme scharf aus. „Ich wollte derjenige sein, der es ihr sagt."

Sie verzieht das Gesicht. „Tut mir leid. Ich war aufgeregt. Nächstes Mal werde ich nichts über deine Arbeit sagen." Sie tut so, als wollte sie ihre Lippen mit einem Reißverschluss verschließen.

Ich werde weich. „Klar. Wir sehen uns. " Ich drehe mich um und gehe zur Tür.

„Hals- und Beinbruch!", ruft Josie mir hinterher.

Ich drehe mich um. „Für mein nächstes Vorsprechen oder mit Harper?"

Ihr Blick fällt auf Sean, der die Brauen hochzieht. Sie lächelt mich an. „Ja." Dann beschreibt sie mir den Weg zu Harpers Trailer.

„Danke." Ich gehe zur Tür hinaus. Es ist süß, dass Josie will, dass wir zusammenkommen, aber es ist am besten, wenn sie sich da raushält. Ich brauche zu meiner Enttäuschung nicht auch noch ihre. Harper und ich sind alles andere als eine sichere Sache.

Ich finde meinen Weg durch die Reihen von Trailern zu

Harper. Joe sitzt auf der Treppe und isst ein Sandwich. „Hey, Joe, wie läuft der Bodyguard-Gig?"

„Genial. Ich habe eine Wohnung in Gramercy Park neben ihrer. Bisher musste ich nur ein paar Leute mit einem bösen Blick abschrecken. Keine Waffen oder solche Scheiße."

Meine Brust zieht sich zusammen. Ich hasse es, dass sie von Männern belästigt wird. „Ich bin froh, dass sie dich hat."

Er steht auf und tritt mir aus dem Weg. „Sie ist echt bodenständig. Manche Schauspielerinnen sind verdammt von sich eingenommen, weißt du?" Er sieht sich verstohlen um. „Ich nenne keine Namen, aber meine letzte Kundin war eine dumme Kuh."

„Kann ich mir vorstellen. Ich will nur ... " Ich zeige auf die Tür.

„Sicher. Sie ist in fünfzehn Minuten dran."

Ich klopfe an ihre Tür. „Hey, ich bin's, Garrett."

„Komm rein!"

Ich öffne die Tür und finde sie auf dem Boden. Sie trägt einen weißen Pullover mit V-Ausschnitt und einen langen schwarzen Rüschenrock. Sie sitzt im Lotussitz, und ihre Hände ruhen auf ihren Knien.

„Yoga?", frage ich.

„Ich mache Yoga, aber gerade habe ich meine Achtsamkeitsmeditation gemacht. Es hilft mir, meine Mitte zu finden und mich darauf vorzubereiten, wieder an die Arbeit zu gehen." Sie holt tief Luft und atmet aus, bevor sie anmutig aufsteht. Sie duftet süß nach Blumen. Jasmin vielleicht? Eine meiner Ex-Freundinnen stand auf ätherische Öle und hatte viele verschiedene Düfte, mit denen sie in selbstgemachter Kosmetik experimentiert hat.

Sie sieht zu mir auf. „Also sagt Josie mir, dass du jetzt einer von uns bist. SAG-Mitgliedskarte in der Hand, bereit, die Welt im Sturm zu erobern."

„Josie übertreibt. Du weißt, wie schnell sie sich für etwas

begeistern kann, oder? Sie ist wie ein Welpe, der einen dauernd anspringt."

Sie nickt und geht zu ihrem Minikühlschrank, um eine Flasche Wasser zu holen. Sie hält mir eine entgegen.

Ich nehme sie. „Danke."

Sie nimmt sich eine Flasche Wasser und weist mich an, mich auf das Sofa zu setzen. Ich lege meinen Helm auf den Boden. Sie schließt sich mir an, zieht ein Bein unter sich und bewegt sich zu mir. „Sean hat mir die Regalstifte, die du ihm mitgeschickt hast, gegeben, und ich habe das andere Regal selbst repariert. Bin mir sehr praktisch veranlagt vorgekommen. Danke, dass du daran gedacht hast."

Ich unterdrücke ein Lächeln bei dem Gedanken, dass sie sich für praktisch veranlagt hält, wenn sie Holzdübel in ein vorgebohrtes Loch steckt. „Kein Problem."

Ihr Blick fällt auf meinen Helm. „Lass mich raten, du fährst eine Harley."

„Ja. Ich war so aufgeregt, meine Neuigkeiten zu berichten, dass ich vergessen habe, den Helm bei meinem Bike zu lassen. Wie kommst du darauf, sehe ich so aus?"

„Muskulöser, tough aussehender Kerl, also ja."

Ich lächle. „Ich habe mit meinem ältesten Bruder getauscht, als er zu dem Schluss gekommen ist, dass er ein Auto für sein Kind braucht. Er hat meinen schwarzen Mazda mit einer fantastischen Stereoanlage dafür bekommen. Absolute Verschwendung für Kinderlieder."

Sie presst die Lippen aufeinander, ein amüsierter Ausdruck auf ihrem schönen Gesicht. „Ein Motorrad und ein sportliches Auto. Ein bisschen Klischee."

„Und was fährst du?"

„Wenn ich in L.A. bin, fahre ich einen Prius."

„Elektroautos sind cool."

Sie sieht mich verlegen an. „Es ist irgendwie das L.A.-/Schauspieler-Klischee."

„Ha! Sich über mein Harley-Klischee lustig machen, wenn

du selbst ein Klischee-Auto fährst. Du vergisst, dass ich fließend Frau spreche."

Sie verdreht die Augen. „Wegen deiner langen Reihe von Freundinnen, nehme ich an."

Ich trinke mein Wasser und überlege, wie ich antworten soll. Ich weiß es besser, als mit einer Frau, an der ich gerade interessiert bin, über meine Exen zu sprechen. „Ich bin Serienmonogamist, daher lerne ich die Frauen gut genug kennen, um ihre Sprache zu verstehen." Jetzt klinge ich wie so ein erleuchteter Typ und nicht wie ein Weiberheld. „Und ich gehe nie fremd", füge ich hinzu. *Anders als dein Ex.*

Sie bewegt sich unbehaglich. „Gut. Ähm. Also, wie hat dir das Schauspielern gefallen?"

Ich kann nicht sagen, ob sie sich für mich freut oder nicht. Ihr Ton und ihre Miene sind jetzt ausdruckslos. Das Letzte, was sie denken soll, ist, dass ich sie als Sprungbrett benutzt habe. „Es ist nicht so, als wäre das ein Beruf für mich. Nur ein Werbespot. Ein Satz."

„Du hast meine Frage nicht beantwortet."

„Es hat Spaß gemacht", gebe ich zu. *Und wie, und ich kann es kaum erwarten, mehr zu machen.* Ich behalte das jedoch für mich, denn ein schlechtes Gewissen dämpft mein Glück. Ich will nicht, dass sie es falsch versteht, und ein Teil von mir hat das Gefühl, ich sollte keinen Spaß an etwas haben, das mich von meinem Familienunternehmen wegziehen könnte.

Sie lächelt. „Ja, es kann Spaß machen. Als ich als Kind das Theater entdeckt habe, hatte ich das Gefühl, nach Hause zu kommen. Als könnte ich mich endlich ausdrücken."

„Indem du jemand anderen spielst?"

Sie beugt sich vor, ihre Augen strahlend. „Du bringst immer einen Teil von dir in eine Rolle. Und manchmal sind es die hässlichen Teile, die man der Welt nicht zeigen kann. Es ist kathartisch, das rauszulassen."

„Ich bezweifle ernsthaft, dass du irgendwelche hässlichen Teile hast."

Sie versteckt ein Lächeln hinter ihrem Mineralwasser und trinkt einen Schluck. „Danke. Aber verstehst du, was ich meine? Jeder hat eine dunkle Seite, die er nicht ausdrückt. Menschen sind kompliziert und sind zu einem Spektrum in der Lage von der reinsten Güte bis zur dunkelsten Bösen."

Ich schüttle den Kopf. „Nicht ich. Ich bin nicht so kompliziert. Und ich bin definitiv einer der Guten."

Sie entspannt sich und lehnt sich auf dem Sofa zurück. „Vielleicht ist es okay für dich, dass du dich so fühlst. Manchmal reicht ein richtiger Blick, um die Karriere eines Mannes zu launchen. Für eine Frau ist es in Hollywood viel schwieriger."

Ich schnaube. „Ich bin nicht in Hollywood. Es war ein Werbespot. Obwohl ich zugebe, dass ich von dem Geld begeistert bin. Ich werde nächste Woche für einen weiteren Werbespot vorsprechen. Ich hätte nie gedacht, dass ich mir so schnell ein Haus leisten kann. Es ist cool, wie viel man dafür bezahlt bekommt, was zu tun, das Spaß macht."

Sie neigt den Kopf. „Das ist wahr."

„Es war irgendwie lustig, so zu tun, als ob man sich rasiert und so zu tun, als wäre das Wasser, das man sich ins Gesicht wirft, Aftershave, während all diese ernsten Leute um mich herum arbeiten. Ich meine, das Ganze war auf surreale Weise witzig."

Sie spielt mit dem Etikett ihrer Wasserflasche und murmelt: „Ich bin froh, dass dir gefällt, wo du gelandet bist."

Die unausgesprochenen Worte *wegen mir* hängen in der Luft. Ich muss sicher sein, dass sie weiß, wo ich stehe.

Ich lehne mich auf dem Sofa zurück und sehe sie an. *„Lamb chop."*

Sie hebt ihren Blick zu meinem, ein kleines Lächeln umspielt ihre Lippen. „Ja?"

„Ich sehe das nicht als Karrierepfad für mich. Das ist ein Nebenjob. Ich arbeite nur mit einem Schauspielcoach zusammen, damit ich mich bei einem Vorsprechen nicht blamiere.

Dieser Werbespot war nur eine Zeile, aber wenn es komplizierter wird, wie, wer weiß, *füttern Sie Ihrem Hund dieses Knabberzeug, damit er einen wohlgeformten Hintern bekommt*, dann muss ich darauf vorbereitet sein."

Sie prustet vor Lachen.

Ich entspanne mich und grinse. „Ich will dir dafür danken, dass du mir in gewisser Weise zu dieser Gelegenheit verholfen hast. Ich weiß, dass ich meinem Agenten aufgefallen bin, weil ich bei der Gala so getan habe als wäre ich dein Freund."

Sie hört auf zu lächeln und murmelt: „Dein Agent. Richtig."

Ich kann fast sehen, wie sie die Schotten dicht macht. „Das ist nichts, was mir je in den Sinn gekommen wäre, von wünschen ganz zu schweigen, aber die Gelegenheit ist hier, und es scheint dumm, einen so lukrativen Job auszuschlagen. Weißt du, wie viel ich im Bau verdiene?"

Sie schüttelt den Kopf. „Ich muss es nicht wissen." Sie hebt das Kinn. „Wir sind quitt, oder? Ich habe dich für die gute PR bei der Gala benutzt, und du hast den Einstieg in die Branche bekommen. Quid pro quo."

Ich nehme ihre Hand, und sie starrt sie an, doch sie zieht sich nicht zurück. „Jetzt sind wir beide an einem besseren Ort. Wir müssen nichts vortäuschen, um dir zu helfen, dein Gesicht zu wahren, und ich will nichts von dir außer dir."

Sie begegnet meinen Augen mit einem vorsichtigen Blick. „Was meinst du?"

„Es ist mir egal, ob ich mit dir in der Öffentlichkeit gesehen werde. Wir machen das nur, wenn du es willst. Ich will den privaten Teil."

Sie lächelt ein wenig. „Privater Teil klingt schmutzig."

Diesmal habe ich es ausnahmsweise einmal nicht zweideutig gemeint. „Harper, ich will dir nicht nur an die Wäsche. Das kann ich überall bekommen."

„Das glaube ich gern."

Ich wiege ihren Kiefer in einer Hand und sehe in ihre Augen. „Wir sehen uns am Samstag zum Abendessen bei dir. Sonst noch was, was du gern tun würdest?"

Sie blinzelt ein paarmal und sieht ein bisschen aus wie ein Kaninchen vor der Schlange.

Ich warte und streichle mit meinem Daumen über ihren Hals. Ihre Haut ist so weich.

Sie schluckt. „Meine Publizistin kann mir Tickets für *Wicked* besorgen. Das ist mein Lieblingsmusical."

„Ich bin dabei."

„Garrett?"

Ich streiche eine Haarsträhne hinter ihr Ohr und beuge mich vor, um zu flüstern: „Ja, *Lamb chop*?"

Ihre Stimme kommt leise und verletzlich heraus. „Ich weiß nicht, ob ich schon wieder für eine Beziehung bereit bin."

Ich küsse sie auf die Wange und bin so froh, dass sie mir sagt, was mit ihr los ist, anstatt zu mauern. „Ein Date nach dem anderen. Das ist alles. Date Nummer eins am Samstagabend." Ich nehme meinen Helm und stehe auf.

Sie starrt auf meinen Helm. „Fahren wir mit deiner Harley zum Theater, um *Wicked* zu sehen?"

„Kommt darauf an, wie weit deine Wohnung vom Theater entfernt ist. Willst du mit dem Bike fahren? Wir könnten an einem anderen Tag aus der Stadt rausfahren und eine Spritztour machen."

Sie wedelt mit dem Finger in meine Richtung. „Spritztour. Du und deine Zweideutigkeiten."

Ich runzle die Stirn, als wäre ich verwirrt. Ich mag es, sie zu necken.

Sie presst die Lippen aufeinander, und ihre Augen tanzen amüsiert. „Du bist gut. Das war gut gespielte Verwirrung, aber jetzt bewegst du dich auf dem Gebiet professioneller Schauspieler." Sie zeichnet einen Kreis um sich. „Ich kenne alle Tricks."

Ich verbeuge mich. „Dann überlasse ich das der Expertin. Die Königin von Summerdale, meiner Lieblingswasserstelle." Ich wackle mit den Brauen.

Sie schnaubt. „Du bist ein Tier!"

Ich zwinkere und gehe. Es macht so viel Spaß mit ihr.

12

Harper

Ich gehe in meiner Wohnung auf und ab, überlege, den Wein früh zu öffnen, und verwerfe den Gedanken. Es ist Samstagabend – Date Nummer eins mit Garrett – und er ist auf dem Weg hierher. Warum hat er dem Date eine Nummer gegeben? Wie viele erwartet er? Was passiert, wenn wir eine bestimmte Zahl erreichen? Schalte ich damit eine neue Ebene der Intimität frei? Ich hatte noch nie einen Mann, der so unkompliziert mit dem war, was zwischen uns vor sich geht. Die meisten Typen sagen nicht einmal das Wort *Beziehung* vor dem ersten Date. Er ist fast zu gut, um wahr zu sein. Er kocht für mich und wird sich mit mir *Wicked* am Broadway ansehen. Wie viele Leute würden das tun?

Ich gehe zurück in mein Schlafzimmer und betrachte mich noch einmal im Ganzkörperspiegel. Ist das Outfit zu viel? Normalerweise mache ich mich für das Theater schick, und ich muss immer geschminkt und gepflegt aussehen, wenn ich in die Öffentlichkeit gehe, aber sendet das eine falsche Nachricht an Garrett? Sehe ich zu eifrig aus? Ich trage eine schwarze Bluse mit einem schwarz-goldenen Rock. Es sieht ein bisschen retro aus. Ich habe die Accessoires schlicht gehalten – goldene Creolen, schwarze Lackpumps. Ein Spritzer meines Lieblingsparfums mit Jasmin. Meine Haare sind zu einem lockeren Knoten gesteckt. Es ist attraktiv mit einem Hauch von sexy. Ich will es mit Garrett langsam angehen lassen, weil ein Teil von mir hofft, dass das der Beginn von was Besonderem sein könnte. Ich muss auf einer tiefen Ebene wissen, ob es sich lohnt, mein verletzliches Herz zu riskieren. Ich war noch nie so tough wie ich es gerne wäre. Ich habe bei jeder Gelegenheit geweint und dachte, ich versage. Es stellt sich heraus, dass es in meinem Beruf nützlich ist, dass ich aufs Stichwort weinen kann. Meine Gefühle sind intensiv, und ich bin sehr sensibel, darum meine Abwehrmaßnahmen.

Ich ermahne mich, vorsichtig zu sein. Er ist jetzt in der Branche, und das bedeutet, dass er immer noch einen Schub auf die nächste Stufe der Leiter wollen könnte. Ich hoffe, dass er mich nicht so benutzen würde, doch es ist zu oft passiert, als dass ich die Möglichkeit komplett ausschließen könnte. Ich versuche, mich für ihn zu freuen, weil er begeistert ist. Es scheint, dass ihn bei der Arbeit am meisten interessiert, ein Haus kaufen zu können. Das ist etwas Großartiges, das viele Menschen anstreben. Daran ist nichts auszusetzen.

Ein kleiner Teil von mir kann nicht anders, als sich darüber zu ärgern, wie leicht es für ihn war. Allein aufgrund seines Aussehens ist er da rein gesegelt. Ich musste mich unerbittlichen Vorsprechen und zahllosen Ablehnungen stellen. *Hunderte*, bevor ich eine Rolle bekommen habe. Als ich vierzehn war, bin ich ein Jahr lang allein nach Manhattan gependelt, um Vorsprechen zu machen. Ein vierzehnjähriges Mädchen, das mit dem Zug fährt und durch die Stadt navigiert, um die Locations diverser Vorsprechen zu finden! Rückblickend scheint meine Großmutter tatsächlich nachsichtig gewesen zu sein. Sie nahm wahrscheinlich an, dass das anstrengende Pendeln und die Absagen meine Bestrebungen schnell beenden würden. Ich hatte das Glück, nach einem

Jahr eine Rolle zu bekommen. Er tritt auf den Plan und bekommt in derselben Woche einen Werbespot.

Das Leben ist unfair. Je früher man das lernt, desto besser.

Danke, General Joan! Die Stimme meiner Großmutter bekomme ich nie aus meinem Kopf. Sie war ein so starker Einfluss. Ich schulde ihr einen Besuch. Sie ist siebenundachtzig Jahre alt, und ich weiß nicht, wie viel Zeit ich noch mit ihr habe. Obwohl sie immer noch tough und temperamentvoll ist wie immer. Ich bin achtundzwanzig. Sie hat mich in dem Alter aufgenommen, in dem andere Frauen ein leeres Nest zu Hause haben, anstatt mich von meiner Mutter zur Adoption freigeben zu lassen. Sie sagt immer: *Wir sind eine Familie und damit basta.*

Ich beuge mich zum Spiegel vor und kontrolliere meine Wimperntusche. Alles bereit. Ich gehe zurück ins Wohnzimmer und setze mich in die Ecke meines bequemen lindgrünen Sofas. Alles in meiner Wohnung ist in sanften Pastelltönen gehalten. Im Wohnzimmer dreht sich alles um Bequemlichkeit – Sofa mit zwei passenden bequemen Sesseln, viele Kissen, deren Bezüge ich selbst gestrickt habe, und ein weicher Teppich mit geometrischem Muster. Es ist mein Zufluchtsort, in den ich mich einkuscheln kann.

Ich werfe einen Blick auf mein Handy. Vielleicht schreibt er, dass er sich verspätet oder es doch nicht schafft. Ich habe alle möglichen Ausreden von Leuten gehört, die am Abend unserer Verabredung eine bessere Einladung bekommen haben. Keine Nachricht. Eine Welle der Nervosität rauscht durch mich hindurch. Ein Punkt zu seinen Gunsten. Er macht keinen Rückzieher. Gott, es ist traurig, wie niedrig meine Messlatte liegt.

Ich rufe Alice Segals *Der Schurke und die Gouvernante* auf meinem Handy auf. Nichts entspannt mich mehr, als mich in den witzigen Wortgefechten dieser längst vergangenen Zeit zu verlieren. Oh! Ich sollte mein Taschenbuch suchen, um es Garrett zu geben. Er sagte, Alice würde es für mich signieren.

Was, wenn er mich in den Palast einlädt, in dem sie lebt? Ich habe das Gefühl, Alice und ich könnten beste Freundinnen sein. Zumindest die Version von ihr, die ich durch ihre Geschichten kennen. Albern, ich weiß. Sie ist nicht mehr einer ihrer Charaktere als ich eine der Figuren bin, die ich spiele. Obwohl ich gehört habe, dass der Schurke auf ihrem echten Ehemann, Prinz Lucas Rourke, basiert. (Ich hätte früher die Verbindung von Lucas zu Alice zu Garrett sehen sollen. Die königlichen Rourkes sind natürlich Garretts Cousins!) Irgendwann war Lucas der begehrteste königliche Junggeselle der Welt, und die Beschreibung ihres Schurken passt genau auf ihn. Jetzt ist er hoffnungslos betört von ihr. (So beschreibt ihre Heldin ihn am liebsten.)

Ich ziehe das Taschenbuch aus meinem Bücherregal und drücke es an meine Brust. Ich sollte alle ihre Bücher signieren lassen. Ich nehme sie aus dem Regal und stecke sie für Garrett in eine Stoffeinkaufstasche.

Die Gegensprechanlage summt, und mein Herz rast. *Beruhige dich.* Er ist einer von den Guten. Mein Verstand weiß das; Ich muss nur mein Herz überzeugen. Josie spricht in den höchsten Tönen von ihm. Sie hat mir sogar erzählt, dass seine Mutter ihn ihren Teddybär nennt. Ich habe mich fast ein bisschen für ihn fremdgeschämt, dass sie das über ihn erzählt hat, aber ich kann es mir vorstellen. Ein großer muskulöser Teddybär.

Ich drücke die Taste der Sprechanlage. „Ja?"

„Ihr Date ist hier", sagt Joe. Mein Bodyguard besteht darauf, dass meine Besucher sich zuerst bei ihm melden, damit sich niemand einschleicht.

„Der heiße Typ", fügt Garrett hinzu.

Ich lache und öffne die Tür. „Hi, komm rein."

Er trägt eine Isoliertasche über einer Schulter und eine braune Papiertüte in seinem anderen Arm. „Ich hatte ein bisschen Zeit, also habe ich das Abendessen vorgekocht."

„Oh, cool." Ich führe ihn in Richtung Küche.

Er stellt alles auf die Theke. „Ich habe Enchiladas gemacht, weil die sich besser transportieren lassen." Er lächelt. „Die Wahrheit ist, ich wollte hier nicht kochen und was auf meinen Anzug bekommen, bevor wir ins Theater gehen."

„Das ist ein sehr schöner Anzug." Er trägt einen schwarzen Anzug und ein weißes Hemd ohne Krawatte. Es ist das weiße Hemd, das meine Aufmerksamkeit auf sich zieht, da zwei offene Knöpfe einen winzigen Blick auf seine gebräunte männliche Brust erlauben. Ich will unbedingt mehr sehen. Josie hat mir gesagt, dass er den Werbespot oben ohne gefilmt hat und dass er wunderschön ist. Wie unfair ist es, dass der Rest der Welt das zu sehen bekommt und ich nicht?

„Danke. Du siehst hübsch aus."

Ich hole tief Luft und wende den Blick ab. „Wein?"

„Die richtige Antwort ist *Danke*."

Ich wedle mit der Hand in der Luft. „Ich bin nicht gut mit Komplimenten. Danke, dass du das gesagt hast."

„Ich meine es so."

Ich beiße mir auf die Unterlippe, ein flatterndes Gefühl in meinem Bauch. Aufregung? Nervosität? Lust? Ich bin durcheinander. „Ich hole den Wein."

Er grinst. Er hat die perfekte Dosis Stoppelbart, so sexy. „Ich habe Bier mitgebracht. Stört es dich, wenn ich es in deinen Kühlschrank stelle?"

„Nein, kein Problem."

Er verstaut einen Sixpack. Wird er das alles trinken, oder wird er zu Date zwei oder drei zurückkommen, oder ... Ich breche in kalten Schweiß aus. Warum fühlt sich ein Sixpack Bier wie eine Verpflichtung an? Und warum habe ich solche Angst davor? Es ist nicht so, als hätte ich noch nie eine Beziehung gehabt. Es ist nur so, dass ich so viele schlechte Erfahrungen gemacht habe, dass es mir schwerfällt, es noch einmal zu versuchen. *Ganz normal*, rede ich mir zu. Es ist erst drei

Wochen her, dass ich herausgefunden habe, dass Colton mich betrogen hat. Ich bin nur vorsichtig.

Garrett trinkt einen Schluck Bier und sieht mich über die Flasche an. „Brauchst du Hilfe beim Entkorken?"

„Oh, tut mir leid, ich war abgelenkt. Ich schaff das schon." Ich gehe zur Küchenschublade, in der ich den Korkenzieher aufbewahre, doch er steht davor. „Kannst du einen Schritt zur Seite machen, damit ich an die Schublade rankomme?"

„Dafür fällt eine Gebühr an."

Ich sehe ihn vorsichtig an. „Was für eine Gebühr?"

„Du musst länger als drei Sekunden Blickkontakt halten, damit ich nicht das Gefühl habe, dass du Angst vor mir hast."

Ich zwinge mich, meinen Blick auf ihn zu richten, und rufe meine toughe Persönlichkeit zu Hilfe. „Ich habe keine Angst vor dir. Sei nicht lächerlich. "

„Ich würde dich nie verletzen."

„Ich weiß das. Und jetzt beweg dich bitte."

Er kneift mein Kinn. „Niemals. Okay? Du kannst dich entspannen."

Mein Herz schlägt doppelt so schnell. „Ich bin sehr entspannt."

„Okay, *Lamb chop*." Er lässt seine Hand sinken und tritt aus dem Weg. „Sag das dem Puls in deiner Halsschlagader, der rast wie der eines gefangenen Kaninchens."

Ich nehme den Korkenzieher. „Ha! Zuerst bin ich ein Lammkotelett; dann bin ich ein Kaninchen. Jemand hier ist ein ziemlicher Carnivore." Ich hole den Wein aus dem Kühlschrank und entkorke ihn mit effizienten Bewegungen. „Könnte ein verängstigtes Kaninchen das tun?"

Er presst die Lippen aufeinander, und seine Augen tanzen amüsiert. „Das bezweifle ich. Keine opponierbaren Daumen."

Ich bin versucht, direkt aus der Flasche zu trinken. Jetzt, wo er meine Nervosität angesprochen hat, wird sie schlimmer. „Setz dich an den Esstisch. Ich werde das Abendessen servieren." Ich deute auf den hellen Holztisch im offenen Wohnbereich.

Er grinst, bevor er dorthin geht. Es ist ein wenig beunruhigend, wie er meine schauspielerischen Fähigkeiten durchschaut. Die meisten Männer können das nicht. Hmm ... das ist ein Typ, bei dem mein vorgetäuschter Orgasmus *nicht* funktionieren würde. *Whoa, immer langsam mit den jungen Pferden!* Ich hole ein Weinglas, fülle es versehentlich fast bis zum Rand und trinke einen gesunden Schluck mit dem Rücken zu ihm. Er muss nicht wissen, wie viel ich eingegossen habe. Und trinke.

„Deine Wohnung ist genau so, wie ich sie mir vorgestellt habe", sagt er.

„Wirklich?"

„Ja. Weich und weiblich. Hast du jemals mit einem Mann zusammengelebt?"

„Einmal. Seine Sachen haben gar nicht gepasst. Sowas von hässlich. Er hat einen schwarzen Ledersessel und einen Sofatisch aus Glas mit scharfen Kanten mitgebracht."

Ich lasse mein Weinglas an meinem Gedeck ihm gegenüber, sammle unsere Teller ein und gehe zurück in die Küche. Eine halbe Wand trennt die Küche vom Wohnbereich, sodass ich sehen kann, wie er sich umsieht.

„Wenn du es jemals zu mir schaffst, ich habe ein Sofa, das so ähnlich ist wie deins", sagt er. „Nur, dass die Kissen beige sind und mitgeliefert wurden. Hast du die selbst gemacht?"

„Ja." Ich werfe einen Blick auf die hellblauen, weißen und gelben Strickkissen mit Zopfmustern. Ich habe experimentiert, aber ich mag, wie sie aussehen. „Ich habe am Set meiner ersten Show von der Schauspielerin, die meine Mutter gespielt hat, Stricken gelernt. Sie sagt, es hält einen davon ab, den ganzen Tag am Buffet zu grasen. Sie halten Snacks für uns bereit und servieren Mahlzeiten. Es hat mir definitiv geholfen, mich nicht jeden Tag mit M&Ms vollzustopfen."

„Es gibt schlimmere Laster."

„Stimmt." Ich habe es mitangesehen. Drogen, die zum Absturz führen. Viele Schauspielerinnen rauchen auch, teils um nicht zu essen, teils aus Nervosität. Ich stricke und lese meistens. Ich denke, ich bin doch ein häuslicher Mensch.

Ich nehme den Deckel von den Enchiladas und teste die Temperatur. „Immer noch warm. Die sehen gut aus." Er hat sogar gehackte Frühlingszwiebeln darüber gestreut. Ich serviere ihm eine große Portion, denke, er isst viel, weil er so groß ist, und nehme eine kleinere Portion für mich.

Ich kehre mit dem Essen an den Tisch zurück, setze mich und breite meine Serviette auf meinem Schoß aus. „Ich sollte besser aufpassen, dass ich nicht kleckere."

„Ich auch." Er steht auf und zieht seinen Blazer aus. Das Spiel seiner muskulösen Arme zieht meine Blicke an, als er den Blazer über die Rückenlehne seines Stuhls hängt. Dann setzt er sich und steckt seine Serviette in sein Hemd.

Er grinst. „Warum isst du nicht, *Lamb chop*?"

Erwischt. Er weiß, dass ich ihn angestarrt habe. *Muss subtiler sein.* „Ich war nur höflich und habe auf dich gewartet."

Er zwinkert. „Süß." Er schneidet ein Stück Enchilada ab und schiebt es sich in den Mund.

Also tue ich es auch. Die Kombination von Aromen schmilzt in meinem Mund, würzige Sauce mit geschmolzenem Käse. „Das ist unglaublich!"

„Danke. Ich kann nach Rezept kochen."

„Was kannst du noch alles?"

Er sieht mir in die Augen. „Alles, was du willst." Seine Stimme ist heiser und kratzt an meinem Innersten.

Ich erröte vor Hitze, mein Puls pocht durch meine Adern. Ich öffne meinen Mund und schließe ihn dann wieder.

Er schmunzelt und wendet sich wieder dem Essen zu. Dieser Mann weiß genau, welche Wirkung er hat.

Aber irgendwie kann ich das Feuer nicht erwidern. Es würde außer Kontrolle geraten. Am Ende würde ich sein

Hemd packen und ihn über den Tisch ziehen, um mit ihm zu tun, wonach mir ist. Ich bin nicht besonders gut in Selbstbeherrschung, wenn ich erst einmal körperlich werde. Dann verdrehen mir Sex und meine Gefühle den Kopf, und ich kann keinerlei Objektivität für die Situation aufbringen. Wahrscheinlich ist das der Grund, warum ich so oft von Fremdgehern überrascht werde. Ich will an das Beste in einem Mann glauben, aber sie enttäuschen mich am Ende immer.

Er prostet mir mit seinem Bier zu. „Ein Trinkspruch."

Ich hebe mein Weinglas hoch, das ich zuvor völlig vergessen hatte. „Sicher."

„Auf unser erstes Date. Möge es weniger unbehaglich sein als andere Premieren."

Ich kneife die Augen zusammen bei der Anspielung, und er grinst. Ich stoße an sein Glas. „Ich bin absolut für weniger unbehaglich."

„Gut." Er trinkt einen Schluck Bier, stellt sein Glas ab und nimmt die Serviette von seinem Hemd. „Dann lass uns das aus dem Weg räumen."

„Was?"

Er schiebt unsere Teller zur Seite und macht eine lockende Bewegung mit dem Finger. „Den Gute-Nacht-Kuss. So gibt es am Ende des Abends keine unbeholfenen Spannungen."

Ich starre ihn an, völlig aus dem Konzept. Wer tut sowas? Darüber zu reden und die Karten auf den Tisch zu legen?

„Würdest du es vorziehen, wenn ich zu dir komme?", fragt er.

Er geht davon aus, dass ich mit einem Kuss einverstanden bin. Es ist nur eine Frage des Wie.

„Harper, unser Essen wird kalt." Er macht wieder die Lockbewegung. „Und wir wollen die Show nicht verpassen."

Es ist plötzlich dringend, dass ich mich zu ihm vorbeuge. Er berührt meine Wange und gibt mir einen sanften Kuss. Ein Rausch der Gefühle brennt durch mich wie ein Schluck

Whisky, kraftvoll und erhitzt vom kleinsten Schluck, der mich bis in die Zehen wärmt.

Er zieht sich zurück, sein Blick ist auf meinen gerichtet. „Bist du okay?"

„Ja", sage ich leise.

Er schiebt meinen Teller wieder vor mich. „Kein unbeholfener Moment mehr, über den man sich Sorgen machen müsste. Erzähl mir, wie die Aufnahmen gestern gelaufen sind."

Mein Blick schießt zu seinem. Er klingt so locker und *normal*. Hat er diese Chemie nicht gespürt? Er nickt mir zu, seine Augen schwelen. Er *hat* sie gespürt.

Ich seufze leise vor Glück. Und ja. Er hat Recht. Es ist besser, die Unbeholfenheit aus dem Weg zu räumen. Also erzähle ich ihm von dem Aufnehmen und dass sich der Komiker, der die Menge aufwärmen sollte, in letzter Minute krankgemeldet hat, also ist Josie rausgegangen und hat die Leute allein durch ein Gespräch unterhalten. Ich könnte das nie tun, aber sie hat viel Improvisationstraining und macht zum Spaß Standup-Comedy. *Schauder.*

Der Rest des Essens verläuft so entspannt. Ich bin überrascht, als er fragt, ob ich vor der Show einen Spaziergang machen oder einfach hier rumhängen will.

Er legt seine Serviette auf den Tisch und steht auf. „Wir haben ein bisschen mehr Zeit, nachdem ich das Essen vorgekocht habe."

Er klingt super entspannt. Zu entspannt. Ich denke, er hat es vorgekocht, damit wir mehr Zeit miteinander haben. Er ist clever und findet Wege, Verbindungen mit mir aufzubauen. Und ist das wirklich so schlecht? Er scheint aufrichtig zu sein.

Seine Lippen verziehen sich, ein verwirrter Ausdruck auf seinem wunderschönen Gesicht. „Du denkst furchtbar angestrengt nach."

„Es ist wahrscheinlich am besten, wenn wir hierbleiben.

Joe wird uns da draußen folgen müssen." Ich deute auf die Tür.

„Okay." Er steht da, die Hände in den Taschen, und sieht mich erwartungsvoll an.

„Nachdem du gekocht hast, werde ich abräumen. Mach du es dir einfach auf dem Sofa bequem."

„Ich helfe dir."

Es ist seltsam, einen Mann zu haben, der bereit ist, mir zu helfen. Ich glaube, ich bin es gewohnt, Leute zu daten, die Personal für den Alltagskram haben. Garrett krempelt die Ärmel hoch, bevor er unsere Teller einsammelt. Seine Unterarme sind gebräunt und mit Muskeln definiert. Ich möchte unbedingt die Muskelkontur an seinen Armen und an so vielen anderen Stellen streicheln. Ich begleite ihn zum Spülbecken, wo er Wasser über das Geschirr laufen lässt und es in die Spülmaschine stellt. Er lässt mich nicht mehr tun, als unsere Gläser wegzustellen. Wir sind in kürzester Zeit fertig. Es sind noch Reste übrig, also decke ich die Glasschale ab und stelle sie in den Kühlschrank.

„Stört es dich, wenn ich das Essen und das Bier hierlasse?", fragt er.

„Natürlich nicht. Ist ja nicht so, als könntest du das mit ins Theater bringen. Ich werde es dir durch Josie zurückschicken."

„Oder ich könnte es abholen."

„Sicher. Was auch immer für dich bequemer ist." Meine Stimme ist zu hoch. Ich habe das Gefühl, dass ich mich bereits zu Date Nummer zwei bei mir verabredet habe. Ich bin mir nicht sicher, wie lange ich der Versuchung noch widerstehen kann.

Er lächelt mit sanften Augen. „Ausnahmsweise verzichte ich auf Doppeldeutigkeiten. Es sind nur eine Auflaufform, eine Tasche und fünf Bier. Die kannst du behalten, oder ich kann sie später trinken. Ist nur Kram, ja?"

Ich starre ihn an. „Wie machst du das? Woher weißt du, was ich denke?"

„Du bist sensibel, oder?"

Ich schließe meinen Mund. Das ist ein großer Fehler von mir, den zu verstecken ich mich mein ganzes Leben lang bemüht habe.

Er drückt meinen Arm. „Ich weiß, dass du sensibel bist. Ich kann es in deinen Augen sehen. Es scheint auch in *Living Gold* durch. Ich bin auch so. Darum kann ich dich lesen, so wie du mich lesen kannst. Wenn du versuchst, mich zu lesen, meine ich. Ich weiß, dass du dir keine allzu große Mühe gibst, sonst hättest du zuvor nicht wie ein ängstliches Kaninchen ausgesehen."

„Ich war kein ängstliches Kaninchen", sage ich durch meine Zähne.

Er beugt sich zu meinem Ohr, und ich warte auf seine geflüsterte Retourkutsche, von der ich sicher bin, dass sie mich aus dem Konzept bringen wird, doch stattdessen streifen seine Lippen meinen Hals. Meine Knie werden weich.

Er sieht mir in die Augen und streicht mit dem Daumen über meine Unterlippe. „Das stimmt. Du bist mein *Lamb chop*. "

Ich bin sprachlos. Er nimmt meine Hand und führt mich zum Sofa. Ich folge willenlos, Vorfreude rauscht in mir. Vielleicht *bin* ich sein *Lamb chop*.

Ich bleibe stehen, meine Nervosität meldet sich wieder. Ich sollte besser stehenbleiben und das Zeitfenster für Küssen und Nacktsein reduzieren. „Ich muss mich frisch machen."

„Sicher." Er setzt sich auf das Sofa, lehnt sich zurück und zieht sein Handy aus der Tasche.

Ich atme auf und gehe ins Badezimmer. Ein paar Minuten später komme ich mit einem minzig-sauberen Mund, frischem Make-up und neuer Entschlossenheit heraus. Ich werde die Führung übernehmen. Ich werde nicht dort sitzen, ein Nervenbündel, und versuchen, mich zurückzuhalten. Ich will etwas sehr Spezifisches von ihm.

Ich kehre ins Wohnzimmer zurück, bleibe vor dem Sofa stehen und lasse den Sofatisch zwischen uns. „Wir haben noch ein bisschen Zeit."

„Ja."

Ich wappne mich. „Ich würde dich gerne ohne Hemd sehen."

13

––––––

Harper

Er lächelt kurz. „Warum das?"

Ich zeige auf ihn. „Weil alle anderen dich in diesem Werbespot ohne Hemd sehen. Es ist nur fair. "

Er steht auf, und seine Augen brennen in meine, als er zu mir kommt. „Ich weiß nicht, Harper", sagt er.

„Es liegt natürlich an dir. Kein Druck." *Wow.* Ich fühle mich wie der Typ hier, der die Reise ins Körperliche orchestriert.

Er bleibt außer Reichweite stehen, und ich starre auf die gebräunte Haut in seinem Ausschnitt. Die zwei oberen Knöpfe sind offen. Ich bin so versucht, das Hemd selbst weiter aufzuknöpfen, aber ich will, dass er sich damit wohlfühlt. *Natürlich hat er kein Problem damit! Er hat sein Hemd vor Wildfremden ausgezogen!*

Er wartet, bis ich seinem Blick begegne, bevor er mit neckender Stimme sagt: „Das scheint ein bisschen schnell für ein erstes Date." Er knöpft den dritten Knopf auf und gewährt mir einen besseren Blick auf seine Brust. „Ich bin mir nicht sicher, wie ich mich dabei fühle."

Ein weiterer Knopf.

Ich bewege mich fasziniert auf ihn zu. Ich habe schon vorher muskulöse Männerbrüste gesehen, aber nichts wie seine. Er sieht aus wie ein Krieger – breite Schultern und definierte Brustmuskeln. Ich könnte mir vorstellen, wie er ein Schwert schwingt.

„Mach weiter", flüstere ich.

„Genießt du die Aussicht?", fragt er mit heiserer Stimme und öffnet einen weiteren Knopf. Und entblößt seinen Sixpack für meine hungrigen Augen.

„Mehr", fordere ich.

„Mir gehen die Knöpfe aus." Er öffnet den letzten. Das Hemd ist jetzt weit offen, aber immer noch in seine Anzughose gesteckt, was meine Sicht behindert.

Ich ziehe das Hemd heraus und schiebe es auf. *Wow. Einfach … wow.* Hügel und Täler. Seine Bauchmuskeln führen zu einem tiefen V, das im Hosenbund verschwindet. Ich bin hin- und hergerissen, ob ich ihn bitten soll, die Hose auszuziehen, oder das erkunden soll, was er anbietet.

Er streichelt meine Wange und bringt meinen Blick zu seinem. „Was kommt als Nächstes?"

„Ich will dich berühren, aber ich will nicht, dass du dich bewegst."

„Dann tu's."

Ich ziehe ihm das Hemd aus, und meine Finger wandern über seine erhitzte Haut. Ich schüttle das Hemd aus und lege es auf den Sofatisch, bevor ich mich wieder zu ihm umdrehe. Jetzt gehört er mir. Ich lege meine Hände auf seine Brust und fange an, sie zu erkunden, um das Spiel der harten Muskeln zu genießen. Sein Atem wird schwerer, als ich mutiger werde, meine Finger über seine flachen Brustwarzen streiche, über seine Seiten gleite und das tiefe V erkunde, dem ich unbedingt folgen will. Ich erlaube mir einen Blick auf die Ausbuchtung in seiner Hose, bevor ich meinen Blick zurück zu seinem hebe.

„Du bist so großartig, wie Josie gesagt hat", sage ich und

lasse meine Hände wieder über seine massiven Schultern wandern.

Er schließt die Augen, seine Miene ist angespannt. „Bitte sprich jetzt nicht über Josie. Sie ist wie eine Schwester für mich. Das macht die Stimmung kaputt."

Ich lege meine Arme um ihn und genieße die harten Muskelflächen auf seinem Rücken. „Tut mir leid. Du fühlst dich an wie ein Krieger, stark und standfest. Ich könnte mir vorstellen, wie du einen Drachen tötest."

Seine Augen sind auf meine gerichtet. „Ich würde einen Drachen für dich töten, Harper."

Ich erschaure, denn ein urtümlicher Teil von mir liebt es, dass er dieser Beschützer für mich ist. „Ich glaube dir, dass du das tun würdest."

„Du weißt, es ist Folter, dass ich stillstehen soll, während du mich berührst. Das Hemd kommt wieder an."

„Nein, noch nicht!" Ich lege meine Arme um seinen Hals und presse meinen ganzen Körper gegen ihn. Seine Arme schlingen sich um mich und halten mich fest. Ein Arm liegt um meine Taille, die andere Hand wandert zu meinem Nacken. Es scheint so natürlich wie das Atmen, meinen Kopf zu heben und meine Lippen auf seine zu drücken.

Er stöhnt und übernimmt den Kuss, seine Lippen fordernd. Seine Zunge taucht in meinen Mund ein. Das Verlangen durchbohrt mich mit erstaunlicher Intensität. Das ist so ganz anders als sein sanfter Gute-Nacht-Kuss über den Tisch. Es ist heiß und hungrig. Plötzlich kann ich nicht genug bekommen, will ihn näher spüren und mit ihm verschmelzen. Meine Hände wandern zu seinem Po, und ich drücke ihn fest an mich. Seine große Hand gleitet über meinen Rücken, um meinen Po zu packen, und hält uns zusammen. Oh Gott. Das Verlangen ist überwältigend. Der Kuss will nicht enden.

Lange Momente später reiße ich meinen Mund los und atme schwer. „Hast du ein Kondom?"

Er starrt meinen Mund an. „Nein."

„Schon gut. Ich nehme die Pille. "

Er dreht sich weg. „Gib mir ein paar Minuten."

Ich starre auf seinen breiten Rücken und dann kann ich nicht anders, als ihn zu berühren und zu küssen und zu schmecken. Seine Schulterblätter sind ein Kunstwerk. Ein echter Krieger.

„Harp, wir müssen langsamer machen." Seine Stimme klingt erstickt.

Ich bewege mich um ihn herum. „Ich glaube nicht, dass ich jemals jemanden so sehr gewollt habe, wie ich dich will."

Er zieht mich fest an sich und hält meinen Kopf an seine Brust. Sein Herz pocht heftig unter meinem Ohr. Ich kann nicht viel mehr tun, als ihn zu umarmen, so, wie er mich hält. Ich will ihn so sehr, doch es ist wirklich schön, in seinen starken Armen gehalten zu werden. Auch wenn das das Inferno, das in mir tobt, immer noch nicht unterdrückt.

Nach ein paar Minuten nimmt er mein Gesicht in seine Hände und legt seine Stirn an meine. „Ich will nicht, dass unser erstes Mal gehetzt ist."

„Wir können die Show sausen lassen."

„Wir haben unser Date", sagt er fest. „Ich will wissen, dass du mir genug vertraust, um mir mehr als nur deinen Körper zu geben."

Ich winde mich gegen ihn und will ihn viel zu sehr um rationale Gespräche zu führen. „Bitte?"

Er lacht. „Mich ohne Hemd zu sehen hat dich wirklich auf Touren gebracht, oder?"

„Ja."

„Zieh dein Höschen aus."

Ich ziehe es sofort aus. Es ist vor Verlangen schon feucht.

Er dreht mich so, dass mein Rücken an seiner Brust lehnt und schiebt meinen Rock langsam an meiner Hüfte empor. Dann drückt er seine Lippen auf meinen Hals und küsst eine heiße Spur meinen Hals empor. Ich neige meinen Kopf und gebe ihm einen besseren Zugang. Seine Zähne streichen über mich, als seine Finger zur Innenseite meines Oberschenkels wandern. Mein ganzer Körper spannt sich an und stirbt daran einen kleinen Tod, als seine Finger meine Scham erreichen. Seine andere Hand folgt und streicht langsam über die Innenseite meines Oberschenkels.

„Garrett, du quälst mich."

„Ah, jetzt weißt du, wie ich mich fühle."

„Bitte", flüstere ich.

„Hättest du wirklich für mich auf das Kondom verzichtet? Machst du das oft?"

„Noch nie. Aber ich habe noch nie jemanden so sehr gewollt."

Er stöhnt. „Du hast ja keine Ahnung, wie heiß mich das macht." Er setzt seine langsame Folter fort. Seine Finger streichen träge über die Innenseiten meiner Oberschenkel, laufen zur Seite und meine Hüfte hinauf, hin und her, streicheln näher und näher, kommen aber nie ganz dorthin, wo ich ihn am meisten brauche.

Ich nehme seine Hand und presse sie dorthin, wo ich ihn haben will.

Er lacht. „Stehst nicht auf langsam, oder?"

Er liebkost mich, kreist, neckt und treibt mich in den Wahnsinn. Dann legt er einfach seine Hand auf meinen Hügel und regt sich nicht.

Ich beiße die Zähne zusammen. *Ich will ihn umbringen. Langsam.* Das tut er mir an. Tötet mich mit Frustration.

Ich packe sein Handgelenk und drücke, in der Hoffnung, dass etwas Bewegung passieren wird. „Wir haben keine Zeit mehr, und ich brauche immer eine Weile."

Er saugt mein Ohrläppchen zwischen seine Zähne. „Du bist so feucht, fast da. Du wirst mir wie ein Feuerwerk explodieren."

Ich schnaube und will schon fragen, ob das noch tatsächlich in diesem Jahrhundert passieren wird. Nur, dass mein Atem stockt, als er gleichzeitig an meinen Hals saugt und seine Finger zwischen meine Beine tauchen und mich in einem Rhythmus streicheln, der meine Hüften zum Zucken bringt. Ich schließe meine Augen und lasse auf eine Weise los, wie ich es noch nie zuvor getan habe. Mein Kopf ist leer, mein Körper fast schlaff. Die Kraft und Hitze, die von ihm ausstrahlt, wie er meinen Hals küsst, seine geübten Finger, all das lässt mich entspannen. Ich werde sofort mit einem Genuss belohnt, der schnell außer Kontrolle gerät, und mein Innerstes zieht sich zusammen.

Seine Lippen lösen sich von meinem Hals, um nahe an meinem Ohr zu sprechen, während seine Finger in langsamen, tiefen Stößen in mich gleiten. Intensives Vergnügen strahlt durch mich, als die Spannung steigt. „So schön, so sexy. Ich liebe es zu spüren, wie du loslässt. "

„Ich bin ganz nah dran", stöhne ich, schockiert darüber, wie schnell es geht.

Er zieht seine Finger aus mir heraus. „Ich weiß. Nächstes Mal bin ich in dir. "

Eine Welle des Verlangens überflutet mich, die Sehnsucht, ausgefüllt zu werden, ist überwältigend. Ich presse mich instinktiv gegen ihn, seine massive Erektion drückt gegen meinen Po.

Er bewegt sich und erlaubt mir nicht, seine Hose zu öffnen. „Nimm einfach, was ich gebe." Seine Finger wandern sanft über mich, und als ich mich gegen ihn entspanne, intensiviert er den Rhythmus und streichelt fester.

Ich schmiege meinen Kopf an seine Brust. „Oh Gott. Garrett!"

Seine tiefe Stimme hat einen scharfen Unterton von Autorität. „Lass los."

Ich explodiere, meine Hüften winden sich hilflos, der Gefühlsrausch stiehlt mir den Atem. Welle um Welle der Lust. Ich stöhne, als er bei mir bleibt, seine Finger mich immer weiter liebkosen, bis ich erschöpft bin. Er hält mich fest zwischen den Beinen und knabbert an meinem Hals. Ich zucke zusammen, elektrisiert und in seinem Griff gefangen. Ich weiß nicht, ob er mir mehr geben oder mich gehen lassen wird. Ich bin mir nicht sicher, ob ich mehr ertragen kann, aber irgendwie denke ich, dass er mich dorthin bringen würde.

Er lässt seine Hand sinken, und ich seufze und klammere mich an seinen Arm, während ich mich an ihn lehne. Er ist still.

Mit großer Anstrengung richte ich mich auf und drehe mich zu ihm um. „Wie geht's dir?"

„Mir geht's großartig", sagt er und zieht meinen Rock herunter.

Ich blicke auf die Ausbuchtung in seiner Hose. „Kann ich mich revanchieren?"

„Ein andermal."

„Warum?"

„Weil ich will, dass du weißt, dass ich geben kann, ohne etwas dafür zu verlangen."

Meine Lippen teilen sich. Es ist, als ob er meine Ängste kennt und weiß, wie man damit umgeht. Ich glaube nicht, dass mich jemals jemand so gut lesen konnte. „Du bist ein guter Mann."

Er kneift mein Kinn und küsst mich zärtlich. Eine Welle der Zuneigung geht durch mich hindurch, und ich schlinge meine Arme um ihn.

Er hält meinen Blick fest und lässt mein Kinn nicht los. Seine Stimme ist heiser. „Ich bin froh, dass du so denkst."

Ich küsse ihn wieder, diesmal langsam und entspannt, und genieße mein Nachglühen.

Er beendet den Kuss und lächelt. „Wir sollten gehen. Ich werde auf dem Flur auf dich warten und versuchen, mich abzukühlen."

„Oh, ich kenne einen besseren Ort. Wir könnten aufs Dach gehen. Ich habe privaten Zugang zu einem kleinen Garten mit Aussicht." Ich hebe mein Höschen auf. „Lass mich mich nur schnell frisch machen."

„Vorsicht. Denk daran, was passiert ist, als du dich das letzte Mal frischgemacht hast. Du hast mich attackiert. Was kommt als Nächstes?" Er deutet mit gerunzelter Stirn auf seine Hose. „Ein Mann kann nur so viel ertragen. Ich bin nicht dein persönlicher Stripper, weißt du?"

Ich lache. „Ich mag dich wirklich, Garret. Du bist nicht wie die meisten, mit denen ich ausgehe."

Er lächelt. „Du auch nicht. Und ich bin froh, dass wir so getan haben, als wollten wir nur Freunde sein." Er dreht mich um und versetzt mir einen sanften Klaps auf den Po. Ich quietsche überrascht. „Jetzt geh da rein, bevor ich vor Verlangen nach dir den Verstand verliere."

Ich schwebe praktisch in mein Schlafzimmer.

Garrett

Harper und ich sind auf das Dach gegangen, um ein bisschen frische Luft zu schnappen, und ich habe mich so weit wieder beruhigt. Ich habe es nicht gewagt, sie zu berühren oder zu küssen. Ein Mann kann nur so viel Versuchung ertragen. Zum Glück ist es Zeit zu gehen. Ich will *Wicked* wirklich mit ihr ansehen, hauptsächlich, weil ich ihr Lieblingsmusical kennenlernen will. Ich will alles über sie wissen. Sie ist gleichzeitig stark und verletzlich. Ich will sie beschützen, halten, unter mir spüren.

Ja, also langsam ist nicht mehr. Ich weiß, wie sie sich anhört, wenn sie kommt, wie sie sich anfühlt, wie sexy sie riecht. Deshalb muss ich dafür sorgen, dass wir Dates vereinbaren. Ich will nicht, dass das nur ein Hitzeblitz ist, der sich schnell wieder abkühlt. Es wird schwierig, weil das langsame Sieden, das ich wollte, aus dem Fenster ist. Die Frau kann mir nicht widerstehen.

Wir machen uns auf den Weg zur Haustür. Ich beuge mich vor, um die Tür für sie zu öffnen, als sie mich plötzlich am

Hemd packt, meinen Kopf zu sich herunterzieht und mich küsst. Der Instinkt übernimmt, und ich schiebe sie gegen die Tür und presse meinen Körper gegen sie, während mein Mund auf ihren klatscht. Sie macht dieses miauende Geräusch in ihrem Rachen, das mich steinhart macht. Ihre Finger graben sich in meine Haare, ihr Bein schlingt sich um mich, sie beugt ihre Hüften und sucht nach mehr. Ich drücke ihr Bein herunter und weiß, was sie braucht. Ich schiebe meine Hand zwischen ihre Beine und fühle heißes feuchtes Fleisch. Ich reiße meinen Mund von ihrem.

„Kein Höschen", keuche ich.

„Ich brauche dich so sehr in mir", sagt sie eindringlich und zieht ihren Rock über ihre Hüften hoch.

Ich sehe kurz, was sie anbietet, und der dünne Kontrollfaden reißt. Ich hebe sie hoch, und sie schlingt eifrig ihre Beine um mich. Ich schiebe uns zurück an die Wand, unsere Münder verschmolzen, während ich mich aus meiner Hose befreie. Ihre Hände sind überall auf mir, ihre Küsse fiebrig, gierig. Ich schiebe ihr Bein hoch, öffne sie weiter und presse gegen ihren Eingang. Oh Gott. Mit meiner letzten Unze Willenskraft unterbreche ich den Kuss, um sie anzusehen.

„Sicher?"

„Ja!" Sie packt meinen Po und presst mich an sich. „Ich brauche dich."

Ich stoße tief zu, und das Gefühl, wie ihr enger Körper mich packt, lässt mich fast kommen, bevor wir angefangen haben. Ich atme ein, zähle rückwärts und versuche, mich zu beherrschen.

Ihre Nägel graben sich in meine Schultern. „Ja", stöhnt sie mit einem langen Atemzug. „Oh Gott. Du fühlst dich wunderbar an."

Ich küsse sie. „*Du* fühlst dich wunderbar an."

„Fick mich."

Ich stoße hart und schnell zu, angetrieben von ihrem Stöhnen. Sie hebt ihre Hüfte, kommt jedem Stoß entgegen und nimmt mich tiefer auf. Weiter und weiter in einem fieberhaften Rausch. Ihr Körper verkrampft sich um mich, und dann schreit sie auf und kommt. Ich lasse los und hämmere in sie hinein, bis ich komme. Die Intensität ist scharf genug, um mir meinen Atem zu rauben und meine Sicht zu trüben. Himmel. Ich lasse mich gegen sie sinken, schweißgebadet und atme schwer.

Lange Momente später hebt sie den Kopf. „Ich denke, du hast mich gerade für alle anderen Männer ruiniert."

Ich lache und küsse sie. „Gut. Weil ich dich nicht mit einem anderen Mann will."

„Monogam, was?"

„Aus Prinzip."

Sie strahlt. „Ich bin froh, dass wir uns dafür entschieden haben. Ich hätte unmöglich eine ganze Broadway-Show mit diesem Verlangen, dich in mir zu spüren, überstehen können."

Ich streiche ihr eine dunkle Haarsträhne aus dem Gesicht. „Ich wollte dich auch ausfüllen. Tue ich immer noch. Verrückt, oder?"

„Überhaupt nicht."

Ich ziehe mich aus ihr zurück und stelle sie auf die Füße. Ihre Beine sind zittrig und sie greift nach mir. „All das Pilates und ich bin immer noch wackelig."

„Du bist es nicht gewohnt, dich um ein Tier wie mich zu wickeln. Ich sollte Teil deiner Pilates-Routine sein." Ich ziehe meine Hose hoch und schließe meinen Gürtel. „Streck die Beine, spann sie fest an und schüttle sie aus."

„Ein schmutziges Workout. Das wäre was, woran ich mich gewöhnen könnte." Ihre Haut strahlt, ihre Augen versprechen mehr. „Bist du sicher, dass du noch zur Show gehen willst?"

Ich kann ihr nicht widerstehen. Ich hebe sie hoch und wiege sie in meinen Armen. Sie leckt meine Brust. „Wir werden nach der Pause reingehen." *Kann gar nicht schiefgehen, wenn ich mit meinem Schwanz entscheide, oder?*

„Oder an einem anderen Abend", schnurrt sie.

Ich kann es ihr nicht verweigern, obwohl ich heute Abend die besten Absichten hatte. Das Verlangen, eins mit ihr zu sein, ist zu stark. Wir werden Vertrauen im Bett aufbauen. Danach haben wir noch genug Zeit zum Reden.

14

Garrett

„Wann ist Date Nummer zwei?", fragt sie, klettert meinen Körper empor und streckt sich wie eine Katze auf mir.

Ich streichle ihren Rücken. „Nächsten Samstag, Sweetheart. Wir gehen zu Wicked."

Sie lächelt, und ihre Augen funkeln. „Du bist *wicked*."

„Und du gehörst mir."

Sie wirft einen Blick nach unten und rollt sich dann schnell von mir.

Ich fange sie in meinen Armen auf und schmiege mich von hinten an sie, bevor ich ihr ins Ohr flüstere: „Ich werde gut zu dir sein."

Sie lacht unbehaglich. „Ich bin all diese schönen Worte nicht gewohnt."

Ich seufze. „Weißt du, genau deshalb wollte ich es langsam angehen lassen. Wenn wir ein echtes Date hätten, hättest du Zeit zu sehen, dass du mir vertrauen kannst."

„Also ist das meine Schuld?"

„Ja."

„Wie ist es meine Schuld?" Sie klingt angepisst.

Ich streichle ihren Hals. „Du hast mich strippen lassen, mich befühlt und mich angefleht, dich zu ficken."

Sie schiebt ihren Po gegen mich. „Das habe ich, oder?"

„Und ich habe jede Minute davon genossen. Jetzt werde ich die Nacht hier verbringen. Ich werde dich wahrscheinlich ein bisschen kuscheln, dich noch ein paarmal ordentlich ficken, und dann machen wir morgen was, das eher wie ein Date ist. Der nächste Samstag zählt also als Date Nummer drei. "

„Du siehst alles ganz klar." Sie klingt glücklich mit meinem Plan, doch sie versucht, es nicht zu zeigen.

„Ja."

„Ich soll morgen meine Großmutter besuchen."

„Dann lerne ich deine Großmutter kennen."

Sie sieht mich über die Schulter mit großen Augen an. „Ist das dein Ernst?"

„Warum nicht? Frauen jeden Alters mögen mich."

Sie schmiegt sich wieder an mich. „Gar nicht eingebildet."

„Das gefällt dir an mir."

„Ich muss dich warnen, sie ist eine harte Nuss. Ich nenne sie General Joan. Heimlich, natürlich. Bitte nenn du sie nicht so."

Ich lache. „Ich weiß, wie man mit harten Nüssen umgeht."

„Meinetwegen?"

Ich drücke sie an mich. *Zuckersüß*. „Ich habe dir vom ersten Tag an gesagt, dass du süß bist. Diese toughe Nummer ist nur Show. "

„Die meisten Leute sehen das nicht."

Ich drehe sie auf den Rücken, streichle ihre weiche Wange und küsse sie. „Ich sehe dich so, wie du bist."

Sie öffnet die Arme, und ich folge ihr in unserem privaten Kokon aus Wärme, Zuneigung und vielleicht noch mehr. Auf jeden Fall mehr.

∼

HARPER

Hier sitze ich also auf dem Sozius von Garretts Harley und fahre nach Summerdale, um General Joan zu besuchen. Ich habe Joe freigegeben, weil mich in Summerdale nie jemand belästigt. Außerdem konnten wir ihn kaum auf dem Bike mitnehmen. Haha. Garrett ist beeindruckend genug, um die meisten Männer abzuschrecken. Die frische Luft, die Geschwindigkeit und der Mann, den ich umarme, geben mir das Gefühl, dass auf der Welt alles in Ordnung ist. Es ist das letzte Wochenende im September, ein wunderschöner Herbsttag, und die Blätter färben sich entlang der Autobahn gerade gold, orange und rot.

Ich bin froh, dass Garrett heute mit mir kommt, doch irgendwie tut er mir leid. Er hat keine Ahnung, worauf er sich bei meiner Großmutter einlässt. Wenn man an eine siebenundachtzigjährige Großmutter denkt, denkt man herzlich und ein bisschen tattrig. Ich weiß, dass Garrett tough aussieht, aber nach allem, was ich über ihn erfahren habe, ist er wirklich ein großer Teddybär. Ich kann immer noch nicht glauben, dass er mich für süß hält. Wie würde meine Großmutter auf diese Beschreibung reagieren? Aber Garrett besteht darauf, mich Sweetheart zu nennen, und die Art, wie er es sagt, lässt mich schmelzen.

Er kannte den Weg nach Summerdale bereits, da seine Familie zum Labor Day-Wochenende hierherkommt. Er wird langsamer, als wir auf den Lakeshore Drive abbiegen, und weist auf die beiden Häuser hin, die seine Familie bei verschiedenen Gelegenheiten gemietet hat.

Er hält vor einem großen zweistöckigen Gebäude. „Das ist das Haus, in dem wir neulich übernachtet haben."

Ich beuge mich vor, damit er mich hören kann. „Ich weiß nicht, wem es gehört. Nimm die zweite Straße links. Das Haus meiner Großmutter ist das letzte auf der Straße."

Er fährt wieder los. Summerdale ist eine geplante Gemeinde, die in den sechziger Jahren von einer Gruppe

Hippies gegründet wurde, die es als ihr kleines Utopia betrachtet haben. Der See ist im Zentrum des Ortes und von Häusern mit großen Terrassen umgeben. Hohe Bäume umgeben den See. Die Stadt ist wie ein Rad angelegt, dessen Speichen vom See ausgehen. Auf der Hauptstraße gibt es ein Café, ein kleines Lebensmittelgeschäft, ein Restaurant mit einer beliebten Bar und ein Yoga-Studio. Andere Speichen führen zu den Kirchen, der Schule, dem Rathaus und weiteren Häusern wie dem, in dem ich aufgewachsen bin. Diese Häuser sind in den siebziger Jahren dazugekommen. Radwege verbinden alles miteinander.

Es ist die Art von Ort, an dem ein Kind ohne Einschränkungen allein durch die Stadt streunen kann. Kriminalität gibt es kaum, und die Lebensqualität ist hoch. Die Gründer sind größtenteils im Ruhestand und weggezogen. Der Wohnwert ist deutlich gestiegen, da sich immer mehr junge Berufstätige aus der Stadt mit ihren Kindern hier niederlassen. Außerdem gibt es eine Menge Leute, die hier aufgewachsen und zurückgekehrt sind, um ihre Kinder hier großzuziehen, oder einfach nie gegangen sind. Meine drei besten Freundinnen sind jetzt wieder hier und ich hoffe, sie bei diesem Besuch auch zu sehen.

Bald kommt das weiße zweistöckige Haus im Kolonialstil in Sicht, in dem ich aufgewachsen bin. Ich bin froh zu sehen, dass der Vorgarten ordentlich aussieht und das Haus in gutem Zustand ist. Ich bezahle für einen Gartenservice und habe eine Vereinbarung mit dem örtlichen Handwerker. Großmutter besteht darauf, sich selbst um ihre Blumenbeete zu kümmern, obwohl sie eine kaputte Hüfte hat.

Er parkt das Motorrad auf der Straße, nimmt seinen Helm ab und sieht mich über die Schulter an. „Nach dir." Seine Lippen zucken.

„Keine sexy Zweideutigkeiten hier." Ich steige ab, und meine Beine fühlen sich nach der Vibration des Motorrads unter mir wackelig an. Ich nehme meinen Helm ab.

Ohne das Dröhnen des Motors ist jetzt alles so leise. Langsam dringen die vertrauten Geräusche von zu Hause an mein Ohr, als eine leichte Brise durch die Bäume rauscht und die Vögel ihre unbeschwerten Melodien pfeifen.

Ich streiche meine Locken so gut ich kann glatt. „Wie sehe ich aus?"

„Schön, wie immer." Er steigt ab, schnallt unsere Helme hinten fest und kehrt zu mir zurück, um mich auf die Wange zu küssen.

„Habe ich Helmhaare?"

Er streichelt mit beiden Händen über meine Haare. „Für mich siehst du gut aus." Ich habe definitiv Helmhaare. Meine widerspenstigen Locken sind hoffnungslos.

Ich werfe einen Blick auf meine hellblaue Boho-Bluse, Jeans und die schwarzen Stiefeletten. Großmutter mag keine „aufreizenden" Kleider, die zu viel Dekolleté zeigen. Alles ist züchtig verdeckt. Ich ziehe meine Jeansjacke aus, meine Lieblingsjacke, die ich nicht oft tragen kann. Es ist jetzt, wo wir nicht im Wind fahren, warm genug.

„Bereit?", frage ich ihn.

„Ich habe das Gefühl, wir bereiten uns darauf vor, einen Hinterhalt zu stürmen."

„Dicht dran." Er trägt eine schwarze Lederjacke, Jeans und schwarze Motorradstiefel. Verdammt sexy. Ich wollte ihm nicht sagen, dass er sich umziehen soll, und ich weiß, was meine Großmutter denken wird. Doch das ist ihr Problem.

Er geht zur Haustür. Ich greife nach dem Ärmel seiner Jacke. Er bleibt stehen, dreht sich um und sieht mich fragend an.

Ich gehe auf Zehenspitzen und flüstere ihm ins Ohr: „Lass dich von nichts, was sie sagt, beleidigen, und bitte beurteile mich auch nicht nach dem, was sie sagt. Wir sehen die meisten Dinge nicht auf Augenhöhe."

Er blickt auf meine Hand, die seinen Ärmel umklammert. „Sonst noch was?"

„Sie mag Motorräder nicht. Sie sagt, sie sind die der direkte Weg in die Leichenhalle. Tut mir leid. Ich bin mir sicher, dass du ein sehr erfahrener Fahrer bist und nur geplante Ausflüge zu den Häusern von Großmüttern unternimmst, nicht zur Leichenhalle."

Er lacht. „Ja. Wäre es dir lieber gewesen, wenn wir ein Auto gemietet hätten?"

„Oh nein, es war toll. Ich bin in Italien schon einmal eine Vespa gefahren. Das macht richtig Spaß."

Er nimmt meine Hand und führt mich die Auffahrt zur Haustür hinauf. „Du hast meine Harley aber nicht gerade mit einer Vespa verglichen."

Ich lächle. „Dein Bike ist viel leistungsstärker."

„Äh, ja, und viel cooler. Du bist im Grunde genommen mit einem Roller gefahren."

„Es war kein Roller."

„Höchstgeschwindigkeit waren wahrscheinlich dreißig Meilen pro Stunde."

„Ha! Ich bin mir ziemlich sicher, dass ich fünfundvierzig gefahren bin."

„Kilometer pro Stunde?"

Ich presse meine Lippen aufeinander und denke darüber nach. Wir waren in Italien. Hmm …

Wir betreten die betonierte Veranda, und ich starre auf die Türklingel. Ich habe ihr gesagt, dass sie uns zwischen zwei und halb drei erwarten soll, und wir sind pünktlich. Sie sollte wach sein. Sie isst früh und macht zwei Stunden nach ihrem frühen Mittagessen ein Nickerchen.

„Willst du nicht klingeln?", fragt er.

„Du hast vorhin an meiner Glocke geklingelt", sage ich und versuche mich mit Zweideutigkeiten. Alles, um Zeit zu schinden.

„Soll ich klingeln?", fragt er sanft.

„Ich bin durchaus in der Lage, einen Klingelknopf zu drücken. Oh, und du solltest sie Mrs. Ellis nennen." Ich drücke die Glocke und bereite mich seelisch und moralisch auf den Besuch vor. Ich weigere mich, bei einem ihrer Köder anzubeißen oder mich von irgendetwas verletzen zu lassen, was sie sagt. Wir waren schon immer polare Gegensätze. Ich bin sensibel; sie ist hart. Deshalb musste sie mich hart machen.

Ein paar Momente später öffnet sich die Tür, und meine Großmutter erscheint und starrt uns durch das Glas der Sturmtür an. Sie sieht wie gewohnt elegant aus, mit einem türkisblauen Schal um den Hals, einer langärmeligen hellgelben Baumwollbluse und einer schwarzen Hose. Ihr Haar ist weiß, kurz und mit einem sanften Schwung zur Seite gescheitelt; Ihre braunen Augen sind scharf, ihre Wangenknochen schärfer. Sie sieht mich an, bevor sie Garrett anstarrt, und macht keine Anstalten, die Sturmtür zu öffnen.

„Guten Tag, Ma'am", sagt Garrett durch die Tür.

Sie dreht sich zu mir um und schreit durch das Glas: „Er sieht aus wie ein Ganove!"

„Großmutter! Er ist *kein* Ganove. Könntest du uns bitte reinlassen?"

Sie zieht eine Braue hoch, schließt die Sturmtür auf und humpelt zurück zu ihrem Lieblingssessel im Wohnzimmer. Es ist ein hellblauer Ohrensessel mit einer kleinen Ottomane. Dieser Sessel ist älter als ich. Ich habe versucht, ihr neue Möbel einzureden, aber sie will nicht, dass ich mein Geld für unnötige Dinge zum Fenster hinauswerfe.

Ich setze mich ihr gegenüber auf das Blumensofa mit dem Plastikschonbezug. Garrett sitzt neben mir und das Plastik knarzt bei jeder Bewegung.

Die Aufmerksamkeit meiner Großmutter richtet sich auf mich, als sie mit ihrem typisch bohrenden General Joan-Blick sagt: „Du bist seit sechs Wochen in der Stadt und hast es endlich hier raus geschafft. War aber auch Zeit."

„Ich bin überfällig für einen Besuch, ich weiß", sage ich. „Mein Kalender ist voll mit Arbeit."

Sie schnieft. „Hattest offensichtlich Zeit, dich mit einem Mann herumzutreiben." Sie wendet sich Garrett zu. „Chauffieren Sie meine Enkelin immer auf diesem Mordinstrument auf zwei Rädern herum? Damit sind Sie wohl der große Macker im Ghetto, was?"

Ich verschlucke mich an meiner eigenen Spucke, peinlich berührt darüber, wie sie mit Garrett spricht, einem der nettesten Männer, die ich seit langer Zeit getroffen habe. Ich drehe mich zu ihm um, um mich für sie zu entschuldigen, doch dieser Wahnsinnige lächelt.

Er lässt seine Arme auf den Knien ruhen und beugt sich zu ihr. „Ich lebe in einer schönen Gegend in Brooklyn, Ma'am. Ich arbeite im Baugewerbe im Geschäft meiner Familie. Das ist das erste Mal, dass ich mit Harper auf meinem Motorrad irgendwohin gefahren bin, aber wenn es ihr unangenehm ist, werde ich natürlich einen alternativen Weg finden, um uns dahin zu bringen, wo wir hinwollen."

Meine Großmutter blinzelt ein paarmal und versucht wahrscheinlich zu entscheiden, ob sie besiegt wurde und ob er aufrichtig ist. Schließlich hat er nicht gesagt, dass er mich niemals wieder auf seinem Motorrad irgendwohin bringen würde. Er hat gesagt, er würde das tun, womit ich mich wohlfühle. Und er hat die Ghetto-Bemerkung geflissentlich ignoriert. *Punkte für Garrett!*

„Großmutter, willst du, dass ich Tee koche oder Getränke hole?" Ich erwarte nicht, dass sie uns mit ihrer schmerzenden Hüfte bedient. Sie sagt, dass es leicht ist, mit den Schmerzen umzugehen, und sie vertraut keinem Arzt, der sie mit einer künstlichen Hüfte „bionisch" macht.

„Ich mache das schon", sagt sie und steht mit Mühe von ihrem Sessel auf. Sie sollte einen Stock benutzen, betrachtet ihn aber als Zeichen von Schwäche. Sie weigert sich, zu akzeptieren, dass sie alt ist, und lehnt es ab, sich als Seniorin bezeichnen zu lassen und natürlich alle damit verbundenen Vergünstigungen. Stur zu ihrem eigenen Nachteil.

Ich frage Garrett, was er trinken möchte, und folge ihr durch den Torbogen in die Küche, um ihr zu helfen. Er kann uns hier nicht sehen, aber ich bin sicher, er kann uns hören, da wir direkt neben dem Wohnzimmer sind. Ich bete nur, dass meine Großmutter nichts Beleidigendes über ihn sagen wird.

„Schön, dich zu sehen, Großmutter", sage ich und umarme sie.

Sie umarmt mich einarmig und murmelt: „Schon zu lange her. Ich weiß, es macht keinen Spaß, mit deiner alten Großmutter rumzuhängen."

Ich nehme zwei Teetassen und ein Glas für Garrett, während sie den Teekessel mit Wasser füllt. „Ich dachte, du wärst nicht alt, nur reif."

„Nur ein Ausdruck, um meinen Standpunkt zu verdeutlichen. Ich habe immer noch alle meine Tassen im Schrank." Sie zündet die Flamme unter dem Teekessel an, drückt den Knopf für den lauten Dunstabzug darüber und sieht mich mit verschränkten Armen an. „Wie lange siehst du diesen Kerl schon?" Sie spricht laut über den Lärm.

Ich würde gerne den Dunstabzug ausschalten, damit sie leise spricht, aber ich weiß, dass sie ausflippen würde, weil ihrer Meinung nach das Propangas zu einer Explosion führen wird, wenn die Küche nicht richtig gelüftet wird. Ich beschließe, schnell und ehrlich zu antworten, ohne zu viel preiszugeben. „Noch nicht lange. Wir haben uns erst vor drei Wochen kennengelernt."

„Arbeitet er wirklich am Bau?"

„Ja. Warum fragst du?"

Sie zeigt auf das Wohnzimmer. „Wie hast du ihn treffen können, wenn du an einer TV-Show arbeitest und er auf einer Baustelle ist? Da passt was nicht."

Ich erkläre ihr die Verbindung zu Josie.

Sie nickt. „Bauen ist besser als Schauspielern." Sie holt ihre Dose mit Teebeuteln aus dem Schrank. „Alle Schauspieler, mit denen du dich verabredest, sind arrogant und eingebildet."

Ich beiße die Zähne zusammen. Es mag wahr sein, dass ich mich mit einigen Leuten mit großem Ego verabredet habe, aber ich bin auch Schauspielerin, und das ist auch ein Stich gegen mich. Sie findet es lächerlich, dass ich besonders behandelt werde und eine Menge Geld damit verdiene, dass ich vorgebe, jemand anderes zu sein. Sie hat nie verstanden, dass es ein Handwerk ist. Außerdem brauchen die Leute Unterhaltung.

„Garrett respektiert die Schauspielerei", sage ich. „Er hat gerade einen Werbespot gemacht."

Sie kneift die Augen zusammen und späht in Richtung Wohnzimmer. „Nachdem ihr euch begegnet seid?"

„Ja", sage ich mit einem mulmigen Gefühl.

„Das ist schlimmer", sagt sie. „Mach Schluss mit ihm, bevor er auf deiner Erfolgswelle nach oben reitet. Du wirst nicht mehr lächeln, wenn er erfolgreicher ist als du."

„Warum sollte er?"

„Hast du ihn dir angesehen? Er erinnert mich an Gary Cooper, eindeutiges Filmstar-Material mit dieser selbstbewussten Ausstrahlung und seinem guten Aussehen. Weißt du, Gary Cooper hat als Stuntfahrer angefangen wie dein Motorrad-Mann." Ich kenne mich gut mit den alten Filmstars aus, die sie mag. Gary hatte den attraktiver-Durchschnittsmann-Appeal.

Ich hole tief Luft und bemühe mich um Geduld. „Er ist nicht mein Motorrad-Mann."

„Wie auch immer du ihn nennen willst. Gott bewahre, dass sich die jungen Leute zueinander bekennen oder laut aussprechen, dass sie Freund und Freundin sind. Ihr Kinder macht alles so kompliziert."

Ich fülle das Wasserglas und muss nach dem armen

Garrett sehen. „Ich komme gleich wieder." Ich gehe ins Wohnzimmer, um ihm sein Getränk zu bringen.

Er nimmt es mit einem Grinsen. „Danke. Wer ist Gary Cooper?"

„Ein Schauspieler, der im goldenen Zeitalter Hollywoods in den Vierzigerjahren am berühmtesten war." Ich senke meine Stimme. „Im Ernst, hör nicht auf ein Wort, das sie sagt."

Er verbirgt ein Lächeln hinter dem Rand seines Glases. „Jetzt sehe ich, woher du deine Paranoia hast."

„Ich bin nicht paranoid."

Er wird ernst. „Du hast dich nicht gefreut zu hören, dass ich einen Agenten habe."

„Ich bin drüber weg. Außerdem ist es nicht so, dass ich vor dir keine lange Reihe von Freunden hatte, die mich nur benutzt haben. Die Paranoia ist also begründet. Ich versuche, dir mehr zu vertrauen."

Er nimmt meine Hand und streicht einen Kuss über meine Fingerknöchel. Ein Kribbeln läuft meinen Arm hinauf.

„Harper!", bellt General Joan. „Was macht ihr zwei da draußen ohne Aufsicht?"

Ich verdrehe die Augen, während er lacht. Als würden wir auf ihrem plastikbezogenen Sofa rummachen wollen.

Ich gehe mit ihr in die Küche. „Wie fühlst du dich in letzter Zeit?"

Sie winkt ab. „Gut. Du wirst das Haus so bald nicht erben."

Ich lächle. „Wie ist der Wasserdruck? Ich würde gerne eine Dusche mit mehreren Jets installieren lassen."

Sie kneift die Augen zusammen. „Ha! Genauso schwach wie immer. Ich kann nicht gleichzeitig die Waschmaschine laufen lassen und duschen."

„Ich kann einen Klempner anrufen, der –"

„Bah."

Ich seufze. Zeig niemals Schwäche, bitte niemals um Hilfe.

Sie war schon immer so stachelig. Ihr Mann, mein Großvater, ist gestorben, als ich fünf Jahre alt war. Ich erinnere mich nicht gut an ihn, auf den Fotos lächelt er immer und hat immer seinen Arm um sie gelegt. Sie lächelte nur für ihn. Ich habe mich immer gefragt, ob es sie hart gemacht hat, ihn zu verlieren, oder ob sie es immer gewesen war. Ihre Tochter, meine Mutter, hat mich zur Welt gebracht und ist nie zurückgekommen. Es gab immer nur mich und den General. Ich habe ein paar ältere Onkels, ihre Söhne und deren Frauen und meine Cousins und Cousinen, aber sie leben nicht in der Nähe. Einer meiner Onkels ist der Grund, warum ich mich zum ersten Mal für *Best Friends Care* engagiert habe.

Ein paar Minuten später lassen wir uns mit unserem Earl Grey Tee in ihrem Wohnzimmer nieder. Garrett steckt sein Handy weg, als wir zurückkommen.

„Posten Sie keine Bilder von meinem Haus im Internet", sagt meine Großmutter.

Ich schließe meine Augen. Ich bin sicher, jeder will unbedingt ein Haus aus den siebziger Jahren mit den Originalmöbeln und einem Treppenlift sehen. Ich habe den motorisierten Treppenlift letztes Jahr an der Treppe installieren lassen, als ich gesehen habe, wie langsam sie mit ihrer schmerzenden Hüfte die Treppe hinaufkam. Sie hat protestiert, aber sie benutzt ihn.

„Nein, Ma'am", sagt Garrett. „Ich habe nur nach dem Spielstand des Giants-Spiels gesehen."

„Männer und Sport", schnaubt sie.

Garrett wirft mir einen Blick zu. Ich lächle.

„Hast du *Living Gold* schon gesehen?", frage ich sie. Sie hat in unseren Telefonaten kein Wort darüber verloren, und ich warte auf ihr Urteil.

„Natürlich habe ich das", antwortet sie empört.

Ein Teil von mir will wissen, ob es ihr gefallen hat, doch der klügere Teil von mir sagt, dass ich keine Fragen stellen soll, auf die ich keine ehrlichen Antworten haben will.

„Harper ist fantastisch", sagt Garrett.

Meine Großmutter mustert ihn, bevor sie sagt: „Es wird zu spät gesendet. Neun Uhr. Da kann ich kaum meine Augen offenhalten."

„Ich habe dir gesagt, wir können es aufnehmen, damit du es später sehen kannst." Ich habe ihr Kabelfernsehen installieren lassen, auch wenn sie über die unnötigen Kanäle gestritten hatte. Ich wollte, dass sie meine Arbeit sehen kann.

Sie gestikuliert in Richtung Fernseher und der Kabelbox. „Zu viele Tasten auf der verdammten Fernbedienung. Ich würde es wahrscheinlich löschen, wenn ich versuchen würde, es mir anzusehen."

„Ich zeige es Ihnen gerne, Ma'am. Es ist nur beim ersten Mal schwierig." Garrett wartet nicht auf eine Antwort. Gibt mir einfach sein Wasserglas, steht auf und greift nach der Fernbedienung auf dem Beistelltisch neben ihrem Sessel.

Die Augen meiner Großmutter sind riesig. „Entschuldigung, das ist meine Fernbedienung."

„Ich weiß, Mrs. Ellis. Schauen Sie einfach zu." Garrett kniet an ihrer Seite und drückt die Knöpfe, während er jeden erklärt.

„Ich werde mich nicht an all diesen Unsinn erinnern." Sie schüttelt den Kopf und nippt an ihrem Tee, um ihr Desinteresse an der ganzen Sache zu demonstrieren.

Nachdem er alles eingerichtet hat, zeigt er erneut auf die Knöpfe. „Sie müssen nur hier draufdrücken, dann spielt es schon. Ich habe es so eingestellt, dass es nie gelöscht wird, aber Sie können es ändern, wenn Sie wollen. Haben Sie ein Handy?"

„In der Küche." Sie meint das Mobilteil des Telefons, das dort an der Wand befestigt ist.

Garrett sieht mich amüsiert an.

Ich hebe eine Hand. „Ich habe versucht, ihr ein Handy zu besorgen, aber sie hat sich geweigert."

„Brauche nicht so ein Ding, das die ganze Zeit

rumpiepst", sagt sie. „Alle sind heutzutage Sklaven ihrer Handys. Ich nicht."

Garrett steht auf, geht in die Küche und kehrt einen Moment später mit einem kleinen Stück gefaltetem Papier zurück. Er gibt es ihr. „Das ist meine Handynummer, Ma'am. Rufen Sie mich an, wenn Sie Probleme mit der Fernbedienung haben. Ich kann Ihnen am Telefon sagen, was Sie tun müssen."

Sie nimmt argwöhnisch das Papier und legt es auf den Beistelltisch, bevor sie ihren stählernen Blick wieder auf seinen richtet. Die meisten Leute würden sich zurückziehen. Nicht Garrett.

„Kann ich sonst noch was für Sie tun, Ma'am?", fragt er.

„Sie können sich setzen, das ist, was Sie tun können", sagt sie.

„Ja, Ma'am." Er nimmt neben mir Platz. Ich gebe ihm sein Glas, verblüfft von seiner Gelassenheit angesichts der zänkischen Frau.

„Dein Bauarbeiter kommt gelegen", sagt mir meine Großmutter. „Vielleicht könnte er sich das hintere Tor ansehen. Der Riegel ist locker, und jeder Windstoß lässt das Ding auf- und zuschlagen, auf und zu."

Garrett steht auf. „Ich sehe es mir gerne an, Ma'am. Haben Sie Werkzeug da?"

„In der Garage", sagt sie. „Da durch." Sie zeigt in Richtung Küche.

Ich sehe erstaunt zu, wie er durch die Küche verschwindet. Erstens bittet meine Großmutter niemanden um Hilfe. Zweitens muss er hier nicht arbeiten. Ich habe ihn als Gast mitgebracht. Es gibt einen Handwerker in der Stadt, der das für sie erledigen könnte.

Sie nippt munter an ihrem Tee.

„Warum hat Frank sich nicht um das Tor gekümmert?", frage ich.

„Frank hat sich den Rücken verletzt."

„Was ist mit Adam?" Er ist der Tischlermeister im Ort.

„Ich vertraue nicht darauf, dass er das richtig macht. Er kann nur sägen."

„Aber du vertraust Garrett?"

„Hast du bemerkt, wie viel Ähnlichkeit sein Name mit Gary hat? Gary Cooper, das war ein richtiger Mann." Sie nickt und beugt sich dann vor. „Dein Freund hat gute Manieren."

„Ja, hat er." Ich lächle vor mich hin, amüsiert über die Wende. Das war ein seltenes Kompliment von General Joan.

„Ich mag sein Motorrad immer noch nicht", fügt sie hinzu. „Lass mich dich nicht nochmal damit fahren sehen."

„Wie erwartest du, dass ich zurück in die Stadt komme?"

„Du bist dir nicht zu gut, um mit öffentlichen Verkehrsmitteln zu fahren, oder?"

Ich beiße die Zähne zusammen. Ich habe ihr nicht über gewisse Gefahren des Ruhms berichtet, insbesondere nicht, wie einige Männer darauf reagieren, mich zu sehen, doch ich fahre sicher nicht mit dem Zug zurück in die Stadt, wenn ich mit einem vollkommen akzeptablen und funktionstüchtigen Transportmittel hier bin.

„Ich weiß nicht, warum du immer implizieren musst, dass ich mir zu gut für alles bin", sage ich. „Ich bin immer noch dieselbe Harper, die ich immer war."

„Nein, bist du nicht. Es hat keinen Sinn, etwas anderes vorzutäuschen."

Ich atme langsam aus. „Ich dachte, wir könnten dich zum Abendessen ausführen. Dann werde ich Sydney, Audrey und Jenna besuchen, bevor ich zurückfahre."

Sie schnaubt. „Ich glaube nicht, dass dein neuer Freund das Early Bird-Special in unserem Diner haben will. Du gehst, wenn du es für richtig hältst. Ich will nur eins sagen." Sie macht eine Pause, ihr strenger Blick auf mich gerichtet. „Sei vorsichtig mit ihm. Ich sehe den Reiz, aber vergiss nie, wie viel Geld du in deinem Beruf verdienst. Ich kann mir nicht vorstellen, dass Bauarbeiter viel verdienen."

Meine Brust zieht sich zusammen. „Er hat mich nicht um Hilfe gebeten."

„Sei schlau, Harper. Was habe ich dir beigebracht?"

Ich knirsche mit den Zähnen. „Zeig niemals Schwäche."

„Das stimmt. Wenn du es tust, werden andere es ausnutzen. Wie alle deine erbärmlichen Ex-Freunde. Du fällst immer wieder auf ein hübsches Gesicht rein. Das ist nicht das, was einen Mann ausmacht. Ich gebe mir die Schuld daran, dass du hier kein männliches Vorbild für dich gehabt hast." Sie blinzelt ein paarmal und wendet den Blick ab. „Dein Großvater hätte das für dich sein können. Er war ein richtiger Mann."

Ich habe nur vage Erinnerungen an ihn. Er schien mir groß und mutig zu sein, mit einem lauten, dröhnenden Lachen. „Tut mir leid. Ich weiß, dass du ihn vermisst." Ich ignoriere die Erwähnung meiner Ex-Freunde. Ich weiß, dass mein Trackrecord mit Männern nicht herausragend ist. Ich bin zu vertrauensselig und treffe meistens Leute, die in irgendeiner Weise mit der Branche verbunden sind.

Sie winkt mein Mitgefühl ab und spitzt die Lippen. „Ich hoffe, ich irre mich, was Gary angeht."

Ich mache mir nicht die Mühe, seinen Namen zu korrigieren. Doch ich hoffe es auch.

15

Harper

Nach unserem Besuch bei Großmutter fährt Garrett auf den Parkplatz eines alten, geweißelten Schindelhauses, vor dem ein Holzschild mit der Aufschrift *The Horseman Inn* hängt. Darunter steht 1788. Es gehört jetzt meiner Freundin, ein Restaurant und eine Bar. In alten Zeiten war es nur ein Gasthaus. Ich habe ernsthaft befürchtet, wir würden niemals aus dem Haus meiner Großmutter herauskommen. Sie hat ihn das Tor reparieren und ein mit Farbe zugekleistertes Fenster in ihrer Nähstube öffnen lassen, um ihn dann über seine Absichten mir gegenüber befragen. Sie hat ihn tatsächlich gefragt, ob er ein Spieler oder ein Typ zum Heiraten ist!

Und er hat geantwortet: der Typ zum Heiraten!

Großmutter war nicht beeindruckt. Ich? Ich wäre fast ohnmächtig geworden. Er ist wie eine Figur aus einer von Alice Segals Romanzen, nur dass er echt ist. Ich kann meine Arme einfach nicht von seiner Taille nehmen. Wir sind immer noch auf seinem Motorrad auf dem Parkplatz.

Er stellt den Motor aus, nimmt seinen Helm ab und sieht mich über die Schulter an. „Dieser Ort muss eine lange Geschichte haben."

Ich lächle verträumt. „Das Gasthaus stammt aus der Zeit vor der Stadt, als es eine Postkutschenhaltestelle war. Jetzt ist es ein Restaurant mit einer Bar am hinteren Ende. Gehört meiner Freundin Sydney."

„Sollen wir reingehen, oder willst du hier weiter sitzen und mich umarmen?"

Ich löse meinen Griff und nehme meinen Helm ab. „Ich kann nicht glauben, dass du meine Großmutter Queen Joan genannt hast."

„Mit ihrer autoritären Stimme erinnert sie mich wirklich an meinen Vater. Sie könnte königliches Blut haben."

Ich schüttle lächelnd den Kopf. „Sie hat es geliebt." Ich war schockiert. Meine Großmutter hat gestrahlt.

Er grinst. „Ich habe dir gesagt, dass Frauen jeden Alters mich lieben."

„Ich weiß, dass du das gesagt hast, aber sie ist in einer ganz anderen Kategorie."

„Die Leute sind alle gleich. Sie wollen nur gesehen und freundlich behandelt werden."

Mein Hals schnürt sich vor Emotionen zu. Er ist einfach so … perfekt. Kann jemand so perfekt sein? Es macht mir Angst, aber ich will an ihn glauben.

„Bereit abzusteigen?", fragt er mit einem Augenzwinkern.

Ich lache und steige von seinem Motorrad. Er flirtet immer so sexy.

Ein paar Augenblicke später öffnet er mir die Holzeingangstür des Restaurants, und ich betrete den warmen und einladenden Raum. Vorne steht ein Empfangspult, das jetzt leer ist, und gleich dahinter erhebt sich ein riesiger Steinofen, der früher zum Kochen verwendet wurde. Der vordere Gastraum ist leer, da es später Nachmittag ist. Die Bar ist hinten, in einem großen Raum, der in den Siebzigern angebaut worden ist. Es ist meilenweit die einzige Bar, und die Einheimischen kommen oft hierher, um ein Spiel auf den drei Flachbildfernsehern hinter der Bar zu verfolgen.

Ein junger Mann, den ich nicht kenne, deckt die Tische für das Abendessen im vorderen Gastraum ein. „Hallo", sagt er. „Wir öffnen erst um fünf für das Abendessen, aber Sie können gerne an die Bar gehen."

Ich nicke. „Danke. Ich bin eine Freundin von Sydney. Sie erwartet mich."

Ich nehme Garretts Hand und führe ihn durch das Labyrinth dunkler Holztische. Es sieht so aus, als würde Sydney versuchen, das Ambiente gehobener zu gestalten. Ich frage mich, ob sie auch das Menü geändert hat. Früher war es Hausmannskost – Hackbraten, Brathähnchen, Burger. Fast jedes Gericht kam mit einer Ofenkartoffel oder Pommes.

Ich spähe um die Ecke. „Hi!"

Sydney arbeitet hinter der Bar, ihr rotbraunes Haar ist zu einem lockeren Knoten zusammengebunden. Sie lässt ihren Lappen fallen und wirft ihre Hände in die Luft. „Oh mein Gott! Es ist Harper Ellis!"

Ich lache. Sie tut gerne so, als wäre sie ein Fangirl. Ein paar Leute an der Bar, die das Footballspiel ansehen, starren sich um. Ich kenne sie nicht, ein paar Männer in den Dreißigern. Sie bemerken Garrett und wenden sich wieder dem Spiel zu.

Sydney zieht ihre Schürze aus und eilt um die Bar herum, um mich zu umarmen. „Die berühmte Harper Ellis! Und ist das der heimliche Prinz von Brooklyn?" Sie grinst Garrett an. „Ich habe einen Google-Alert mit Harpers Namen, da sie sich nicht die Mühe macht, mich über ihre Karrierehöhepunkte auf dem Laufenden zu halten."

Garrett lächelt und bietet seine Hand an. „Das bin ich, obwohl das Geheimnis, dass ich ein Prinz bin, raus ist. Garrett Rourke."

„Sydney Robinson. Ich besitze diese schöne Katastrophe." Sie stemmt ihre Hände in die Hüften und sieht sich in dem historischen Restaurant um, das sie von ihrem Vater geerbt hat. Ihr rosa T-Shirt mit Strassherz, schwarzen Röhrenjeans und hochhackigen Stiefeln sieht in der dunklen historischen Umgebung deplatziert aus. Nicht, dass ich erwarten würde, dass sie ein Kleid im Kolonialstil trägt.

„Es ist hübsch", sagt Garrett und wippt auf den Fersen. „Die Böden sind ein bisschen uneben."

„Ah, ja", sagt sie. „Unebene Böden, niedrige Decke, originale Pfosten-Riegel-Konstruktion." Sie deutet herum. „Wir haben all die coolen historischen Details und all die modernen Kopfschmerzen. Lasst mich eine Vertretung hinter die Bar rufen, dann setzen wir uns."

Sie bittet den Mann, den wir im vorderen Gastraum gesehen haben, ihren Platz einzunehmen. Dann zieht sie ihr Handy aus der Hosentasche und tippt. „Ich lasse Jenna und Audrey wissen, dass du hier bist. Sie sind auch hier. Jenna hat gerade eine Bäckerei im alten Café eröffnet."

„Wie, das Café ist geschlossen?", frage ich.

Sie zieht die Brauen hoch. „Ja, letztes Jahr. Summerdale entwickelt sich schnell."

„Was ist mit Rainbow?" Sie war eine der letzten der Gründer der ursprünglichen Hippie-Kommune und die Inhaberin des Cafés.

Sie bedeutet uns, uns an einen Tisch für vier zu setzen. „Sie ist wie alle anderen Alten nach Florida gezogen. Deine Großmutter ist die Ausnahme." Nachdem wir alle Platz genommen haben, stützt sie ihr Kinn in ihre Hand und fragt: „Wie geht's ihr?" Sie weiß, wie schwierig der General sein kann.

„Wie erwartet", sage ich. „Sie hat Garrett herumgescheucht und alles reparieren lassen, was sie Adam nicht anvertrauen will, denn wie kann sie einem Tischlermeister einen kleinen Job anvertrauen?"

Garrett plustert sich auf. „Dazu braucht es einen erfahrenen Bauarbeiter, um den Riegel ihres hinteren Tors zu reparieren."

Sydney grinst.

„Ich habe ein Machtwort gesprochen, als sie wollte, dass er ein Loch auffüllt, das ein Murmeltier unter ihrem Zaun gegraben hat", sage ich. „Natürlich hat sie mich trotzdem gewarnt, vorsichtig mit ihm zu sein. Sie glaubt, dass alle Männer eine Agenda haben."

Sydney spitzt die Lippen und denkt darüber nach. „Weißt du, ich kann nicht sagen, dass sie da falsch liegt. Manche können es besser verbergen als andere. Schau dir meinen Vater an, ein anständiger Mann. Niemand wusste, dass er diesen Laden in Grund und Boden gewirtschaftet hat, bis er gestorben ist."

Ich werfe ihr einen mitfühlenden Blick zu. Sie hat ihrem Vater sehr nahegestanden. Ihre Mutter ist gestorben, als wir zwölf waren. Nach dem Tod ihres Vaters hat Sydneys ältester Bruder das Restaurant übernommen. Letztes Jahr hat er erklärt, dass es hoffnungslos sei, und wollte verkaufen. Da ist Sydney nach Hause gezogen, entschlossen, das Erbe der Stadt und ihres Vaters fortzusetzen.

„Ich habe einen Marketing-Hintergrund, daher dachte ich mir, dass nur eine gute Mundpropaganda und Werbung nötig sind. Na ja, aber es braucht auch Geld. Ich habe kein Glück bei den Banken mit den Schulden, die wir haben."

„Wie viel?", frage ich.

Sie hebt eine Hand. „Nein, ich werde meine supererfolgreiche Freundin nicht um ein Almosen bitten."

„Du könntest es zurückzahlen."

„Das ist so eine Heimatnummer. Einheimische investieren in Einheimische. Sie unterstützt *Best Friends Care* auch weiter. Die sind jetzt global aktiv, Lady."

Wir unterhalten uns ein bisschen über die alten Zeiten.

Sie winkt über meine Schulter. „Sie ist hier und hat ihren geheimen Prinzen mitgebracht!"

Garrett dreht sich um und lächelt meine Freundinnen an. „Einfach Garrett."

Ich stehe auf, um Jenna und Audrey zu begrüßen. „Es ist viel zu lange her."

Jenna ist groß und schlank, überraschend für jemanden, der gerne backt. Man würde den einen oder anderen Rettungsring erwarten. Sie trägt einen schwarzen Rollkragenpullover mit Jeans und schwarzen Stiefeln. Audrey trägt eine cremefarbene Tunika über einer cremefarbenen Yogahose. Ihr schwarzes Haar bildet einen hübschen Kontrast. Sie leitet die Bibliothek im Ort.

Ich umarme beide.

Audrey blickt zur Bar und schnell wieder nach vorn. Ich hatte ihn nicht bemerkt, als wir reingekommen sind, da Sydney mich mit all ihrer Begeisterung und großen Umarmungen abgelenkt hat. Ihr ältester Bruder, Drew, sitzt in der Ecke und trinkt ein Bier. Sein Blick ist auf das Spiel gerichtet. Er ist so missmutig wie Sydney fröhlich ist. Es ist schwer, ihm das zum Vorwurf zu machen, nachdem er als Army Ranger mehrmals im Auslandseinsatz war. Nicht, dass er jemals Mr. Sonnenschein gewesen wäre. Er ist fünf Jahre älter als wir und hat die Freundinnen seiner kleinen Schwester selten eines Blickes gewürdigt. Audrey ist schon so lange in ihn verknallt, wie ich mich erinnern kann. Sie hat ihm sogar regelmäßig geschrieben, als er im Einsatz war, doch anscheinend hat sie ihn in keiner ihrer E-Mails jemals wissen lassen, wie sie für ihn empfindet.

Nachdem wir alle an einem größeren runden Tisch mit Eiswasser und einer Schüssel Brezeln Platz genommen haben, erklärt Sydney: „Garrett ist viel netter als Nick." Das ist mein Ex von vor ein paar Jahren. Sie hat ihn kennengelernt, als sie mich in L.A. besucht hat.

Jenna mustert Garrett. „Dann stimmt es also nicht, dass die schönsten Männer die größten Arschlöcher sind?"

„Äh, danke?", sagt Garrett.

„Wir haben sofort gesehen, dass du kein A-Loch bist",

sagt Sydney und beugt sich um mich, um direkt mit Garrett zu sprechen. „Schließlich hast du Harper zu ihrer Benefizveranstaltung begleitet, als sie plötzlich Single war."

„Das klingt wie eine Sitcom", sage ich. „*Plötzlich Single.*"

„Wo wir gerade davon reden, wir lieben *Living Gold*", sagt Audrey. „Wir hatten eine Party hier in der Bar, als die erste Folge ausgestrahlt wurde."

„Aww, danke, Leute." Sie sagen, sie lieben alles, worin ich spiele.

Garrett legt seinen Arm um meine Stuhllehne und seine Hand auf meine Schulter. Mir wird sofort warm. „Wir hatten auch eine im Haus meiner Eltern, da meine Schwägerin, Josie Abbott, auch mitspielt."

„Oh mein Gott, ich liebe sie!", kreischt Sydney.

„Wie ist sie so?", fragt Jenna.

Alle wenden sich Garrett zu, aufgeregt, von Josie zu hören.

Ich wedle mit der Hand vor ihren Gesichtern. „Äh, Leute, ich habe die letzten sieben Wochen nur jeden Tag mit ihr gearbeitet."

„Ja, ja", sagt Sydney und sieht Garrett erwartungsvoll an.

Garrett lächelt. „Sie ist großartig. Wirklich sprudelnd und extrovertiert."

„Das dachte ich mir schon", sagt Sydney. „Im Gegensatz zu unserer Harp, die nur auf der Bühne aus sich herausgeht." Sie beugt sich zu mir vor.

„Sydney war früher mein Co-Star im Theater-Club unserer Schule", erzähle ich Garrett.

„Das stimmt", sagt Sydney. „Aber Harp war immer der Star."

„Sydney kann singen, und sie ist lustig", sage ich.

Sie löst ihren Haargummi und schüttelt ihr langes rotbraunes Haar dramatisch aus. „Und man sollte meinen, dass sich nach unserer ersten Produktion von Grease jemand vom Broadway gemeldet hätte." Sie streckt mir die Zunge raus. „Harper hat uns nach der neunten Klasse verlassen, um nach Hollywood zu gehen."

„Wir sind so stolz auf sie!", ruft Jenna. Audrey nickt begeistert.

„Ich wünschte, ich hätte es gesehen", sagt Garrett. „Ich hatte in meinem Leben nur eine einzige Zeile."

Ich deute mit dem Daumen auf ihn. „Garrett hat gerade seinen ersten Werbespot gedreht."

Meine Freundinnen hören auf zu lächeln. Ich weiß, dass ich mich über meine Exen geärgert habe, die mich benutzt haben, aber Garrett ist anders. Dieser Mann hat an seinem freien Tag Reparaturen für meine Großmutter gemacht.

Er kocht für mich.

Er ist der Typ zum Heiraten.

Es trifft mich in einem schwindelerregenden Schlag – ich verliebe mich in ihn. Es ist ein zu schnelles, furchteinflößendes Gefühl, keine Kontrolle zu haben, doch es ist da. In diesem Moment bröckelt auch die letzte meiner Abwehrmechanismen. Ich kann nicht dagegen an. Es ist zu mächtig, anders als alles, was ich jemals zuvor empfunden habe.

„Oh, du bist auch in der Branche?", fragt Sydney kühl.

„Gerade erst angefangen", sagt er. „Nach der Gala hat mich ein Agent angequatscht. Ich bin in der Baubranche und mache nur nebenbei ein bisschen was. Ich hatte gerade meine erste Stunde mit meinem Schauspielcoach, und am Schauspielern ist viel mehr dran, als mir bewusst war." Er drückt meine Schulter. „Je mehr ich lerne, desto mehr bewundere ich Harper und was sie aus einer Rolle macht."

Ich lächle und bin sicher, dass ich ihn verträumt ansehen. „Danke."

Sydney wirft mir einen fragenden Blick zu, um sich zu vergewissern, ob ich mit der Werbesache einverstanden bin.

Ich signalisiere ihr mit einem kleinen Nicken Entwarnung.

Der Mann hinter der Bar ruft zu uns: „Kann ich euch irgendwas bringen?"

Sydney steht auf. „Ich hole uns Champagner, um Harpers neue Show zu feiern." Sie beugt sich lächelnd vor. „Das gute Zeug."

„Ich übernehme das", sage ich.

„Vergiss es, Lady! Dieser verdammte Laden gehört mir. Ist eine Abschreibung."

„Steuerlich absetzbarer Champagner?", feixe ich. „Wer führt deine Bücher?"

„Ha!"

Sobald sie außer Hörweite ist, wende ich mich meinen Freundinnen zu und senke meine Stimme. „Wie geht's ihr wirklich? Kann sie das Restaurant am Laufen halten?"

Jenna und Audrey werfen sich Blicke zu.

Audrey spricht zuerst mit einem Flüstern. „Sie arbeitet an einer großen Silvesterparty mit einer stillen Auktion als Spendenaktion. Danach bin ich mir nicht sicher, ob sie genug hat, um es noch länger offen zu halten."

„Vielleicht ist es am besten, wenn sie es schließt", flüstert Jenna. „Ich weiß, dass es ein Stück Geschichte ist, aber wenn sie verkauft, könnte jemand mit Geld reinkommen und was Neues daraus machen. Wie ich das Café in eine Bäckerei verwandelt habe."

„Hast du nicht früher in der IT-Branche gearbeitet?", frage ich Jenna. „Das war ein gut bezahlter Job."

„Bei dem meine Seele verdorrt ist", antwortet sie.

„Oh."

Sie winkt ab. „Du weißt nichts von sowas, da du von Anfang an deinem Herzen gefolgt bist. Der Rest von uns sieht sich irgendwann um und sagt, ist das alles?"

„Du auch, Audrey?", frage ich.

„Ich bin glücklich, die Bibliothek zu leiten, aber selbst ich frage mich manchmal, ob das Gras auf der anderen Seite grüner ist und ich was anderes machen sollte. Was Aufregendes."

Ich starre sie an. „Was zum Beispiel?" Audrey hat sich immer nur für Bücher, Bücher, Bücher interessiert.

„Poledancing", lacht Sydney, als sie mit dem Champagner an den Tisch kommt. „Unsere kleine Audrey an der Stange."

Audrey schüttelt den Kopf, wird rot und sieht Garrett an. Er lächelt. „Das bist du, Syd", sagt sie.

„Ich würde bezahlen, das zu sehen", sage ich.

Sydney streckt ihre offene Hand aus.

„Nur Audrey", sage ich.

Audrey schüttelt heftig den Kopf und gestikuliert abwehrend mit den Händen. „Oh nein. Nein."

Alle lachen.

Sydney öffnet die Champagnerflasche, und wir klatschen. Sobald jeder ein Glas in der Hand hat, hebt Sydney ihres. „Auf Harper, unser Mädchen aus der Heimatstadt, das ganz groß rausgekommen ist!"

Ich stoße mit ihnen an. „Auf euch wunderbare Ladys. Ich habe euch vermisst. Ich schwöre, ich werde euch bald wieder besuchen kommen."

„Darauf trinke ich", sagt Sydney.

Wir alle stoßen an und trinken.

„Ihr solltet am Donnerstagabend vorbeischauen", sagt Sydney. „Wir haben einen Buchclub gegründet."

„Du meinst, Audrey hat damit angefangen, oder?"

Sydney neigt den Kopf. „Stimmt, aber wir machen es hier. Ich habe es „Donnerstags-Weinclub" genannt, denn wem versuchen wir, was vorzumachen? Audrey ist die einzige, die jemals das Buch zu Ende liest. Der Rest von uns trinkt nur Wein und tratscht. Zwei Fliegen, eine Klappe – wir unterstützen das *Horseman Inn* und fühlen uns intellektueller. Die Gruppe wächst, und der Wein fließt."

Audrey seufzt und blickt zur Decke.

„So ein Weinclub könnte mir gefallen", sage ich. „Schade, dass ich es unter der Woche nicht schaffen kann. Die Generalprobe ist immer donnerstags, und dann muss ich frisch und bereit für die Aufnahmen am Freitag sein. Kein Weintrinken bis spät in die Nacht."

Sydney wirft ihre Haare über ihre Schultern und klimpert mit ihren Wimpern in meine Richtung. „Eines Tages, wenn du aus dem Hollywood-Hamsterrad aussteigst, wirst du Zeit haben für glamourösere gesellschaftliche Ereignisse wie den Weinclub."

Garrett lacht. Er weiß jetzt, wie ein Event mit rotem Teppich abläuft.

Wir unterhalten uns eine Weile. Sie sind neugierig auf Garretts adelige Seite, und er enttäuscht sie nicht mit den Details über Villroy. Bevor wir gehen, versuche ich ein letztes Mal, einen Beitrag zum *Horseman Inn* anzusprechen. Sydney will nichts davon hören. Schließlich sage ich: „Ich werde für deine fabelhafte Silvesterparty hier sein, und du kannst mich nicht davon abhalten, bei der Auktion mitzubieten. Hey! Ich weiß was. Ich werde auch ein paar Gegenstände spenden."

Ihre blauen Augen leuchten. „Oh, Harp, das wäre fantastisch. Ich weiß, dass du nicht von Fans gejagt wirst, wenn du in der Stadt bist, aber du bist berühmt, und ich weiß, dass es eine Menge Leute anziehen wird, wenn du hier bist."

Ich seufze dramatisch. „Alle außer General Joan sind verrückt nach mir." *Und ich wünschte, ihre Anerkennung wäre mir nicht so wichtig.*

„Du bist auch eingeladen, Garrett", sagt Sydney.

Er lächelt. „Danke."

Ich schüttle den Kopf. „Er wird wahrscheinlich meine Großmutter hierher begleiten. Er hat sie Queen Joan genannt, und sie ist vor Begeisterung praktisch ohnmächtig geworden." Ich lasse meinen eigenen Moment der Ohnmacht aus.

Sydney klatscht auf den Tisch. „Nein! Der General ist ohnmächtig geworden?"

„Sie mag Garrett mehr als mich. Er hat ihr erklärt, wie man *Living Gold* aufzeichnet, ihr hinteres Gartentor repariert, und ihr mit Farbe zugekleistertes Fenster geöffnet."

Sydney mustert ihn. „*Ich* fange an, ihn mehr zu mögen als dich. Was kannst du hier reparieren?"

„Was brauchst du?", fragt er.

Ich hebe eine Hand. „Oh nein. Du rufst Adam oder eine Baufirma aus der Gegend an. Wir sind weg."

Sie holt eine Visitenkarte aus der Tasche und reicht sie ihm. Er steht auf und steckt sie in seine Gesäßtasche. Dieser Typ. Zu großzügig. Mein Herz ist offiziell geschmolzen. In seiner Gegenwart haben keine Schutzmauern Bestand.

Ich umarme meine Freundinnen zum Abschied und kehre zu Garrett zurück. Er legt einen Arm um meine Taille und sagt zu Sydney: „Ich komme mit meinem Werkzeug zurück, um dir zu helfen. Vielleicht vor der Neujahrsparty."

„Ich liebe diesen Kerl!", ruft Sydney aus. Dann stößt sie ihn mit einem Finger an. „Tu ihr nur nicht weh. Sie hat genug Scheiße erlebt."

„Ich werde sie gut behandeln", sagt er ernst.

Ich drücke ihn an mich. *Offiziell geschmolzen.*

Sydney geht lächelnd zu ihm und versetzt ihm spielerisch einen Klaps auf den Bizeps. Sie hat Brüder, das ist normal für sie. Als sie mich im Kindergarten geschlagen und gesagt hat, dass sie meine Freundin sein will, bin ich heulend nach Hause gerannt. Ich wollte keine Freundin, die mich schlägt. Meine Großmutter hat mir gesagt, ich soll einfach mit gleicher Kraft zurückschlagen (was nicht viel war, denn genau genommen waren meine Gefühle mehr verletzt als alles andere), und seitdem sind wir Freundinnen.

Garrett lächelt nur und winkt zum Abschied. Ich denke, mit fünf älteren Brüdern ist er es gewohnt, geschlagen zu werden.

Wir gehen zur Tür hinaus. Ich hätte nicht so lange wegbleiben sollen. Ich lasse mich von dem Unbehagen, meine

Großmutter zu besuchen, von meinen Freundinnen fernhalten. Es gibt nichts Schöneres, als Freundinnen zu haben, die einen das ganze Leben lang gekannt haben. Ich weiß, dass sie mich so sehen, wie ich bin.

Garrett gibt mir meinen Helm. „Also, denke ich, dass ich zu Neujahr hier sein werde?"

„Das hoffe ich", platzt es aus mir heraus. Bis dahin sind es noch drei Monate. Normalerweise gestehe ich meine Hoffnungen für die Zukunft nicht so früh in einer Beziehung ein, aber es ist wahr.

Er küsst mich. „Ich mag, dass du so über mich denkst. Jetzt lass uns nach Hause fahren. Ich will dich dringend wieder haben."

Ein Kitzel der Erregung fährt durch mich hindurch. Ich lege meine Arme um seinen Hals und küsse ihn leidenschaftlich.

„Harper Ellis!", ruft die schrille Stimme einer alten Frau.

Ich lasse ihn abrupt los und sehe mich hektisch nach meiner Großmutter um. Sydney sieht mich durch ein offenes Fenster ihres Restaurants an. „Ha! Ich kann's also immer noch." Sie kann meine Großmutter fast perfekt imitieren.

Ich schüttle meinen Kopf. „Nicht lustig!"

„Du solltest das besser privat machen", sagt sie. „Die Leute werden reden, und du wirst vom General hören!"

Garrett lacht und gibt mir meinen Helm. „Kleinstadttratsch, nicht wahr?"

„Es ist ein wenig furchteinflößend, wie schnell sich hier irgendwas rumspricht." Ich winke Sydney zu, bevor sie wieder im Restaurant verschwindet.

Sein Handy klingelt, und er zieht es aus der Tasche. „Oh-oh. Es ist deine Großmutter. Sie will wahrscheinlich wissen, warum du mich gerade auf einem Parkplatz auffressen wolltest."

Ich keuche. „Nein! Geh nicht ran."

Er grinst und steigt aufs Motorrad. „Es ist mein Bruder."

Ich klatsche auf seine Schulter, klettere hinter ihn und drücke meine brennende Wange gegen seinen Rücken. Die Gefahren, wieder zu Hause zu sein. Ich fühle mich wie ein Teenager, der mit dem Bad Boy der Schule erwischt wurde.

Nur, diesmal ist er tatsächlich ein Guter.

16

Garrett

Heute Abend ist unser zweites Date, und wir werden endlich *Wicked* sehen. Ich kann es kaum erwarten, Harper meine großen Neuigkeiten mitzuteilen. Ich klopfe an ihre Wohnungstür. Sie erwartet mich. Ich habe bereits die Gebäudesicherheit durchlaufen, ihr Bodyguard wurde benachrichtigt, und sie auch. All die Vorsichtsmaßnahmen stören mich nicht. Alles, um sie zu beschützen. Joe wartet an meiner Seite, bis sie aufmacht.

Sie öffnet die Tür mit einem breiten Lächeln und tritt zurück. „Komm rein."

Ich nicke Joe zu und schließe die Tür hinter mir. „Hallo, Schönheit."

Sie macht eine Pose in ihrem ärmellosen dunkelroten Kleid, dann wirft sie ihre Arme um mich und küsst mich mit wilder Hingabe. Ich lege meine Arme um sie und bin wie immer darin gefangen. Sie reibt sich an mir, und ich lasse meine Hand zu ihren Po wandern und halte sie fest. Sie stöhnt in meinen Mund, und ich könnte sie auf der Stelle nehmen.

Ich unterbreche den Kuss, entschlossen, dieses Date mit ihr durchzuziehen. „Harp."

Ihre haselnussbraunen Augen leuchten, ihre Wangen sind gerötet. „Quickie?"

Ich grinse. „Komm schon. Irgendwann werden sie angepisst sein, dass du Plätze reservierst und dann nicht hingehst."

Sie schmollt. „Du hast recht. Danach."

Ich küsse sie und knabbere an ihrer Unterlippe. „Ich kann es kaum erwarten." Ich lasse sie los und arbeite daran, mich abzukühlen.

„Ich hole nur meine Handtasche und sage Joe Bescheid."

Ein paar Minuten später stehen wir mit ihrem Bodyguard im Aufzug nach unten. Zum Theater sind es nur fünfzehn Autominuten. Sie trägt einen weißen Schal um die Schultern, der durchsichtig genug ist, um die nackte Haut darunter zu erahnen. So sexy. Sie erzählt mir von ihrer Arbeitswoche und der Aufregung über Claire Jordan, einen großen Filmstar, der das Set besucht hat, um Josie zu sehen, die sie irgendwie durch ihre Verbindung zur Rourkefamilie kennt. Das erste Mal, dass ich davon höre. Anscheinend hat meine Cousine Prinzessin Sylvia eine amerikanische Hochzeitsplanerin für ihre Hochzeit in den USA verwendet (sie hat einen Amerikaner geheiratet), die eng mit Claire befreundet ist. Die Verbindung fing an mit Sean zu Sylvia zur Hochzeitsplanerin zu Claire zu Josie zu Harper. Kleine Welt. Ich denke, irgendwann hätte ich Harper über eine dieser Verbindungen kennengelernt. Hier ist klar das Schicksal am Werk.

Harper fährt fort. „Das Beste ist – und ich hatte keine Ahnung davon –, aber Claire hat ihre eigene Produktionsfirma in Connecticut."

„Cool."

„Ja, ich habe ihr gegenüber erwähnt, dass ich an Regiearbeit interessiert bin, und sie hat mir gesagt, dass sie sich gerne mit mir wegen eines Projekts treffen würde! Sie hat viel in der

Pipeline – Filme, TV-Shows, sogar Reality-TV rund um Oldtimer. Hast du schon von *Hot Finds* gehört? Sie suchen nach Oldtimern, um –"

„– sie zu restaurieren. Ja, ich mag die Show mit Ty und Park."

Sie hüpft auf ihren Fußballen. „Ich meine, ich erwarte nicht, dass sie mir einen Film gibt, aber die Regie einer Episode einer etablierten Show, während ich Drehpause bei *Living Gold* habe, könnte ein Anfang sein. Unsere letzte Folge ist Ende des Monats. Dann spielen wir das Wartespiel, um zu sehen, ob die Serie um eine weitere Staffel verlängert wird." Sie lächelt mich an. „Es könnte bedeuten, dass ich für eine Weile hier bin."

„Das hört sich doch gut für mich an."

Die Aufzugtüren öffnen sich, und Joe geht uns voraus. Er geht zuerst aus der Haustür und wartet auf sie. Ich halte die Haustür für sie auf und folge ihr. Das Auto parkt am Straßenrand, ein silberner Mercedes.

„Amanda", ruft ein Mann, „nimm mich mit!"

Harpers Augen weiten sich, als sie den ungepflegten Mann mittleren Alters in einem fleckigen Kurzarmhemd und Jogginghose sieht. Joe bewegt sich auf den Kerl zu und fordert ihn auf zu verschwinden. Harper steigt schnell ins Auto, und ich folge ihr.

„Das ist der Typ, der in meine Wohnung eingebrochen ist", sagt sie und streckt den Hals, um zu sehen, wohin er gegangen ist. „Er will, dass die toughe Amanda ihn auspeitscht."

Joe geht weiter in seine Richtung, und ich sehe den Kerl nicht mehr.

Ich drehe mich zu ihr um. „Joe hat ihn verscheucht."

Sie ergreift meine Hand und hält sie fest. „Er ist verhaftet worden. Scheint wieder aus dem Gefängnis raus zu sein."

„Hast du ein Kontaktverbot gegen ihn erwirkt?"

„Ja."

„Dann melde ihn."

Joe rutscht auf den Vordersitz. „Los geht's." Der Fahrer fährt vom Bordstein weg. Er dreht sich zu Harper um. „Ich melde ihn bei der Polizei wegen Verstoßes gegen das Kontaktverbot. Er hat psychische Probleme. Ich habe ihm gesagt, dass Sie nicht Amanda sind und er Harper Ellis in Ruhe lassen soll, sonst würde er verhaftet. Er hat mich angebellt und ist weggelaufen."

„Du meinst wie ein Hund?", frage ich.

„Ja. Harper, ich kümmere mich drum. Lassen Sie das nicht Ihren Abend ruinieren. Er ist ein kranker Mann. Ich glaube nicht, dass er Sie verletzen will, so sehr, wie er hofft, dass Sie ihn wie einen Hund züchtigen."

Harper stößt einen zittrigen Atemzug aus. „Ja, das wird nicht passieren."

„Er kommt auch nicht in das Gebäude ", sagt Joe. „Vergessen Sie ihn einfach." Er wirft mir einen Blick zu, der sagt: *Sag was, Mann.*

Ich drehe ihr Gesicht zu mir und küsse sie. „Jeder, der versucht, sich dir zu nähern, muss an zwei harten Männern vorbeikommen, die bereit sind, jedem in den Arsch zu treten, der es versucht."

Sie lächelt mich zittrig an und legt ihre Hand auf meine Brust. „Das erinnert mich daran, dass ich dich für meinen neuen Bodyguard gehalten habe."

Ich lege meine Hand auf ihre. „Der beste Tag meines Lebens."

Sie knöpft mein weißes Hemd so weit auf, dass sie ihre Hand hineinschieben und meine Brust streicheln kann. „Du bist eine großartige Ablenkung", schnurrt sie.

Ich streichle ihr Haar hinter ihr Ohr. *Ich hoffe, ich bin mehr als das.*

Sie zieht ihre Hand zurück und knöpft mein Hemd zu. „Also, ich habe dir alles über meine Woche erzählt. Wie war deine?"

„Also, zuallererst bin ich wieder Onkel geworden." Ich kann nichts gegen mein breites Lächeln tun, als ich mein Handy herausziehe, um das Bild meiner zwei Nichten zu zeigen. „Das sind die Mädchen meines ältesten Bruders Dylan, Maya und Eva. Zweieiige Zwillinge, obwohl es im Moment schwierig ist, sie auseinanderzuhalten. Maya ist die mit der gelbgestreiften Mütze und Eva die mit der rosagestreiften. Mama und Babys geht's gut."

„Wow, Glückwunsch! Wie viele Nichten und Neffen sind das jetzt für dich?"

„Drei Nichten, alle aus Dylans Familie, aber es sind noch mehr unterwegs. Die Frau meines Bruders Jack ist in der ersten Novemberwoche dran. Connors Frau ist auch schwanger, aber das dauert noch eine Weile. Wie auch immer, wir veranstalten morgen eine „Große-Schwester-Party" bei meinen Eltern. Es ist Familientradition, eine Party für die älteren Geschwister zu veranstalten, bevor das Baby nach Hause kommt, damit sie sich besonders fühlen. Jeder meiner älteren Brüder hat eine bekommen, als das nächste Kind kam, um sie aus dem Status des kleinen Bruders zu erheben, nur ich nicht, da ich der Jüngste bin. Willst du mitkommen?" Ich will sie gerne meiner Familie vorstellen, weil ich ein gutes Gefühl habe, was uns angeht.

Ihre Augen weiten sich, und ihr Mund bleibt offen stehen.

Ich klappe ihren Mund zu und küsse sie. „Warum so geschockt?"

„Du willst, dass ich deine Eltern und deine ganze Familie treffe?"

„Ja, es wird lustig."

Sie starrt mich an. „Das klingt ernst."

„Ich habe deine Großmutter getroffen."

„Das war eher wie ... na ja, du hast angeboten ..."

„Ich war ein Puffer?"

„Ja."

Ich stecke mein Handy weg und versuche, meine Enttäuschung zu verbergen. „Schon gut. Du musst nicht gehen."

„Nein, ich komme. Ich bin es nur nicht gewohnt, die Eltern meines Freundes kennenzulernen. Jetzt bin ich nervös. Soll ich was mitbringen?"

Ich lächle. „Nicht nötig. Und keine Sorge, Josie kommt auch. Meine Brüder sind wie ich, nur nicht so cool."

Sie lacht.

„Und noch mehr gute Nachrichten: Sie haben mich für einen zweiten Werbespot gebucht. Ich bin aufgeregt. Der Dreh ist nächsten Freitag. Für ein Elektroauto, das ich nur durch vorgetäuschtes Fahren cool aussehen lassen werde. Laut Drehbuch parke ich es in der Stadt, schließe es an eine Ladestation an, und dann gehe ich mit meiner schönen Freundin weg. Kein Text, also ist es super einfach. Ich habe gefragt, ob du meine Freundin spielen könntest, aber sie haben die Rolle schon besetzt."

Sie beißt sich auf die Unterlippe.

Ich begegne ihrem Blick. „Bist du böse, dass ich um eine Rolle für dich gebeten habe oder dass ich den Gig habe?"

Sie drückt meinen Arm. „Weder noch. Es war nett von dir, an mich zu denken."

„Ich bin aufgeregt. Danach habe ich genug für eine Anzahlung für ein Haus. Es ist ein wahrgewordener Traum."

Sie lehnt ihren Kopf an meine Schulter, und ich lege einen Arm um sie. „Ich freue mich für dich." Sie klingt nicht begeistert, aber sie versucht es. Es wird eine Weile dauern, bis sie mir vertraut. Ich verstehe das und bin bereit, ihr diese Zeit zu geben. Ich will nicht aufgeben, was sich zu einer lukrativen neuen Karriere entwickelt. Mein Agent arbeitet hart daran, mir mehr und bessere Jobs zu finden, und es macht mir Spaß, mit meinem Schauspielcoach zu arbeiten, der mich ordentlich anspornt.

Ich fange an zu denken, dass Schauspielerei eine echte Möglichkeit sein könnte. Zum ersten Mal in meinem Leben habe ich Ambitionen, für die ich wirklich hart arbeiten will. Und es ist alles meins. In meinem Job bin ich ersetzlich. Das ist Fakt. Meine Brüder könnten jederzeit einen anderen Mann für den Bautrupp einstellen. Wenn sie wirklich wollten, dass ich bleibe, würden sie mir einen Titel und Verantwortung geben. Ich sollte kein schlechtes Gewissen haben, wenn ich meine Fühler ausstrecke.

Meine Familie und Harper müssen jedoch bei dieser neuen Richtung an Bord sein, denn wenn sich was Großes anbietet, gebe ich es nicht auf.

HARPER

Ich versuche, die bisherige Wirbelwindnacht zu verarbeiten. Ich war aufgeregt, Garrett zu sehen; dann wurde ich daran erinnert, warum ich überhaupt einen Bodyguard habe, als Walter wieder auf mich zukam, dann hat mich Garrett mit seiner Einladung zu seinen Eltern überrascht, was nervenaufreibend genug ist, und dann sagt er mir, er hat einen zweiten Werbespot an Land gezogen. Ich freue mich für ihn. Ja, wirklich. Wie könnte ich es nicht, wenn er so begeistert ist? Ich kann nichts dafür, wenn meine erste Bauchreaktion Vorsicht ist. Ich arbeite daran. Ich will nichts Gutes ruinieren, nur weil meine Instinkte die Alarmglocken schrillen lassen. In diesem Fall liegen sie falsch. Das muss ich glauben.

Wir werden am Hintereingang in Empfang genommen und gehen zu einer Seitentür, von wo aus wir zu unseren Plätzen geführt werden. Ich versuche, mich zu entspannen. Immerhin ist das mein Lieblingsmusical. Ich habe es neunmal gesehen. Ich liebe die Musik, doch am allermeisten liebe ich die Geschichte der missverstandenen „wicked Witch", gegen die jeder Vorurteile hat, nur weil sie anders aussieht. Sie wurde mit grüner Haut geboren. Es ist eine Erinnerung daran, sich auf den Charakter eines Menschen anstatt auf sein Aussehen zu konzentrieren. Als Schauspielerin arbeite ich hart, um die Essenz eines Charakters darzustellen.

Die Show beginnt kurze Zeit später, und ich ertappe mich dabei, wie ich Garrett aus den Augenwinkeln beobachte, genauso wie die Szenen auf der Bühne. Er scheint alles auf sich wirken zu lassen. Ich hoffe, es gefällt ihm. Ich würde ihn gerne zu weiteren Broadway-Shows mitnehmen.

Sobald sich die Vorhänge für eine Pause schließen und das Licht im Zuschauerraum eingeschaltet wird, frage ich: „Wie findest du es bisher?"

„Großartig. Ich mag Live-Musik sehr, und es ist an sich eine Kunstform, so, wie sie damit eine Geschichte erzählen. Und die Stimmen der beiden Hauptdarstellerinnen, unglaublich!"

Ich strahle. Er versteht es. „Ja. Nur die Besten der Besten schaffen es an den Broadway. Hier gibt es nie eine schlechte Vorstellung. Zumindest habe ich noch nie eine gesehen."

Er stupst meinen Arm an. „Wie oft hast du *Wicked* gesehen?"

„Heute das zehnte Mal. Und ich würde es jede Woche sehen, wenn ich könnte. Nach dem Ende der Show soll ich heute ein paar der Darsteller treffen und Fotos mit ihnen machen."

„Oh, das hast du mir noch gar nicht erzählt. Ich werde sie bitten, mein Programm zu signieren."

„Klar doch." Ich beuge mich vor. „Und dann können wir zu meiner Wohnung fahren und da weitermachen, wo wir vorhin aufgehört haben."

Er lächelt und tippt mir auf die Nase. „Ralliges Tier."

„Schuldig im Sinne der Anklage." Ich lache. Niemand hat mich jemals als Tier bezeichnet.

Nach der Show, die unglaublich war, warten wir darauf, dass das Publikum geht, bevor wir hinter die Bühne schlüpfen, um die Darsteller zu treffen. Sie sind nach ihrem Auftritt aufgedreht, und es ist schön, alle wiederzusehen. Ich habe diese Besetzung schon dreimal gesehen.

Die Schauspielerin, die die gute Hexe spielt, signiert Garretts Programm, und ein Fotograf, den meine Publizistin angerufen hat, macht ein Bild von ihnen. Ich stelle mich zu ihnen, und er macht mehr Fotos. Als Nächstes kommt eine Aufnahme von uns mit der „wicked Witch" und dann mit der ganzen Besetzung.

„Wenn wir hier fertig sind, gehen wir alle zusammen aus", sagt Glinda, die gute Hexe (alias Laurie). „Wollt ihr euch mit uns treffen?"

Garrett legt einen Arm um mich. „Wenn ich ehrlich bin, kann Harper es kaum erwarten, mich zu ihrer Wohnung zurückzubringen."

Ich versetze ihm einen spielerischen Klaps auf die Brust und bin insgeheim froh, dass er nicht in die Partyszene eintauchen will. Ich will, dass er mich um meinetwegen will, nicht wegen des schillernden Drumherums.

„Ooh, Harp, sieht aus, als hättest du einen richtigen Mann an der Angel." Laurie leckt ihren Finger und macht ein zischendes Geräusch, als sie seine Schulter berührt.

Garrett lacht.

„Schön, euch alle zu sehen. Fantastische Show", sage ich. „Viel Spaß heute Abend!"

Ich gehe, aber nicht bevor ich sie „Dir auch, sexy Mama" singen höre.

Ich lache.

Garrett hält meine Hand und verschränkt seine Finger mit meinen, als wir uns mit Joe treffen und durch den Hintereingang hinausgehen. Keine Psychos oder Paparazzi, und wir schaffen es sicher ins Auto. Ich atme erleichtert auf.

„Ich kann verstehen, warum du die Show magst", sagt er. „Du bist die „wicked Witch", und deine Großmutter ist die gute Hexe."

Ich hole scharf Luft. Ich kann nicht fassen, dass er das

bemerkt hat. Es ist wahr. Ihre Leben sind miteinander verflochten, uneins, eine muss kämpfen, die andere segelt durch. Ich bin mir immer unzulänglich vorgekommen und konnte ihren strengen Maßstäben nicht gerecht werden.

„Was ist eigentlich mit deinen Eltern passiert?", fragt er sanft.

Er ist nicht nur äußerst intuitiv und einfühlsam, sondern interessiert sich auch sehr für mich. Das bringt mich dazu, über Dinge wie dieses reden zu wollen.

Ich flüstere ihm ins Ohr: „Ich erzähle dir meine Geschichte, wenn du mir deine erzählst. Aber nicht hier."

„Gerne. Meine Geschichte ist allerdings langweilig."

„Ha! Nichts Langweiliges daran, als Sohn eines Königs zur Welt zu kommen. Sind deine Schwägerinnen Prinzessinnen?"

Er blinzelt. „Das sind sie tatsächlich."

Ich sage nichts weiter. Wir wissen beide, warum ich gefragt habe. Wenn es zwischen uns gut läuft, könnte ich eines Tages eine Prinzessin sein. Ich würde nicht nein sagen, wenn ich eine Tiara tragen und im Palast in Villroy übernachten dürfte.

„Ich würde so gern zu diesem Regency-Ball gehen", gestehe ich.

„Du willst mich nur wegen Alice."

„Ein Zwei-für-eins-Deal."

Er lacht. „Das letzte Mal hat sie ihrer kleinen Tochter Sigourney dieses blaue Kleid angezogen, das wie eine Miniaturausgabe von ihrem war. Sie geht mit dem Ball aufs Ganze. Ich nehme dich das nächste Mal mit – unter einer Bedingung."

„Und die wäre?"

„Du musst versprechen, nicht zu vergessen, dass ich existiere, wenn du dein Idol triffst."

Pures Glück blüht in mir auf. „Ja." Ich werde vor Aufregung rot, doch dann erinnere ich mich an meine Großmutter.

„Ich kann aber nicht. Meine Großmutter erwartet, dass ich Weihnachten mit ihr verbringe, und sie ist schon ziemlich alt. Ich weiß nicht, wie viele Weihnachten ich noch mit ihr habe."

„Sie ist zäh wie ein Ochse. Sie kann mit dem königlichen Jet mitkommen. Ich wette, sie würde sich gut einfügen. Und sich ausgezeichnet mit meinem Vater verstehen."

„Vielleicht." Ich kann sie nicht aus egoistischen Gründen bitten zu reisen. Was ist, wenn sie krank wird? Es wäre meine Schuld.

„Klar, wir werden sehen, wo wir dann stehen."

Sobald wir wieder in der Privatsphäre meiner Wohnung sind, macht er es sich auf meinem Sofa bequem und klopft auf den freien Platz neben sich. „Geschichtenzeit", sagt er. „Du erzählst mir deine und ich dir meine."

Ich bin plötzlich nervös. Die Warnung meiner Großmutter ertönt in meinem Kopf: Zeige niemals Schwäche. Und dann die Stimme meiner Publizistin: Jeder, den du an dich heranlässt, muss eine Geheimhaltungserklärung unterschreiben. Ich erlaube mir, bei ihm verletzlich zu sein. Und ich muss mutig sein und damit weitermachen. Nur so kann ich wirklich eine Bindung zu diesem Mann aufbauen, von dem ich anfange zu vermuten, dass ich ihn liebe.

Ich setze mich zu ihm auf das Sofa und atme tief durch. „Nicht viel zu erzählen. Ich habe meinen Vater nie kennengelernt. Er war verheiratet und hatte eine eigene Familie." Ich schlucke schwer, überrascht, dass es mich nach all den Jahren immer noch stört, dass er mich nie anerkannt hat. „Meine Mutter hat mich sehr jung bekommen und hat mich als Neugeborenes in der Obhut meiner Großmutter zurückgelassen. Meine Großmutter ist ihre Mutter."

„Hat deine leibliche Mutter dich jemals besucht?"

Ich lächle schwach. Es ist nett von ihm, sie so zu bezeichnen. Sie hat sich jedoch nie wie eine echte Mutter angefühlt. „Nein. Ich glaube nicht, dass sie sich willkommen gefühlt hat. Ich glaube, meine Großmutter hat ihr Angst gemacht."

„Hast du jemals versucht, mit ihr in Kontakt zu treten?"

Ich gebe es nur ungern zu, weil es nur zeigt, wie wenig sie sich für mich interessiert. „Nein, ich hatte vor, es als Erwachsene zu tun, aber … sie hat sich bei mir gemeldet, als ich mit fünfzehn meine erste Show hatte. Wir haben uns in L.A. getroffen. Sie hat mich um Geld gebeten, und als ich nein gesagt habe, sagte sie, meine Großmutter hätte mich gegen sie aufgehetzt. Ich habe damals jeden Gehaltsscheck gespart, weil ich Angst hatte, gefeuert zu werden und nie wieder in der Branche zu arbeiten."

Er küsst mich. „Das tut mir leid."

In meinem Hals bildet sich ein Kloß. „Sprich mit niemandem darüber, okay? Das ist nur unter uns."

„Natürlich. Wem sollte ich es erzählen?"

„Es gibt viele Leute, die gutes Geld für Dreck über mich bezahlen würden."

„Harp, kennst du mich jetzt nicht besser?"

Ich blinzele Tränen zurück. „Manchmal fällt es mir schwer zu vertrauen. Ich versuche es, okay?"

„Alles, was du mir sagst, bleibt hier. Ich versuche nicht, irgendwas von dir zu bekommen, außer deiner … Gesellschaft."

„Was wolltest du gerade sagen?"

Er schüttelt lächelnd den Kopf. „Nein. Nicht die Zeit für schmutzige Scherze. Meine Geschichte ist simpel. Ich habe dir erzählt, dass mein Vater verbannt wurde. Danach war es aus meiner Sicht ein ziemlich normales Leben. Als ich geboren wurde, hat mein Vater für die Baufirma meines Onkels gearbeitet und sich um die finanzielle Seite gekümmert. Meine Mutter hat uns sechs Jungs großgezogen. Nachdem sie, wie du ja unschwer sehen kannst, Perfektion erreicht hatten, haben sie keine weiteren Kinder gezeugt." Er gestikuliert mit beiden Händen auf sich.

Ich lache. „Offensichtlich."

„Schließlich sind meine Brüder und ich in die Firma

gekommen, und unser Onkel hat uns das Handwerk beigebracht. Als er in den Ruhestand gegangen ist, hat er mir und
meinen Brüdern die Firma gegeben. Wir sind gleichberech-
tigte Miteigentümer. Meine älteren Brüder haben alle eine
Nische in *Rourke Management*, unserer neuen Immobilienent-
wicklungsfirma für sich gefunden. Für mich gab es keine. Ich
arbeite immer noch im Bautrupp. Sie waren zuerst der
Meinung, dass ich nicht genug Erfahrung für eine verantwor-
tungsvolle Position habe, und jetzt sind alle diese Positionen
besetzt." Er klingt bitter.

„Das ist das zweite Mal, dass du erwähnt hast, dass du
übergangen wurdest."

„Ja, ich habe in letzter Zeit viel darüber nachgedacht. Ich
bin plötzlich ehrgeizig und will mehr."

„Wie eine Schauspielkarriere."

„Ich kann nicht leugnen, dass das top wäre." Er lächelt
mich sexy an, seine großen Hände schieben mein Kleid hoch.
Er hebt mich hoch, um mich auf sich zu ziehen. „Aber jetzt
kommen wir zu den wichtigen Dingen."

Ich lege meine Arme um seinen Hals und küsse ihn,
erleichtert, dass das intime Gespräch vorbei ist. Das jetzt ist so
viel einfacher – nur sein Mund auf meinem, seine Hände, die
mich liebkosen.

Er steht mit mir um sich gewickelt auf und geht ins Schlafzimmer. Keine Worte mehr. Nur Leidenschaft. Ich rede mir
gut zu, dass ich mir keine Sorgen um seinen neu gefundenen
Ehrgeiz machen sollte. Ich darf das nicht zwischen uns
kommen lassen.

17

Harper

Ich bin nervös, so schrecklich nervös, fast wie Lampenfieber, während ich auf der Treppe vor dem Reihenhaus warte, in dem Garrett aufgewachsen ist. Kaum zu glauben, dass sechs Jungen in diesem kleinen Haus gelebt haben, besonders wenn sie so groß sind wie er. Ich kann mir nur die Teenagerjahre mit all dem Testosteron vorstellen – Schweiß, laute Stimmen, Fressmaschinen, die alles in Sichtweite vertilgen. Ich stelle mir seine Mutter als eine erschöpfte alte Frau vor. Als die Tür jedoch von einer schönen Frau in den Fünfzigern mit dunkelbraunem schulterlangem Haar, strahlend blauen Augen und glatter heller Haut, gekleidet in einen blassrosa Pullover, engen schwarzen Hosen und schwarzen Stiefeln, geöffnet wird, bin ich geschockt. Sie sieht aus, als könnte sie in einem Werbespot für Anti-Falten-Creme sein. Ich will all ihre Schönheitsgeheimnisse. Und das meine ich ernst.

„Hallo, willkommen!", ruft sie und tritt zurück, um uns hereinzulassen. „Ich freue mich so, dass ihr es zu Olivias besonderem Tag geschafft habt." Sie sagt „Olivia" extra laut. Das ist Dylans kleines Mädchen. Ich habe mir auf dem Weg die Namen seiner Verwandten eingeprägt. Musik spielt im

Hintergrund, was Fröhliches über einen Delphin. Kindermusik?

Ich gehe ins Haus, wo ein entzückendes Kleinkind, das eine silberne Glitzertiara und einen rosa Gymnastikanzug mit einem passenden Tutu trägt, im Wohnzimmer herumwirbelt. Sie strahlt ihre Großmutter an, entdeckt uns und rennt, um sich hinter dem Hosenbein eines älteren Mannes zu verstecken. Das muss Garretts Vater sein; Die Ähnlichkeit ist frappierend, obwohl Garrett viel muskulöser ist. Sie haben dieselben aquamarinblauen Augen, scharfen Wangenknochen und einen kantigen Kiefer.

Garrett stellt alle vor. Mr. und Mrs. Rourke begrüßen mich herzlich. Joe natürlich auch. Ich habe meinen Bodyguard für meinen Seelenfrieden mitgebracht. Ich wollte nicht, dass mir jemand hierher folgt oder ohne Einladung in ihr Haus kommt. Garrett hat mir gesagt, dass seine Eltern sich nicht an Joe stören würden, da im Palast Wachen die Norm sind. Sein Vater ist mit ihnen aufgewachsen.

„Dylan kommt später, wenn es Kuchen gibt", sagt Mrs. Rourke. „Ariana ist noch einen Tag mit den Zwillingen im Krankenhaus. Heute ist also für die große Schwester."

Garrett bedeutet mir, ihm zu folgen. Er hat ein Geschenk für Olivia mitgebracht. Er geht vor ihr in die Hocke, wo sie sich immer noch am Bein ihres Großvaters festklammert. „Fröhlichen Große-Schwester-Tag, Olivia! Das ist meine Freundin Harper." Er stellt das große Geschenk vor ihr auf den Boden.

Ich bücke mich auf ihr Niveau. „Hi! Du musst so aufgeregt sein, eine große Schwester zu sein."

Sie nickt und starrt das Geschenk mit dem mit bunten Luftballons bedruckten Geschenkpapier an.

Garrett deutet darauf. „Das ist von mir und Harper. Mach's auf."

Sie zieht am Papier, und ein kleines Stück löst sich. Ein

weiterer Riss für ein weiteres kleines Stück. Das kann eine Weile dauern.

Garrett steht auf, und ich schließe mich ihm an.

Mr. Rourke bleibt hinter Olivia stehen, die fleißig Stück für Stück ihr Geschenk auspackt. „Dylan will später mit dir über die Position des Crew Chief sprechen."

„Was meinst du?", fragt Garrett. „Das ist Jacks Job."

„Jack hat beschlossen, ein oder zwei Jahre mit dem neuen Baby zu Hause zu bleiben, während Riley Vollzeit arbeitet."

Garretts Augen weiten sich. „Ernsthaft? Und Dylan will, dass *ich* Crew Chief werde?"

„Natürlich."

„Aber was ist, wenn Jack zurückkommt?"

Mr. Rourke lächelt. „Wenn alles so weiterläuft, wie es das jetzt tut, gibt es genug Möglichkeiten, damit ihr alle wachsen könnt."

Garrett runzelt die Stirn und sieht nachdenklich aus. Ich kann ihn jetzt lesen. Es ist die Beförderung, die er sich immer gewünscht hat, doch er hat auch die Schauspielbranche, von der er hofft, darin Fuß fassen zu können, was bedeutet, dass er das Geschäft seiner Familie verlassen wird, genau dann, wenn sie ihn am dringendsten brauchen. Er hat mir gesagt, dass Jacks Frau bald das Baby bekommen wird.

Er atmet scharf aus und sieht Olivia an. „Brauchst du Hilfe?"

Sie schüttelt den Kopf, und ihre Tiara kippt nach vorn. Sie schiebt sie aus dem Gesicht und richtet sie mit beiden Händen auf ihrem Kopf aus. Ihr Haar ist dunkelbraun und wellig. Als Kind hatte ich meine Haare nie offen. General Joan meinte, meine wirren Locken müssten jederzeit ordentlich gezähmt sein. Pferdeschwanz oder Zöpfe.

„Wie alt ist sie?", frage ich.

„Zwanzig Monate", sagt Mr. Rourke. „Meine Frau und ich sehen Sie übrigens gerne in *Living Gold*. Sie war vorher schon ein großer Fan von *Capital Asset*."

„Danke. Das weiß ich zu schätzen." Garrett hat mich gut gelehrt, Komplimente anzunehmen. Ha!

Wir alle beobachten Olivia. Sie hat das Geschenkpapier in Konfetti verwandelt und versucht jetzt, den Karton zu öffnen, um an ihr Geschenk heranzukommen – ein Ballset, das aus einem Schaumfußball, Basketball und Fußball besteht.

„Mach auf, bitte", sagt sie und sieht zu uns Erwachsenen auf.

Mr. Rourke hebt den Karton hoch. „Ach, ist zugeklebt. Lass mich eine Schere holen, dann machen wir das ganz schnell auf."

In diesem Moment öffnet sich die Haustür, und ein gutaussehender Mann in einer schwarzen Lederjacke und Jeans kommt herein. „Wo ist mein großes Mädchen?"

„Daddy!", kreischt Olivia und rennt zu ihm. Das muss Dylan sein.

Meine Augen brennen, als ich ihre Wiedervereinigung beobachte. Er hebt sie hoch und umarmt sie. Sie schmiegt ihren Kopf an seine Schulter und hält ihn fest, ihr kleines Gesicht begeistert. Er wirft sie in die Luft, fängt sie und küsst sie auf die Wange. „Ich habe dich in den letzten zwei Nächten vermisst, Pumpkin. Hattest du Spaß mit Oma und Opa?"

„Oh ja", sagt sie. „Und mit Nonna und Nonno auch."

„Wow, haben sie sich alle für dich zusammengetan." Er setzt sie auf seine Hüfte. „Du musst ein ganz besonderes Kind sein." Er hebt eine Hand zum Gruß und kommt herüber, um ihm auf den Rücken zu klopfen.

„Ja", sagt sie. „Ich bin jetzt eine große Schwester. Ich helfe Maya und Eva." Sie rümpft die Nase und singt: „Sie sind noch Babys." Sie spricht sehr gut für ein Kleinkind in ihrem Alter. Aus irgendeinem Grund dachte ich, dass Kinder erst mit zwei Jahren vollständige Sätze sprechen können. Nicht, dass ich Erfahrung mit kleinen Kindern hätte.

„Sie haben eine tolle große Schwester." Ihr Vater setzt sie

ab, und sie rennt in die Küche, wo Mr. Rourke mit den Plastikbändern kämpft, die die Bälle zusammenhalten.

Er streckt mir seine Hand entgegen. „Hey, ich bin Dylan."

„Harper", sage ich und schüttle ihm die Hand. „Ich kenne dich von deinen Hochzeitsfotos auf Villroy. Das war ein ziemlich großes Ereignis."

Er lächelt, und seine blauen Augen funkeln. „Das war es. Ich der Kronprinz, nur, dass ich es nicht bin. Wie auch immer, war eine schöne Familienzusammenführung da. Und Josie erzählt mir, dass es ihr einen Riesenspaß macht, mit dir am Set von *Living Gold* zu arbeiten. Witzige Show."

„Danke." Ich überkreuze meine Finger und halte sie hoch. „Hoffen wir nur, dass genug Zuschauer deiner Meinung sind." Die Ratings waren nicht großartig, aber laut meinem Agenten ziehen es viele Zuschauer unseres Kanals vor, die ganze Saison auf einmal anzusehen, sobald alles abgeschlossen ist. „Ich werde es in der ersten Novemberwoche wissen, ob es eine zweite Staffel geben wird."

Garrett runzelt die Stirn. „Klopf auf Holz, aber weißt du, was du tun wirst, wenn nicht? Würdest du in der Gegend bleiben?"

Dylan entschuldigt sich, geht zu seiner Tochter in die Küche und drückt seinem Vater die Schulter, bevor er zur Spüle geht, um seiner Tochter ein Glas Wasser zu holen. Was für ein liebevoller Vater. Wie anders wäre mein Leben gewesen, wenn ich zwei liebende Eltern gehabt hätte wie Olivia? Garrett hatte das auch. Vielleicht hätte ich nicht das Bedürfnis gehabt, in eine fiktive Rolle zu fliehen oder in jungen Jahren so weit weg zu reisen. Ich schüttle den Gedanken ab. Ich bin mit meiner Arbeit zufrieden. Und meine Kindheit hat mir den Antrieb gegeben, dorthin zu gelangen, wo ich heute bin. Es ist gut so.

Garrett nimmt meine Hand und führt mich zu einem dunkelblauen, bequemen Sofa.

„Harp?"

Ich schlage meine Beine übereinander und drehe mich zu ihm um. „Ja?"

„Du hast meine Frage nicht beantwortet. Würdest du in der Gegend bleiben, wenn *Living Gold* nicht fortgesetzt wird?"

„Wenn es Arbeit für mich gibt, ja. Ich hoffe, dass das mit der Regiearbeit klappt, aber ich weiß es nicht. Ich muss dorthin, wo die Arbeit ist. Aber das weißt du ja von Josie."

„Stimmt. Ich housesitte oft genug für sie." Er drückt meine Hand. „Ich hoffe, wir lassen den Kontakt nicht abreißen, wenn wir getrennt sein müssen."

Meine Brust zieht sich zusammen. Er sagt einfach, was er denkt. Ich weiß nicht einmal, was ich darauf antworten soll. „Danke."

Mrs. Rourke öffnet eine Tür in der Küche. „Alle herkommen!" Sie sieht mich an. „Hat Ihnen jemand einen Drink angeboten?"

Garrett springt auf. „Ich mach das."

Ich folge ihm in die Küche. Leute strömen aus dem Keller und drängen sich in der Küche um die Insel. Was haben die da unten gemacht? Ich habe nichts gehört. Natürlich ist die Kindermusik laut, und ich war abgelenkt von den Menschen, die ich getroffen habe.

Garrett arbeitet sich durch den Raum und stellt mich seinen Brüdern und ihren Frauen vor, aber es gibt eine Frau, die keiner Vorstellung bedarf.

„Eine von uns, eine von uns", trällert Josie und ihre blauen Augen tanzen, bevor sie ihre Arme um mich schlingt. „Ganze zwei Tage, seit wir uns gesehen haben! Was gibt's Neues?"

Ich lache. „Nicht viel. Wir haben gestern *Wicked* gesehen, und jetzt bin ich hier. "

„Oh, ich liebe *Wicked*. Aber meine Traumrolle ist Dolly in *Hello, Dolly*. Was ist deine Traumrolle am Broadway?"

„Elphaba in *Wicked*, aber ich habe nicht die Stimme dazu."

Sie neigt den Kopf. „Wirklich? Ich habe dich mir immer als Marian Paroo, die Bibliothekarin aus *The Music Man*, vorgestellt." Sie dreht sich zu Garrett um. „Sie hat diese Süße. Marian entwickelt sich von der strengen Bibliothekarin zu einer vertrauensvolleren, glücklicheren Frau."

„Warum? Weil ich Bücher liebe?", frage ich.

Josies Augen tanzen amüsiert. „Mh-hmm."

Ich fülle die Lücke aus. „Weil ich verspannt und misstrauisch bin. Boah, danke."

Garrett deutet auf Josie. „Volltreffer." Er legt einen Arm um meine Taille. „Du solltest für diese Rolle vorsingen."

Ich presse meine Lippen aufeinander. „Ich werde mich gleich dran machen."

„Im Ernst", sagt er.

Ich drehe mich zu ihm um und bemühe mich, mein Temperament zu zügeln. „Man entscheidet nicht einfach, dass man eine Rolle spielen will. Sie muss gerade besetzt werden, sie muss mit meinem Zeitplan funktionieren, und der Castingboss muss der Meinung sein, dass ich sie spielen kann." *Und ich bin nicht verspannt und misstrauisch. Auf jeden Fall nicht verspannt, und ich bemühe mich sehr, nicht misstrauisch zu sein. Weißt du nicht, wie verletzlich ich mir bei dir zu sein erlaubt habe?*

Er runzelt die Stirn. Ich vergesse immer wieder, wie sehr wir auf einer Wellenlänge sind.

„Mach es einfach", sagt Josie. „Natürlich nur, wenn du es willst. Ich habe dich mir einfach nur so vorgestellt. Also ..." Sie verzieht das Gesicht. „*Living Gold* sieht kritisch aus. Ich fand es so gut, aber vielleicht kommt es beim Publikum einfach nicht richtig an. Die Ratings sinken von Woche zu Woche."

Mein Magen dreht sich langsam, aber ich zeige mich optimistisch. „Mein Agent sagt, ich soll einfach abwarten. Die Bingewatcher könnten die Show retten."

„Ich schaue mir gerade ein paar Skripte an, die Claire mir geschickt hat", sagt sie.

„Cool." Ich habe keine bekommen.

Sie spürt sofort mein Unbehagen. „Sie ist wie ein Mentor für mich. Hey, ich könnte dein Mentor sein. Würde dir das gefallen?"

Wie kann ich da nein sagen? Nur, weil ich älter bin und länger gearbeitet habe. Sie hatte anständige Rollen in zwei Filmen, und ich hatte nur kleine Nebenrollen. Vielleicht *sollte* sie meine Mentorin sein. „Klar."

Sie drückt meinen Arm. „Oh, das hat sich gerade angehört, als wäre ich ziemlich von mir eingenommen, oder?" Sie bedeutet Garrett, sich zurückzuziehen, und legt ihren Arm um meine Schultern. „Ich will nur, dass du weißt, dass ich für dich da bin, egal, was du brauchst, okay?"

„Absolut, danke." Meine Knie geben plötzlich nach, und ich keuche. Ein Fußball ist gerade in meinen Kniekehlen gelandet.

Olivia eilt an mir vorbei, tritt danach und kickt ihn durch die Küche.

„Mach das draußen, junge Dame", bellt Mr. Rourke. „Wer will mit Olivia Fußball spielen?"

Alle Männer folgen ihr aus der Tür. Beeindruckend. Eine ganze Horde männlicher Männer folgt einem Kleinkind in den Garten.

„Ist schließlich ein perfekter Herbsttag", sagt Mrs. Rourke. „Lass uns draußen auf dem Deck sitzen. Ich hole das Gemüse."

Sobald ich mich mit den Damen auf der Terrasse niedergelassen habe, amüsiere ich mich tatsächlich, plaudere und esse Gemüse mit Ranch-Dip. Becca und Riley sind beide schwanger und unterhalten sich darüber. Riley hat Ende des Monats den Geburtstermin. Bei Becca kann man es noch nicht einmal sehen. Sie ist groß und dünn, also hat das Baby derzeit wohl Platz, sich ungesehen auszubreiten.

Wir unterhalten uns und sehen zu, wie sieben erwachsene Männer – darunter Joe – einem Kleinkind mit einem Schaumstoff-Fußball hinterherlaufen und jubeln, als sie ihn in ein kleines Tor kickt, das jemand im Keller gefunden hat. Sie gewinnt.

Die Nachbarn kommen vorbei, die Bianchis, die, wie sich herausstellt, Olivias Großeltern sind. Dylan hat das Mädchen von nebenan geheiratet. Ich bin so neugierig, seine Frau kennenzulernen. Ihre Mutter ist sehr direkt und offen, ihr Gesicht wird von einem dunkelbraunen Pony und einer großen Brille dominiert. Ihr Vater ist ruhig und lächelt viel.

Mrs. Rourke stellt mich ihnen vor.

„Die Schauspielerin", sagt Mrs. Bianchi. „Jetzt haben wir zwei Superstars in der Familie. Bald ziehen sie alle nach Hollywood."

„Ich bin kein Superstar", sage ich, insgeheim geschmeichelt, dass sie das glaubt. Hollywood hat mir diesen Status noch nicht gewährt.

„Natürlich bist du das", sagt sie. „Ich habe dich in zwei beliebten TV-Shows gesehen. Kannst du mir helfen, die Manicotti reinzutragen?" Sie balanciert zwei abgedeckte Platten.

„Sicher", sage ich, überrascht, dass sie mich gefragt hat, nachdem wir uns gerade erst kennengelernt haben. Ihr Mann trägt einen mit Folie verschlossenen Krug mit Wasser, in dem Obstscheiben schwimmen.

Ich folge ihr ins Haus.

Sie spricht über ihre Schulter mit mir. „Ich habe das gesunde Wasser mitgebracht. Ich muss ein paar zusätzliche Vitamine für all die schwangeren Frauen hier einschleichen. Meine Tochter sagt, die Zwillinge sind ihre letzten, aber es mangelt nicht an Enkelkindern, die ich jetzt verwöhnen kann, da auch die jüngeren Rourke-Söhne Familien gründen. Wir sind alle Familie hier."

„Das ist wirklich schön."

Ich stelle die warme Platte auf die Kücheninsel.

Sie nimmt ein paar Plastikteller und fängt an, mit einem großen Spatel Manicotti zu verteilen. „Also ist es ernst zwischen dir und Garrett?"

Ich verschlucke mich fast an meiner Spucke. Das hätte ich vielleicht von Garretts Mutter zu hören erwartet, nicht von seiner *Nachbarin*. „Ich weiß nicht." Wo ist Garrett?

„Mh-hmm. Wie lange seid ihr schon zusammen?"

Ich werfe einen Blick zur Hintertür und wünsche mir, dass Garrett bemerkt, dass ich gerade von seiner Nachbarin verhört werde. „Äh, wir haben uns vor einem Monat kennengelernt, aber ich denke, man könnte sagen, wir daten offiziell seit ..." Ich verstumme, unsicher, wie ich ihr erklären soll, dass wir „Dates unter Freunden" hatten, die rückblickend betrachtet schon echte Dates waren, nur ohne danach im Bett zu landen.

Sie fixiert mich mit einem wissenden Blick. „Ich bin auf dem neuesten Stand, was das Daten angeht. Meine eigene Tochter hat in Sünde gelebt, bevor Dylan eine ehrliche Frau aus ihr gemacht hat. Es hat geklappt, wer würde es also wagen zu sagen, dass es falsch ist? Es sei denn, du fragst Pater Richards." Sie nimmt gekonnt eine große Portion Manicotti und schaufelt sie auf einen Teller. „Nun, Josie zieht viel für die Arbeit herum. Habt ihr schon darüber gesprochen, was das für dich und Garrett bedeuten wird?"

Ich schlucke. *Wird sie über all das mit Mrs. Rourke sprechen?* „Äh, er sagt, er hofft, dass wir den Kontakt nicht abreißen lassen."

Sie lächelt. „Er ist ein ganz Süßer. Du weißt das, oder?" Sie wartet auf mein Nicken, bevor sie fortfährt. „Das war er immer, obwohl er versucht, es mit seinen großen Muskeln zu verbergen. Er ist der einzige, der seiner Mutter regelmäßig Nachrichten schreibt, um sie auf dem Laufenden zu halten. Wir wussten in dem Moment davon, als er dich das erste Mal getroffen hat."

Meine Wangen werden warm. „Oh. Das ist nett." *Ich kann*

nicht fassen, dass er seiner Mutter erzählt hat, dass er mich getroffen hat! So süß.

Sie zeigt mit ihrem Spatel auf mich. „Wenn du es nicht ernst meinst, solltest du ihn gehen lassen. Er will eine Familie gründen, wie seine Brüder. Sechsundzwanzig ist alt genug, um eine Familie zu gründen. Wie alt bist du?" Sie hebt den Kopf, und ihre dunkelbraunen Augen leuchten vor Neugier durch ihre Brille.

„Achtundzwanzig", antworte ich automatisch, obwohl ich nicht gerne über mein Alter spreche. Es kann für eine Schauspielerin einschränkend sein.

„Willst du mal Kinder haben?"

Ich starre flehentlich zur Hintertür. *Garrett !!! SOS!* „Ich weiß nicht", murmle ich.

„Warte nicht zu lange. Ariana hat erst mit einunddreißig angefangen. Diesmal war sie schlau. Sie hat diese neuen Ovulationstests benutzt, und es hat ganz schnell geklappt. Natürlich hilft es, dass die Rourke-Männern vor Manneskraft strotzen."

Ich platze fast heraus, dass ich die Pille nehme, doch dann blinzle ich, denn das geht sie überhaupt nichts an. *Warum verhört mich diese Frau? Hilfe! Ich werde sie jetzt jeden Moment einfach stehen lassen.*

Mrs. Rourke kommt herein. „Ich bin hier, um zu helfen."

Ich seufze erleichtert. Der Rest der Familie kommt hinter ihr her. Mein Verhör ist vorbei, Gott sei Dank. Ich helfe dabei, die Teller mit den Manicotti zu verteilen, und alle gehen zum Esstisch. Ich folge als Letzte mit Mrs. Rourke.

„Mögen Sie moderne Kunst?", fragt sie mich und deutet auf ein Gemälde an der Wand. Es ist wirklich hässlich – lila und rote Kritzeleien mit einem grellgelben Farbfleck in der Mitte. „Garrett hat es uns gegeben."

Garrett ruft vom Tisch herüber: „Es war ein Geburtstagsgeschenk, das Jack Con gegeben hat, doch er hat es bei mir gelassen. Ich stehe nicht auf Moderne Kunst."

„Es ist ungewöhnlich", sage ich diplomatisch.

Mrs. Rourke lächelt und bewundert es. „Ein bekannter Künstler hat es gemalt. Wer weiß, eines Tages könnte es etwas wert sein."

Mrs. Bianchi tritt hinter uns und betrachtet das Gemälde. „Ehrlich gesagt sehe ich den Reiz nicht. Ich würde keinen Cent dafür bezahlen."

Mrs. Rourke lächelt und geht weiter zum Esstisch.

Ich schließe mich ihr an. Alle reden und lachen, außer Jack, der mürrisch aussieht und immer wieder Blicke auf das Gemälde wirft. Er war der ursprüngliche Besitzer des Gemäldes und hat es für Con gekauft. Nachdem ich meine Manicotti aufgegessen habe, überwältigt mich die Neugier.

„Jack, würdest du das Bild zurückwollen?", frage ich. „Du hast es jemandem geschenkt, und dann wurde es weiterverschenkt, also hast du vielleicht gehofft ..."

Er blickt finster und streicht sich sein zerzaustes dunkles Haar zurück. „Ich habe nicht gehofft."

„Wer ist wieder der Künstler, Sweetheart?", fragt Riley. Seine schwangere Frau kneift die Augen zusammen. Es liegt eine gewisse Spannung in der Luft.

„Du würdest ihn nicht kennen", murmelt er.

„Ich würde es gerne wissen", sagt Mrs. Rourke. „Garrett wusste den Namen nicht. Von wem ist es, Jack?"

„Ich könnte ihn nachschlagen", sagt Mr. Rourke. „Vielleicht sollten wir es einem Museum spenden."

Mr. und Mrs. Rourke gehen zu dem Gemälde an der Wand im Wohnzimmer und betrachten es angestrengt.

„Es ist nicht signiert", sagt Mr. Rourke. „Vielleicht auf der Rückseite." Er will das Gemälde von der Wand nehmen, doch Jack eilt zu ihm und hält ihn auf.

„Fass es nicht an!"

„Was ist los?", fragt Mr. Rourke.

„Glaubst du, es könnte den Wert beeinträchtigen?", fragt Mrs. Rourke.

Mrs. Bianchi schließt sich ihnen kopfschüttelnd an. „Ich glaube nicht, dass irgendwas es weniger wertvoll machen könnte. Es sieht so aus, als hätte jemand Farbe von einem besseren Stück verschüttet, an dem er oder sie gearbeitet hat. Entweder das, oder ein Kleinkind hat es gemacht. Nichts für ungut, Olivia."

Olivia rennt auf sie zu, als sie ihren Namen hört, und ihr Vater folgt ihr.

Bald haben sich alle im Wohnzimmer niedergelassen und starren auf das Gemälde. Riley setzt sich auf das Sofa und seufzt. „Jack, sag es ihnen einfach. Es geht schon lange genug."

Er reibt sich den Nacken und sieht zu ihr hinüber. „Ry, bitte."

„Was, Jack?", fragt Mrs. Rourke mit einem Lächeln. „Hast du viel dafür bezahlt? Ich gebe es dir zurück, wenn du willst."

„Er hat tief gegraben dafür", sagt Riley.

Jack wirft ihr einen finsteren Blick zu.

„Oh, Jack, ich hatte keine Ahnung", sagt Mrs. Rourke. „Meine Güte. Vielleicht sollten wir es verkaufen und dann den Erlös für die Ausbildung deiner Kinder sparen."

Jack schließt die Augen. „Es ist Müll, okay?" Er öffnet die Augen, sein Ausdruck spiegelt reines Elend wider. „Ich habe es aus dem Müll gezogen und Con als Geburtstagsgeschenk gegeben. Es sollte ein Streich sein. Er hat es ernst genommen und an seine Wand gehängt."

„Linker Hund", sagt Con amüsiert. „Ich habe jahrelang auf dieses schreckliche Ding an der Wohnzimmerwand starren müssen."

Jack lacht und hält angesichts des Blicks seiner Mutter abrupt inne. „Also hat Con es bei Garrett gelassen, der es euch aufs Auge gedrückt hat."

Mrs. Rourke spricht durch die Zähne. „Ich dachte, sie

wüssten Kunst einfach nicht zu schätzen. War es wenigstens im Müll eines Künstlers?"

Jack hebt eine Schulter. „Ich weiß nicht. Ich habe es auf der Straße gefunden. Ich meine, ich bezweifle es. Tut mir leid. Ich werde es in den Müll bringen, wo es hingehört." Er nimmt es von der Wand und geht damit zur Hintertür hinaus.

Garrett beugt sich zu mir herüber. „Jack ist der König der Streiche. Ich glaube nicht, dass ich jemals gehört habe, dass er sich für einen entschuldigt hat."

„Ich wusste es!", kräht Mrs. Bianchi in die angespannte Stille. „Habe ich nicht gesagt, dass es Müll ist?"

„Nein, du hast nicht Müll gesagt", schnaubt Mrs. Rourke.

Mrs. Bianchi gestikuliert ausladend. „Ich habe gesagt, es ist nicht viel wert. Als hätte ein Kleinkind seinen Saft darauf verschüttet und dann drüber gepieselt."

„Das hast du *nicht* gesagt", sagt Mrs. Rourke heiß.

„Ich kenne mich mit Kunst aus, Tara", sagt Mrs. Bianchi selbstgefällig. „Weißt du, jeder glaubt, einen guten Geschmack zu haben, aber nur wenige tun es wirklich."

Mrs. Rourke hebt das Kinn. „Ich habe Kunstgeschichte studiert, falls du das vergessen hast."

Mrs. Bianchi winkt ab. „Ich bin sicher, dass diese alten Stücke leicht zu bewerten sind. Für moderne Kunst braucht es ein besonderes Auge." Sie tippt an die Seite ihrer Brille.

Die beiden Frauen streiten sich immer lauter darüber, wer mehr über Kunst weiß, und kommen davon irgendwie dazu, wer den besseren Beitrag zum Thanksgiving-Dinner der Kirche für Obdachlose geleistet hat.

Jack kehrt gerade zurück, als ihr Streit über den Wert von Street Art seinen Höhepunkt erreicht, von der Mrs. Rourke sagt, dass es immer noch Kunst ist, und Mrs. Bianchi der Meinung ist, dass es schlicht und einfach ein Verbrechen ist. Junge, es war nicht viel nötig, um diese beiden in Fahrt zu bringen. Ich tausche einen Blick mit Garrett aus, der mit den Schultern zuckt und mir dann ins

Ohr flüstert: „Es hat mal eine Fehde gegeben. Ich werde es dir später erklären."

Jack eilt zu den Frauen, die immer noch an der Stelle an der Wand stehen, wo eben noch das Gemälde gewesen war, und hebt seine Hände. „Bitte sagt mir, dass ich den Krieg nicht mit diesem Gemälde neu gestartet habe."

„Welchen Krieg?" Mrs. Bianchi wirft die Hände hoch. „Es hat nie einen Krieg gegeben. Es gab nur Leute, die fälschlicherweise beschuldigt wurden, und Leute, die die Beschuldigungen erhoben haben."

Mr. Rourke unterbricht in einem autoritären Ton. „Meine Damen, ich glaube nicht, dass wir altes Gezanke wieder aufwärmen müssen."

Mrs. Bianchi deutet auf Mrs. Rourke. „Ich habe ihr einen Servierlöffel geschenkt, um wiedergutzumachen, was passiert ist." Sie verschränkt die Arme und nickt. „In dem Moment, als ich wusste, dass wir für immer durch unsere Kinder aneinander gebunden sein würden, habe ich das Ehrenhafte getan. Ich habe den Löffel, von dem sie behauptet hat, ich hätte ihn gestohlen, gekauft und eingewickelt und das damit aus der Welt geschafft." Sie wirft Mrs. Rourke einen finsteren Blick zu. „Mein Zeichen guten Willens wurde mit weniger als herausragender Begeisterung aufgenommen." Sie tätschelt ihre Haare. „Genug gesagt."

„Du hast damals das Muster gelobt!", ruft Mrs. Rourke empört. „Ich weiß, dass du weißt, von welchem Löffel ich spreche –"

„Mom", sagt Jack laut.

„Was?"

„Ich war es."

Sie runzelt die Stirn. „Was warst du?"

Er seufzt. „Ich habe den Servierlöffel gestohlen."

Mrs. Rourke schüttelt den Kopf. „Jack, das ist so lange her, du warst nicht älter als ..."

„Fünf", sagt er.

Mrs. Bianchi lächelt selbstzufrieden. „Ich bin überhaupt nicht überrascht. Ich habe dir immer gesagt, dass ich kein Dieb bin."

Mrs. Rourke neigt verwirrt den Kopf, während sie Jack anstarrt. „Du sagst also, als du fünf Jahre alt warst, hast du meinen Servierlöffel beim Potluck bei den Bianchis gestohlen? Das war ein großer Löffel. Wieso habe ich dich nie damit gesehen?"

Er fährt sich mit der Hand über das Gesicht. „Ich habe ihn in einer Kiste im Keller versteckt. Ich fand es lustig zu sehen, wie sich alle gefragt haben, wo er war. Woher sollte ich wissen, dass es zu einem jahrzehntelangen Krieg zwischen euch beiden führen würde?"

Seine Frau Riley meldet sich. „Er war zu feige, um nach all der Zeit etwas zu sagen. Vergesst nicht, dass er mit einem unreifen fünfjährigen Gehirn gedacht hat."

Mrs. Rourke blickt finster drein. „Und sich wahrscheinlich heimlich jahrelang ins Fäustchen gelacht hat. Oh, Jack!" Sie wendet sich Mrs. Bianchi zu. „Ich hatte keine Ahnung. Ich weiß nicht einmal, was ich sagen soll. Die ganze Zeit –"

Mrs. Bianchi drückt ihre Schulter. „Du brauchst nichts zu sagen. Wir sind jetzt eine Familie." Sie streckt die Hand aus, und Mrs. Rourke nimmt sie. „Jetzt lass uns deinen Servierlöffel finden." Sie sieht Jack an. „Komm, du Schlawiner, du zeigst uns, wo er ist. Und dann kannst du nächstes Wochenende meinen Keller aufräumen, um es wiedergutzumachen."

„Meinen auch", sagt Mrs. Rourke.

Jack lässt die Schultern hängen, doch dann hellt sich seine Miene auf. „Ich kann nicht. Mein Baby kommt bald. Riley braucht mich."

Riley lächelt. „Wir haben ein paar Wochen Zeit, Babe. Ich komme schon ohne dich zurecht."

Jack wirft ihr einen finsteren Blick zu, bevor er sein Schicksal akzeptiert und den beiden Frauen hinaus folgt.

Sobald sich die Tür hinter ihnen schließt, witzelt Garrett „Das war ein klassischer Jack" und alle lachen.

Kurze Zeit später kehrt Mrs. Rourke zurück und hält triumphierend den Servierlöffel in die Luft.

„Es ist ein wunderschönes keltisches Muster", sagt Mrs. Bianchi.

Mrs. Rourke wäscht den Löffel ab, legt ihn in die Schublade und schließt sie mit einem Seufzer, dann dreht sie sich zu uns um. „Zeit für den Große-Schwester-Kuchen!"

18

Garrett

Ich liege erledigt in Harpers Bett und versuche, zu Atem zu kommen. Sie hat sich auf mich gestürzt, sobald wir wieder in ihrer Wohnung waren, und jetzt danach – glücklich und entspannt wie ich bin – habe ich ein ziemlich gutes Gefühl dabei, wie es zwischen uns läuft. Sie scheint meine Familie amüsant zu finden, was besser ist, als wenn sie sie für verrückt gehalten hätte. Da sie sich wohlgefühlt hat, sind wir lange geblieben und hingen mit allen zusammen. Ich denke, meine Familie mag sie, was in einer Familie wie meiner wichtig ist, da wir bei der Arbeit und zu fast jedem Anlass so viel Zeit zusammen verbringen.

Und Dylan hat mich beiseitegenommen, um mir eine Beförderung zum Crew Chief anzubieten und eine Gehaltserhöhung obendrauf. Er sagt, es sei längst überfällig gewesen und dass er gehofft hatte, Jack früher ins Projektmanagement gehen lassen zu können, doch es hat einfach nicht früher gepasst. Es bedeutet mir viel. Ich hätte erwähnen sollen, dass ich mich übergangen gefühlt habe, doch als ich mehr Erfahrung hatte, habe ich mir immer wieder eingeredet, dass sie jemanden wie mich brauchen, jemanden bei dem sie sich darauf verlassen können, dass die Arbeit richtig gemacht wird. Es scheint, dass mein großer Bruder wie immer ein Auge auf mich gehabt hat. Ich habe die Position natürlich angenommen. Schauspielerei ist immer noch ein Nebending. Doch wenn es darum geht, eine große Rolle als Schauspieler zu übernehmen oder bei meiner Familie zu bleiben, würde es mir schwerfallen, mich zu entscheiden. Meine Loyalität zu meiner Familie reicht tief, und endlich weiß ich, dass sie mich wirklich brauchen.

Harper regt sich an meiner Seite. Süße Harper. Vielleicht ist es ein guter Zeitpunkt, ihr zu sagen, wie viel sie mir bedeutet.

Ich rolle mich auf die Seite und streichle ihr die Haare aus dem Gesicht. „Harp, ich wollte nur sagen –"

Sie springt auf und schlägt sich die Hand vor den Mund.

„Harp?"

Sie rennt ins Badezimmer und schlägt die Tür hinter sich zu. Es folgen die deutlichen Würgegeräusche. Mein eigener Magen dreht sich vor Mitgefühl um.

Ich gebe ihr ein paar Minuten, bevor ich aufstehe, meine Boxershorts anziehe und an die Tür klopfe. „Bist du okay?"

„Alles gut", sagt sie. Noch mehr Würgen.

Ich verziehe das Gesicht. Ich wusste es, „Alles gut" ist nie gut.

Ich höre die Toilette spülen und dann Wasser laufen. Als sie die Tür öffnet, ist sie kreidebleich, und ihre Augen sind glasig. „Könnte eine Lebensmittelvergiftung sein. Diese Manicotti …"

„Ich hatte die auch, und mir geht's gut."

Sie tätschelt meinen Arm und geht an mir vorbei. „Ich geh wieder ins Bett."

Ich folge ihr und setze wieder dort an, wo ich unterbrochen worden war. „Heute Abend war wirklich was Besonderes –"

„Oh Gott." Sie rast auf dem Weg ins Badezimmer an mir

vorbei, knallt die Tür zu, schließt sie ab und schaltet den Ventilator ein.

Das ist besorgniserregend. Was, wenn sie da drin umkippt? Würde sie sich überhaupt von mir helfen lassen? Das Schloss ist so eins, das man mit einem Stück Draht oder einer Büroklammer öffnen kann, wenn es sein muss.

„Ruf mich, wenn du mich brauchst", sage ich durch die Tür.

„Bitte geh weg. Oder noch besser, geh nach Hause. Ich brauche keine Zeugen. Das ist widerlich."

„Ich kann mich um dich kümmern."

„Ich kann auf mich selbst aufpassen."

„Ich bleibe."

Stille.

Ich gehe zurück ins Bett. Aber ich schlafe nicht. Ich lausche, ob ich sie fallen höre oder ob sie nach mir ruft. Vielleicht kommt sie ja irgendwann einfach raus und legt sich wieder ins Bett.

Nachdem ich kurz geschlafen habe, wache ich schließlich um drei Uhr morgens auf und klopfe an die Badezimmertür. Keine Antwort.

Ich suche nach etwas, um das Schloss zu öffnen. Ich finde eine Büroklammer auf einem Drehbuch auf ihrer Kommode. Das wird gehen. Ich biege sie auf, schließe die Tür auf und öffne sie langsam.

Sie schläft auf dem Boden vor der Toilette in ein großes Badetuch gewickelt. Armes Ding.

Ich hebe sie auf, und sie stöhnt im Schlaf. Ich lege sie wieder ins Bett. Ihre Haut ist klamm. Ich decke sie zu und stelle den kleinen Mülleimer aus dem Bad neben ihre Seite des Betts, falls sie ihn braucht.

Um sechs wacht sie auf und übergibt sich in den Mülleimer. Danach lässt sie sich auf die Matratze fallen. Ich stehe auf und nehme den Mülleimer, um ihn in die Toilette zu leeren.

„Was machst du noch hier?", krächzt sie, als ich zurückkomme. „Wenn es keine Lebensmittelvergiftung ist, steckst du dich womöglich bei mir an. Vielleicht eine Art Magengrippe."

„Ich bin sicher, wenn es ein Virus ist, habe ich mich schon angesteckt." Ich bringe den Mülleimer mit einer neuen Tüte darin, die ich unter dem Waschbecken gefunden habe, wieder an ihr Bett. Die Tüte riecht nach Zitrone.

Sie winkt mich schwach weg. „Ich will nicht, dass du mich so siehst."

„Du bist nur krank. Ansonsten dieselbe alte Harp."

„Garrett, du bist ein Heiliger", murmelt sie, bevor sie einschläft.

Ich hole mein Handy und google, was ich gegen Magengrippe oder Lebensmittelvergiftungen tun kann, nur um sicherzugehen. Normalerweise würde ich meine Mom anrufen, aber es ist zu früh dazu. Da meine Mutter sie kennt, würde sie sicher vorbeikommen und sich persönlich um Harper kümmern wollen. Sie ist sehr praktisch veranlagt und schreckt auch nicht bei den harten Sachen zurück. Sie hat mit mir und meinen Brüdern viele Krankheiten, Knochenbrüche und blutige Wunden überstanden. Manchmal denke ich, sie wäre eine gute Notärztin geworden. Nichts macht ihr Angst.

Der Wecker auf Harpers Nachttisch geht eine Stunde später los, und sie wacht auf, setzt sich auf und stöhnt dann. „Alles dreht sich."

Ich helfe ihr, sich wieder hinzulegen. „Du hast dich zu schnell aufgesetzt."

Sie stöhnt. „Schalt das aus."

Ich greife über sie und schalte den Wecker aus.

„Ich muss zur Arbeit", sagt sie.

„Du bist krank."

„Nein, mir geht's besser." Aber sie bewegt sich nicht.

„Du bist geschwächt. Du hast dir die ganze Nacht die Seele aus dem Leib gekotzt."

„Nicht nur das. Ich glaube, ich habe über Nacht zehn Pfund abgenommen. Ich muss mir wenigstens die Zähne putzen."

„Ich helfe dir ins Badezimmer. Mach ganz langsam."

Ich gehe um das Bett herum, um ihr zu helfen, sich langsam aufzusetzen. „Sag Bescheid, wenn du denkst, dass du aufstehen kannst. Ich will nicht, dass du ohnmächtig wirst."

Ein paar Augenblicke später sagt sie: „Mir geht's gut." Ich helfe ihr aufzustehen und führe sie ins Badezimmer. Sie holt ihre Zahnbürste und Zahnpasta aus dem Medizinschrank, doch bevor sie die Zahnbürste in den Mund stecken kann, übergibt sie sich ins Waschbecken.

Ich halte ihre Haare zurück und lege eine Hand auf ihre Stirn, damit sie nicht gegen den Wasserhahn kracht.

Als sie fertig ist, spült sie das Waschbecken aus. Dann spült sie ihren Mund.

„Du wirst nicht arbeiten gehen", sage ich. „Du meldest dich krank."

„Ich kann nicht krank machen. Die Leute am Set verlassen sich auf mich. Die Besetzung, die Crew, die Autoren. Heute lesen wir."

Ich führe sie zurück zum Bett. „Was genau macht ihr da?"

„Alle versammeln sich, um das Drehbuch durchzulesen. Die Crew macht sich Notizen auf der technischen Seite; die Autoren machen sich Notizen darüber, was funktioniert und was nicht. Sie überarbeiten das Skript direkt danach. Sie brauchen mich." Sie fällt ins Bett.

„Ich werde Josie anrufen, und sie wird es erklären."

„Gib mir nur eine halbe Stunde", sagt sie schwach. „Ich bin zäh. Ich schaffe das schon."

„Hat dir jemals jemand gesagt, du sollst aufhören, die Zähe zu spielen?"

„Nein. Ich bin so müde." Sie rollt sich auf die Seite.

„Willst du alle Schauspieler, die Crew und die Autoren anstecken?"

Sie seufzt. „Nein."

„Dann melde ich dich krank. Ist wahrscheinlich so eine 24-Stunden-Sache. Laut Internet sind die meisten Magenviren danach ausgestanden."

„'kay."

Ich lasse sie im Bett ruhen und ziehe die Vorhänge des Schlafzimmers zu. Dann gehe ich ins Wohnzimmer, um Josie anzurufen und es ihr zu erklären.

„Oh nein, das ist schrecklich", sagt sie. „Soll ich ihr Hühnersuppe schicken?"

„Ich werde was für sie holen. Ich bin mir sicher, dass es ihr morgen wieder besser gehen wird."

„Okay, halt mich auf dem Laufenden. Und wenn du krank wirst, lass es mich wissen. Dann schicke ich deine Mom rüber."

Ich lächle. Witzig, dass sie sich nicht freiwillig gemeldet hat. „Danke."

Sobald Harper wach ist, werde ich die Bettwäsche wechseln und das Badezimmer für sie putzen. In der Zwischenzeit koche ich mir Kaffee und esse eine Scheibe Toast. Dann erinnere ich mich an ihren Bodyguard. Ich werde gleich bei ihm vorbeischauen und ihn wissen lassen, was los ist.

Sie will vielleicht nicht, dass ich mich um sie kümmere, aber ich gehe nicht, bis es ihr besser geht.

HARPER

Ich sitze mit Garrett an der Frühstücksbar in meiner Küche und schlürfe Hühnersuppe. Ich habe das Gefühl, von einem Lastwagen gerammt worden zu sein, doch zumindest scheint das Virus mit mir fertig zu sein. Ungefähr zwanzig Stunden Elend. Es ist jetzt Montagabend, und ich hoffe, dass ich nach einer ordentlichen Mütze Schlaf morgen zur Arbeit gehen kann.

„Ich kann nicht fassen, dass du hiergeblieben bist", sage ich. „Und du hast geputzt. Nur ein Heiliger würde sowas machen. Wirklich, du hättest das alles nicht tun müssen."

„Ich kümmere mich um die, die ich liebe."

Mein Kopf peitscht zu ihm herum, mein Herz pocht.

Er lächelt. „Warum siehst du so überrascht aus?"

„Wir sind noch nicht so lange zusammen."

„Etwas mehr als ein Monat, aber ich habe das Gefühl, das wir uns wirklich gut kennengelernt haben."

Ich starre auf meine Suppe und teste mein Bauchgefühl. Keine Warnsignale schrillen. *Ich liebe ihn*. Mein Hals schnürt sich vor Emotionen zu, und ich kann die Worte nicht rausbringen.

„Du musst es nicht sagen", sagt er.

Ich hebe meinen Kopf und räuspere mich. „Ich empfinde was für dich. Es ist nur schwer für mich, es in Worte zu fassen."

„Klar, ich verstehe. Ballast. Deine Ex-Freunde. Männer im Allgemeinen."

„Ich komme schon noch dahin. Hast du keinen Ballast?"

„Nicht wirklich. Bei mir war immer alles ziemlich klar. Entweder funktioniert es, oder es funktioniert nicht. Das hier fühlt sich an, als würde es funktionieren. Mehr als das. Als wäre es was Besonderes. Glaubst du, ich würde für irgendjemanden das Badezimmer putzen?"

„Nein." Meine Stimme kommt kleinlaut heraus.

„Es war nicht schön."

„Ich weiß. Gott, es tut mir so leid. Das hättest du nicht tun müssen."

„Denkst du, du schaffst es morgen zur Arbeit?"

„Ich muss. Außerdem geht's mir besser. "

„Du hast deine Suppe kaum angerührt. Du siehst aus, als könnte dich ein Windstoß umhauen."

„Ich werde da einfach durchpowern." Ich küsse ihn. „Danke für alles."

Er lächelt, und seine Augen liegen warm auf meinen. „Gern geschehen."

Nach unserem Essen, das für mich aus Suppe und Cracker bestanden hat (er hatte Hühnchen und gegrilltes Gemüse), setzen wir uns auf das Sofa, um einen Film anzusehen. Ich überlasse ihm die Wahl und bin überrascht, dass er einen Star Trek-Film wählt.

„Du bist ein Trekkie?", frage ich.

„Ich mag Weltraumfilme aller Art. Das ist der letzte Ort, an dem man einen rebellischen Helden sehen kann. Alles andere ist immer derselbe alte Kram."

„So ähnlich wie Western früher waren, mit den harten Cowboys, die ihr Leben zu ihren eigenen Bedingungen gelebt haben."

„Genau."

Ich schmiege mich an seine Seite und fühle mich zufriedener, als ich mich je gefühlt habe. „Ich glaube, ich liebe dich auch", flüstere ich.

Er küsst meine Haare. „Ich weiß."

Ich bin zu müde, um mir Gedanken darüber zu machen, was das alles für unsere Zukunft bedeutet, also lehne ich mich einfach an ihn und sauge den Moment in mich auf.

ICH MACHE mich später an diesem Abend bettfertig, als Garrett ins Badezimmer stürmt. „Raus!", bellt er und stürzt zur Toilette.

Ich schaffe es nicht bis zur Tür, bevor er sein Abendessen auskotzt. Oh Gott. Ich eile zurück zum Waschbecken und entledige mich meines Abendessens. Das Geräusch seines Würgens hat meinen Würgereflex ausgelöst. Ich spüle schnell das Waschbecken und meinen Mund aus, dann verlasse ich das Bad und ziehe die Tür hinter mir zu.

Ich kann ihn immer noch hören, und Übelkeit steigt in meinem Hals auf. Ich fliehe ins Wohnzimmer. Ich bin nicht krank. Es ist Mitgefühl. Das ist schlecht. Wenn ich jetzt versuche, mich so um ihn zu kümmern, wie er sich um mich gekümmert hat, werde ich es alles nur noch schlimmer machen.

Ich warte, bis ich ihn ins Schlafzimmer stolpern höre. Ich hoffe, er bricht nicht zusammen. Ich kann ihn auf keinen Fall hochheben.

Er klettert ins Bett. „Auf jeden Fall ein Virus. Sonst wäre ich nicht so viel später als du dran. Kannst du den Mülleimer auf meine Seite stellen?"

Ich mache schnell, was er sagt. „Tut mir leid, aber ich kann nicht hören, wenn du dich übergibst, weil ich mich dann auch übergeben muss. Ich werde im Wohnzimmer schlafen, aber ruf mich, wenn du mich brauchst. Ich werde versuchen, dir zu helfen."

Er stöhnt.

Es ist eine lange Nacht. Ich kann ihn ins Badezimmer stolpern und lange dort bleiben hören. Ich lausche, ob er fällt. Sollte er fallen, muss es laut sein. Aber er tut es nicht. Er geht nur die ganze Nacht hin und her. Hoffentlich geht's ihm morgen besser. Ich werde ihm Hühnersuppe bestellen, genau wie er es für mich getan hat. Ich habe mich noch nie um jemanden kümmern müssen. Meine Großmutter ist nie krank gewesen, als ich ein Kind war. Zumindest nicht so, dass ich es jemals mitbekommen hätte. Vielleicht hat sie es gut versteckt. Und ich habe auch noch nie mit jemandem zusammengelebt, der krank gewesen ist.

Er steht gegen Mittag auf und macht sich auf den Weg ins Wohnzimmer. „Ich fange langsam an, mich wieder wie ein Mensch zu fühlen. Hast du einen zweiten Arbeitstag verpasst?"

„Ja. Ich wollte nicht gehen, falls du mich brauchst. "

Er lässt sich neben mir auf das Sofa fallen. „Widerliches Virus. Ich hoffe nur, dass wir niemanden auf der Party angesteckt haben."

„Es ist möglich, dass wir es von jemandem auf der Party aufgeschnappt haben."

„Oder es könnte von jemandem vom Ensemble von *Wicked* stammen. Ich habe viele Hände geschüttelt. Wer weiß? Ich sollte mich bei meiner Familie melden." Er holt sein Handy heraus, schickt ein paar Nachrichten und lehnt sich dann wieder zurück. „Allen geht's gut."

„Wie hast du das so schnell herausgefunden?"

„Es ist Mittagspause bei der Arbeit. Ich habe meine Brüder in einer Gruppe. Dann habe ich einfach bei meiner Mutter eingecheckt. Gott sei Dank. Ich bin froh, dass die Zwillinge nicht einem Virus ausgesetzt wurden. Sie sind jetzt zu Hause."

„Willst du fernsehen?", frage ich.

„Sicher, ich könnte die Ablenkung gebrauchen."

Ich gebe ihm die Fernbedienung, und er schaltet sie auf einen Autokanal um, wo Mechaniker ein Auto reparieren und den Zuschauern erklären, wie es geht. So eine männliche Art der Ablenkung.

Er legt einen Arm um meine Schultern.

Ich fühle mich ihm so nahe. Niemand hat sich jemals so um mich gekümmert wie er. Abgesehen von meiner Großmutter natürlich, aber sie hatte kaum eine andere Wahl. Sie liebt mich auf ihre Weise. Es ist einfach nicht so, wie ich es brauche. Ich muss ihr das vergeben. Wir sind einfach wie Öl und Wasser.

Aber Garrett und ich, wir sind wie Schlamm, der zusammenhält. *Ausgesprochen romantische Vorstellung, Harp!*

„Du hast dich so gut um mich gekümmert", sage ich.

Er lächelt mich schief an. „Du bist eine beschissene Krankenschwester."

„Ich weiß. Tut mir leid. Wenn jemand kotzt, muss ich automatisch mitmachen."

„Schon gut, hab's ja überlebt. Ich bin meine Mutter gewohnt, die sowas wie Notarzt und Florence Nightingale in Personalunion ist."

„Hättest du lieber deine Mutter hier gehabt?"

„Nein. Ich würde immer eine beschissene, sexy Krankenschwester vorziehen." Er küsst mich und schiebt eine Hand unter mein Top.

Ich schiebe sie mit einem Lachen weg. „Nächstes Wochenende. Auf keinen Fall kann ich nach dem, was ich durchgemacht habe, jetzt Sex haben. Du genauso. Fühlst du dich nicht erschöpft und schwach?"

„Ich werde dich die ganze Arbeit machen lassen." Er hebt mich auf seinen Schoß und küsst mich zärtlich. „So kannst du mich wieder gesund pflegen."

Wer hätte das gedacht? Scheinbar bin ich doch eine fantastische Krankenschwester.

19

Die nächsten drei Wochen verbringe ich ausschließlich mit Arbeit und Garrett bei jeder Gelegenheit zu sehen. Ich bin auf einer Achterbahnfahrt der Gefühle, wie ich sie noch nie zuvor erlebt habe. Ich fliege hoch, wenn ich bei ihm bin, und bin gereizt, wenn wir getrennt sind. Es muss Liebe sein – anstrengend und berauschend zugleich.

Ich beende die Dreharbeiten zur vorletzten Folge von *Living Gold* am Freitag und ziehe mich in meinen Trailer zurück, wo ich mich auf dem Sofa ausstrecke. Ich sollte nach Hause gehen, aber ich muss mich zuerst hinlegen. Ich kann mich nicht erinnern, jemals zuvor so erschöpft gewesen zu sein. Es müssen Nachwirkungen dieser Magengrippe sein, und die Tatsache, dass ich zum ersten Mal richtig verliebt bin. Jedes andere Mal habe ich mir eingeredet, ich sei verliebt. Das hier ist jedoch echt.

Es klopft an meiner Trailertür.

„Herein!", rufe ich. Joe ist draußen, also muss jeder zuerst an ihm vorbei.

Die Tür öffnet sich, und Josie kommt herein. „Bist du

okay? Du scheinst nicht dein gewohntes, energiegeladenes Selbst zu sein."

Ich setze mich auf „Bin ich auch nicht, aber es wird schon wieder. Die Müdigkeit muss von der Magengrippe stammen. Die hat mich viel Kraft gekostet, und ich brauche Zeit, um wieder zu Kräften zu kommen. Ich schaffe noch nicht einmal wieder bei meine volle Trainings-routine."

Sie setzt sich neben mich und drückt meinen Arm. „Vielleicht solltest du doch zu einem Arzt gehen. Was, wenn es was Ernstes ist?"

„Garrett hatte es auch, und ihm geht's schon wieder gut. Letztes Wochenende ist er ein 5-Meilen-Rennen gelaufen, einfach so, aus Spaß."

Sie schüttelt den Kopf. „Was für ein Angeber. Hat er dir gesagt, dass es zum Spaß war?"

„Ja."

„Er und seine Brüder sind Wahnsinnssportler. Sie müssen ihre Muskeln von Zeit zu Zeit spielen lassen. Natürlich lässt dein Mann seine Muskeln die ganze Zeit spielen – mit seinem Gewichtheben und so. Ich wette, er könnte uns beide hochheben, eine in jeder Hand."

Ich lache. „Wie so ein Zirkus-Muskelprotz."

„Nicht wahr?" Sie wird ernst. „Hast du was davon gehört, ob die Show verlängert wird?"

„Noch nicht. Ich weiß nur, dass die Ratings nicht so sind, wie sie es sich erhofft haben."

Sie ringt sich die Hände. „Ich fühle mich verantwortlich. Es war das erste Mal, dass ich die Hauptrolle in einer Show gespielt habe. Vielleicht bin ich nicht ansprechend genug."

„Josie, es liegt nicht an dir. Du bist fantastisch. Wirklich. Wer weiß, warum eine Show beim Publikum ankommt und eine andere nicht? Wir haben das nicht in der Hand."

Sie nickt mit düsterem Gesichtsausdruck. „Was wirst du tun, wenn sie keine zweite Staffel bestellen?"

„Ich weigere mich, darüber nachzudenken, bis ich es sicher weiß."

Sie atmet langsam aus. „Meine Agentin hat mir einen Stapel Skripte geschickt, damit ich sie mir ansehe. Ich denke, das ist ein schlechtes Zeichen."

„Nicht unbedingt. Vielleicht denkt sie nur an Arbeit für deine Drehpause."

„Soll ich mit Claire sprechen? Du hast gesagt, du hoffst, Regie für sie zu führen."

„Ich habe ihre Kontaktdaten. Ich melde mich zu gegebener Zeit bei ihr."

„Du bist schrecklich ruhig, was das alles angeht."

„Nun, ich habe zwei Vorteile. Erstens ist das meine vierte Show, daher weiß ich, dass sie nicht ewig dauern kann. Und zweitens kann ich nicht einmal daran denken, wegen der Arbeit wegzuziehen. Mit Garrett läuft es gerade wirklich gut." Tränen steigen mir in die Augen. Ich werde so emotional, wenn sein Name auftaucht. „Er kommt später vorbei, um mir Abendessen zu kochen."

Sie klatscht in die Hände und umarmt mich. „Ich freue mich so für dich! Erzähl es nicht den anderen, aber Garrett ist mein absoluter Liebling unter Seans Brüdern. Er hat ein so gutes Herz, weißt du?"

Ich nicke, und eine Träne rollt über meine Wange.

„Oh nein! Warum weinst du? Das ist doch gut!"

Ich schniefe. „Ich weiß. Aber ich war noch nie wirklich verliebt." Ich nehme ein Taschentuch und wische mir das Gesicht ab. „Ich habe vorher gedacht, ich wäre verliebt gewesen, aber das ist viel intensiver. Ich denke, wenn jemand dich versteht, gehen alle Abwehrmaßnahmen den Bach runter."

Sie lächelt. „Du bist wie Marian, die Bibliothekarin am Ende von *The Music Man*, wo sie offen und glücklicher ist. Ich rufe besser am Broadway an und sage ihnen, sie sollen dich für ein Revival der Show engagieren. Du bist perfekt dafür."

„War es für dich und Sean auch so?"

Sie sieht nachdenklich aus, und ihr Mund verzieht sich konzentriert. „Nicht genauso. Ich hatte keine Abwehrmaßnahmen um meine Gefühle. Es war eher so, dass ich wollte, dass er meine Arbeit ernst nimmt, obwohl ich diejenige war, die das selbst lernen musste. Es war zu einer Zeit, als ich nur Ablehnungen bekommen habe. Glücklicherweise ist er der beständige Typ, der nie in seinen Gefühlen für mich geschwankt hat. Als er endlich zugegeben hat, dass er sie hat."

Ihr Handy summt, und sie wirft einen Blick auf das Display. „Apropos mein Schatz. Ich muss los. Genieß heute Abend dein Abendessen. Was macht er für dich?"

„Risotto, denke ich."

„Oh, ich komme! Ich habe sein Risotto schon mal gegessen. Wusstest du, dass er jedes Mal, wenn er für uns housesittet, ein Abendessen für unseren ersten Abend zu Hause im Kühlschrank lässt?"

„Wusste ich nicht, aber es überrascht mich überhaupt nicht." Ich zögere. „Du und Sean könnt gerne vorbeikommen."

„Ha, danke. Ich weiß, dass du deinen Mann ganz für dich allein haben willst."

„Ich habe ihn diese Woche über vermisst."

„So süß!" Sie steht auf und umarmt mich und wiegt mich hin und her. „Ich erinnere mich an dieses köstliche Gefühl, sich zu verlieben. Jetzt ist alles ..." Sie ahmt Seans schroffe Stimme nach. „Ich liebe dich, jetzt zieh dich aus." Sie schlägt sich die Hand vor den Mund. „Oops, zu viel Information. Ich muss los!"

Ich lache und begleite sie zur Tür. Dann mache ich mich auf den Weg, meine Liebe zu treffen, Joe wie immer im Schlepptau.

～

Garrett

Ich klopfe an die Tür meiner Liebe, frisch geduscht, zwei Tüten mit Lebensmitteln in der Hand.

Sie öffnet. „Ich liebe dich."

Ich lächle breit. „Ich dich auch, Sweetheart." Ich stelle die Tüten auf die Küchentheke und drehe mich zu ihr um.

Sie wirft sich in meine Arme. „Ich meine, ich liebe dich wirklich. Ich vermisse dich schrecklich, wenn wir getrennt sind, und ich bin glücklich, sobald ich dein Gesicht wiedersehe." Sie verteilt Küsse über mein ganzes Gesicht.

Sie ist *die Eine*. Ich habe sie gefunden. Ich tue das einzig Logische. Ich hebe sie hoch, wiege sie in meinen Armen und trage sie ins Schlafzimmer. „Abendessen kann warten."

„Ich will dich so sehr."

Ich ziehe sie aus, sobald wir in ihr Schlafzimmer kommen, und sie hilft mir, mich auszuziehen. Wir klatschen wie im Fieber zusammen, als sich das Feuer zwischen uns entzündet. Dann fallen wir ins Bett, ein Gewirr aus Armen und Beinen.

Ich liege auf ihr und stütze mein Gewicht mit meinen Unterarmen ab.

Ihre Finger wandern zu meinem Nacken. „Egal was passiert, lass uns diesen Moment nie vergessen."

Ich erstarre. „Was soll schon passieren?"

„Umstände, über die wir keine Kontrolle haben. Ich weiß es nicht. Nimm mich." Sie packt meinen Po und zieht mich an sich.

Ich stoße tief in sie hinein. Es fühlt sich so gut an ohne Kondom. Sie ist die einzige Frau, die ich jemals so hatte. Ihr Vertrauen in mich war von Anfang an da. Es brauchte nur Zeit, um über das Physische hinauszuwachsen.

Ich pumpe langsam und blicke in ihre Augen. „Ich könnte nie einen einzigen Moment vergessen."

„Ich auch nicht", flüstert sie, in ihren Augen glänzen unvergossene Tränen.

Etwas Tiefes passiert zwischen uns. Unsere Gefühle verbinden uns. Nichts könnte besser sein als das.

„Mehr", verlangt sie.

Ich gebe ihr, was sie braucht, schiebe eine Hand unter ihre Hüfte und beuge sie hoch, nehme sie tief. So, wie wir es beide brauchen.

Ihre leisen Laute der Lust befeuern meine eigene Lust. Ich wiege mich schneller und härter in sie hinein, bis wir beide stöhnen. Sie wirft den Kopf zurück und schreit, als sie kommt, und ich lasse mit einem gutturalen Schrei los, überflutet von Lust. So verdammt gut.

Ich lasse mich auf sie sinken, und sie hält mich fest. Sie will mich nicht gehen lassen. Ich sie auch nicht.

Lange Momente später lässt sie mich los, und ich rolle von ihr. Sie wischt sich die Wangen ab.

„Was ist los mit dir?", frage ich und stütze mich auf einen Ellbogen.

„Nichts", sagt sie mit einem Lachen. „Ich habe in letzter Zeit einfach alles sehr tief gespürt. Es ist deine Schuld, da bin ich mir sicher. Ich muss dich so sehr lieben."

„Bist du sicher, dass das alles ist?" Josie hat mir gesagt, dass alle wegen der Ratings der Show nervös seid. Wenn sie gecancelt wird, sind mehr als hundert Leute arbeitslos. Einschließlich meiner großen Liebe. „Ich will nicht, dass du zur Arbeit um die halbe Welt ziehst, aber gleichzeitig kann ich dich nicht zurückhalten. Wir werden eine Lösung finden."

„Ja. Ich meine, meine Arbeitsplatzsicherheit ist ungewiss, aber so ist das Leben in der Branche. Und ich würde sowieso nicht den Rest meines Lebens immer dieselbe Rolle spielen wollen. Das würde langweilig werden."

Ich küsse sie. „Hast du Hunger?"

Sie drückt sich an meine Seite. „Halt mich einfach noch ein bisschen."

Das ist ungewöhnlich für sie. Ich stehe viel mehr auf Kuscheln als sie. Ich lege besorgt einen Arm um sie. „Wenn du einen neuen Job in L.A. oder wo auch immer bekommst, werden wir eben eine Fernbeziehung führen. Du würdest irgendwann zurückkommen, oder? Josie hat in New York mehr Arbeit gefunden, als sie ursprünglich gedacht hat." Jetzt, wo ich Jacks Job als Crew Chief übernehme, bleibe ich hier verwurzelt. Ich kann immer noch modeln und Werbespots hier vor Ort drehen. Das ist ein großer Vorteil, wenn man für die Familie arbeitet. Man ist flexibel, und es stört niemanden, wenn ich hier und da einen Tag freinehme.

„Lass uns nicht so weit denken. Ich will einfach nur das Jetzt genießen."

Ich wünschte, ich könnte, doch ihre Tränen machen mich nervös. „Stört es dich, dass die Presse dich Prinzessin Harper getauft hat?" Die Paparazzi haben Fotos von uns vor ihrem Haus gemacht, als wir ausgegangen sind. Sie nennen uns das königliche Duo. Hört sich fast an, als wären wir Superhelden, also macht es mir nichts aus.

„Es ist besser, als wenn alle denken, ich sei das toughe Miststück, das ich vorher im Fernsehen gespielt habe. Viel zu viele Leute nennen mich immer noch Amanda. Prinzessin Harper klingt königlich und viel weicher."

„Okay. Aber ich bin ganz Ohr, falls dich irgendwas stört. Ich kann mich nur nicht erinnern, dass du bisher so nah am Wasser gebaut warst."

Sie seufzt. „Wenn ich ehrlich bin, bin ich nach dieser Magengrippe und mit all der Arbeit ziemlich erschöpft."

Ich runzle die Stirn. „Das ist jetzt drei Wochen her. Ich dachte, du hättest dich erholt wie ich."

„Vielleicht ist es der Stress zu wissen, dass unsere Show bald endet. Nächsten Freitag ist unsere letzte Folge. Kommst du zur Aufnahme und zur Wrap-Party?"

Ich streichle ihre Wange und küsse sie. „Absolut."

Sie umarmt meine Mitte. „Die Stimmung wird ein bisschen gedämpft sein, da wir nicht wissen, ob es für immer oder nur bis zur nächsten Staffel ist."

„Schon okay. Solange es nicht *unser* Abschied für immer ist."

Ihre Augen weiten sich. „Warum sagst du sowas?"

„Ähm, weil ich mich nicht verabschieden will."

„Ich auch nicht."

„Gut."

„Gut", sagt sie und rollt sich auf den Rücken. „Es klang nur so, als wolltest du was andeuten."

„Du bist in letzter Zeit ein bisschen empfindlich." Ich will sie gerade fragen, ob sie PMS hat, aber dann überlege ich es mir anders. Mir hat schonmal jemand wegen dieser Frage den Kopf abgerissen. Stattdessen decke ich uns zu. Sie schmiegt sich an meine Brust und seufzt.

HARPER

Gestern wurde *Living Gold* gecancelt. Ich habe getrauert, mir die Augen ausgeweint, Josie und Garrett angezickt, und jetzt versuche ich, mich damit abzufinden. Es ist vierundzwanzig Stunden her, und meine Agentin streckt ihre Fühler für meinen nächsten Gig aus. Ich bin nicht nur aufgewühlt, weil die Serie nach einer Staffel endet, sondern weil ich fürchte, was das für meine Zukunft mit Garrett bedeuten könnte. Ich sollte mich wegen der Regiearbeit mit Claire in Verbindung setzen, obwohl das nicht unbedingt bedeutet, dass ich vor Ort bleiben könnte. Die meiste Arbeit ist immer noch in L.A. Ich schaffe es nicht, mich zu irgendwas aufzuraffen. Ich bin nicht ich selbst – unruhig, reizbar, nichts gefällt mir, egal ob Essen, Bücher oder Fernsehen. Mir ist zum aus der Haut fahren zumute.

Garrett kommt heute Abend vorbei. Er war auch gestern Nacht hier, um mich über die Streichung der Show hinwegzutrösten.

In dem Moment, als er ankommt, weiß ich, dass

irgendwas los ist. Er ist voller Energie und springt in meine Wohnung, umarmt mich und küsst mich fest auf den Mund.

„Was ist los?" Vielleicht hat er ein Haus gefunden, das ihm gefallen hat. Nach den beiden Werbespots kann er sich die Anzahlung leisten.

„Rate mal", sagt er und hüpft wie ein aufgeregter kleiner Junge.

„Hast du ein Haus gekauft?"

Ein Mundwinkel hebt sich. „Nein, Sweetheart, dazu würde ich deine Meinung hören wollen."

Mein Herz drückt, mein Hals schnürt sich zu. Es hört sich so an, als hätten wir eine definitive Zukunft zusammen. Das würde mir gefallen. „Bist du für den nächsten Werbespot gebucht worden?"

„Besser! Mein Agent hat mir eine Rolle in einem Prequel zu *Journey to the Galaxy* organisiert." Er reibt seine Hände aneinander. „Jemand ist abgesprungen, und er hat mich reingebracht. Kannst du es fassen? Ich spiele Drakes Vater in einer Rückblende. Ich, Teil des *Journey to the Galaxy*-Film-Franchise!"

Einen Augenblick lang bleibt mir der Mund offenstehen. Das ist ein großes Film-Franchise. Nach nur zwei Monaten Schauspielunterricht und zwei Werbespots. Ich weiß, dass die Branche nicht fair ist, ich weiß, dass schöne Menschen einen Vorteil haben, aber ich bin immer noch… fassungslos.

Seine Augen funkeln vor Glück. „Sag was."

„Was ist mit deiner Arbeit hier?"

„Ich bin nur sechs Wochen weg. Ich fliege diesen Sonntag und bin pünktlich zu Weihnachten zurück." Er lächelt breit. „Meine Brüder sind bereit, während meiner Abwesenheit für mich einzuspringen. Sie freuen sich für mich. Wir sind alle große Fans von *Journey to the Galaxy*."

„Herzlichen Glückwunsch", zwinge ich heraus.

Er wird ernst. „Bist du böse?"

Mein Kopf schwirrt vor allem, was ich empfinde. Er geht

weg. Er wird erfolgreicher als ich. Ich habe gerade meinen Job verloren und fühle mich beschissen, und er ist auf dem Weg an die Spitze. Jede Angst und Sorge, die ich bisher unterdrückt habe, sprudelt an die Oberfläche.

Ich halte meinen Ton ruhig. „Es ist schwer darüber hinwegzukommen, wie leicht es für dich ist, gebucht zu werden. Ich habe mir den Arsch aufgerissen. Du brauchst das nicht."

„Wer weiß, vielleicht ist das schon das Ende des Weges für mich. Ich behaupte nicht, deine Fähigkeiten zu haben. Du bist eine echte Künstlerin. Aber ich bin bereit, hart zu arbeiten, um dorthin zu gelangen."

Ich sage mir, ich sollte die Bitterkeit herunterschlucken, doch was aus meinem Mund kommt, ist genau, was ich empfinde. „Das klingt alles großartig, aber Fakt ist, dass all die Arbeit so verdammt einfach für dich war. Meinetwegen. Du hättest nie einen Fuß in die Tür bekommen, wenn ich dich nicht ins Rampenlicht gezogen hätte. Meine Großmutter hat mich gewarnt, dass du mich benutzen und überflügeln würdest. Verdammt, es ist nicht so, als wäre es noch nie passiert. Was habe ich erwartet? Warum sollte ich nicht noch einmal unvorbereitet erwischt werden von dem Mann, von dem ich dachte, dass er mich liebt, wenn er mich als Sprungbrett auf dem Weg zu Besserem benutzt?" Als er schweigt, werfe ich meine Hände in die Höhe. „Siehst du, es ist wahr! Du hast nichts dazu zu sagen."

Er beißt die Zähne aufeinander. „Ich kann nicht fassen, dass du so über mich denkst. Ich bin nicht wie deine Ex-Arschlöcher, die dich ausgenutzt haben."

Ich neige meinen Kopf. „Tut mir leid, hast du einen Model-Gig bekommen, bevor oder nachdem die Presse sich auf uns gestürzt hat, als wir zusammen über den roten Teppich gegangen sind?"

„Ich hätte das ohne dich schaffen können."

„Aber du hast es nicht! Du hast neben der Industrie

gelebt. Du hast Leute gekannt, die in der Branche arbeiten – deine Mutter hat gemodelt, Josie ist Schauspielerin –, aber erst, nachdem du *mich* getroffen hast, hast du dich dafür entschieden. Und das liegt daran, dass du dich in meinem Scheinwerferlicht gesonnt hast. Jetzt bin ich arbeitslos, und es ist alles du, du, du." Meine Stimme bricht.

„Weißt du was, Harp. Dein Ton hier gefällt mir gar nicht."

Ich straffe meine Haltung. „Oh, tut mir leid, dass ich einen Ton habe!"

Er starrt mich an. „Bin ich nicht gut zu dir gewesen?"

Ich verschränke die Arme vor meiner Brust und umarme mich. Mein Hals ist so zugeschnürt, dass ich kaum sprechen kann. „Das tut am meisten weh. Ich habe dich reingelassen. Ich habe dir vertraut. Du hast nicht einmal mit mir darüber gesprochen, dass du diesen Job in L.A. annehmen willst. Du hast es mir erst nachträglich gesagt. Paare sollten vorher über Entscheidungen sprechen, wenn die Beziehung das Wichtigste ist. Offensichtlich ist es für dich nicht so."

„Weil ich dachte, dass das ein No-Brainer ist." Er runzelt die Stirn. „Ich hätte nicht gedacht, dass du es mir übel nehmen würdest, wenn ich die Chance meines Lebens ergreife. Einfach nur am Set zu sein wäre eine Ehre, aber tatsächlich Drakes Vater zu spielen? Das ist riesig für mich. Ich kann es nicht ablehnen. Ich habe zugesagt, und sie brauchen mich."

Ich brauche dich. Das behalte ich für mich. Es klingt schwach. Ich bin stark und stehe auf eigenen Beinen. Ich bitte nie jemanden um etwas. So bin ich nicht erzogen worden.

Er stemmt seine Hände in die Hüfte und stößt einen langen Seufzer aus, als wäre er frustriert von mir. Ich bin diejenige, die von ihm frustriert ist. Hier bin ich, setze uns an die erste Stelle und denke über jeden nächsten Schritt mit Blick auf uns beide nach, und er geht einfach los und macht das. Meine Augen werden heiß.

„Soll ich dir eine Rolle besorgen?", fragt er. „Vielleicht gibt es noch eine Rolle, für die du einspringen könntest."

Ich wische mir die Tränen weg. „Tu mir bloß keinen Gefallen."

Er tritt näher, sein Ton sanft. „Ich bin sicher, dass du bald was finden wirst. Und, hey, warum kommst du nicht mit, wenn du gerade nicht arbeitest?"

„Sie halten das Drehbuch und das Set immer unter Schloss und Riegel, wegen der großen Fangemeinde. Das bedeutet, dass du deine ganze Zeit an einem geschlossenen Set verbringen wirst." Mein Magen dreht sich, Galle steigt in meinem Hals auf. „Du wirst keine Zeit für mich haben. Außerdem habe ich meiner Großmutter versprochen, ich würde zu Thanksgiving und Weihnachten nach Hause kommen. Also mach du dein Ding. Viel Spaß dabei."

„Willst du etwa nicht, dass ich diesen Job annehme?", blafft er, und ich zucke zusammen, meine Hand fliegt an meine Kehle. „Soll ich mich dafür entscheiden, hier bei dir zu bleiben, und die Gelegenheit, die mich hier wegbringt, ablehnen? Ich habe gesagt, dass du mit mir kommen kannst!"

Ich habe ernsthaft das Gefühl, mich gleich übergeben zu müssen. „Ich komme nicht mit dir."

„Und du bist damit einverstanden, dass ich den Job annehme?"

Ich hole tief Luft und versuche, die Übelkeit in Schach zu halten. „Garrett, du hast schon zugesagt. Wen interessiert es noch, was ich an dieser Stelle sage? Du hast die fabelhafte Schauspielkarriere, die du wolltest. Genieß sie."

Er blickt finster drein. „Weißt du was? Ich dachte, wir wären über diesen Bullshit weg. Ich dachte, du vertraust mir. Ich dachte, du liebst mich."

Ich sauge Luft ein. „Ich liebe dich wirklich."

„Nein", knurrt er. „Wenn du mich wirklich lieben würdest, würdest du mich unterstützen. Du wärst glücklich, wenn ich glücklich bin und mich den ganzen Weg über anfeuern, so wie ich es für dich tun würde." Er gestikuliert wild. „Aber du bist zu sehr in dein eigenes Ego und deinen Ehrgeiz verstrickt, um mir das zuzugestehen. Du wirst es mir immer übelnehmen, dass ich etwas an mir habe, das der Kamera gefällt und das einem Publikum gefallen wird."

„Du verdrehst die Fakten. Du bist derjenige, der mich für Besseres zurücklässt. Genau wie jeder in meinem Leben." Ich wende mich ab. „Ich weiß nicht, warum ich dachte, du wärst anders."

Er bewegt sich und steht vor mir. „Vielleicht hatte ich Glück, das richtige Aussehen zu haben, zur richtigen Zeit am richtigen Ort zu sein, aber ich weiß, dass ich auch gute Instinkte habe. Alle sagen, ich habe großes Potential."

Ich presse meine Lippen zusammen, kämpfe gegen die Tränen und nicke.

„Alle außer dir." Er schüttelt den Kopf. „Das Leben ist schwer genug, ohne dass der Mensch, der einem am nächsten stehen sollte, einem den Erfolg nicht gönnt."

„Es ist nicht, dass ich ihn dir nicht gönne. Ich bin verletzt."

„Ja? Das bin ich auch." Er tritt einen Schritt zurück. „Ich will nicht mit jemandem zusammen sein, der sich nicht mit mir freuen kann. Auf Wiedersehen, Harper."

Ich keuche. „Was?"

„Es ist aus."

Ich kann meine Stimme nicht finden. Ich bin zu schockiert.

Er dreht sich um und geht zur Tür hinaus.

Ich stolpere zurück zum Sofa, ziehe die Knie an und breche in Tränen aus. Gott, könnte es noch schlimmer werden? Hier habe ich mir Sorgen um meine zukünftigen Jobaussichten gemacht und wie ich ihn in meinem Leben behalten könnte, und er lässt mich einfach für seinen eigenen Job zurück. Und es scheint ihm so leicht gefallen zu sein. Er hat nicht gezögert, sondern ist einfach gegangen. Wieder muss ich schluchzen. Alles, was mich davon abgehalten hat, voll in diese Beziehung zu investieren, ist von seiner Wärme und Zuneigung geschmolzen worden, und dann ist er einfach gegangen.

Ich habe ihn verloren.

Oh Gott. Warum habe ich diese verletzenden Dinge gesagt? Ich hätte cool bleiben sollen. Aber ich konnte nicht. Sogar jetzt überwältigen mich meine Gefühle, und ich fühle mich krank und zittrig.

Ich presse eine Hand auf meinen Mund und renne ins Badezimmer, um mir die Eingeweide aus dem Leib zu kotzen. Gott, um allem noch die Krone aufzusetzen — arbeitslos, Beziehung kaputt – und jetzt werde ich auch noch krank? Ich bin ein körperliches und emotionales Wrack und habe nicht die Kraft, mich damit zu befassen. Ich bin so verdammt müde. Ich räume auf, stolpere zu meinem Bett und lasse mich darauf fallen.

Was stimmt nicht mit mir? Ich war immer sensibel, meine Gefühle dicht unter der Oberfläche, aber ich habe mich noch nie so außer Kontrolle gefühlt. Ich glaube nicht einmal wirklich, dass er mich benutzt hat. Nicht mehr. Ich habe ihm all diese alten Ängste ins Gesicht geschleudert, als ich ihn hätte an mich ziehen sollen. Ich wollte nur, dass er in meiner Nähe bleibt. Dass er uns an die erste Stelle setzt, wie ich es versucht habe.

Ich rolle mich auf die Seite und lasse die Tränen fließen. Der beste Teil meines Lebens ist einfach gegangen, und ich habe keine Ahnung, wie ich ihn zurückbekommen kann.

20

Harper

Es ist Thanksgiving und ich bin in Summerdale im Haus meiner Großmutter. Ich habe versucht, mich bei Garrett zu melden, aber er nimmt meine Anrufe nicht entgegen und beantwortet meine Nachrichten nicht. Er ghostet mich, oder vielleicht ist er gerade so in seine aufregende neue Arbeit vertieft, aber er wird sich mit mir auseinandersetzen müssen, wenn er zu Weihnachten nach Hause kommt, denn –

Ich bin schwanger.

Ich habe es vor zwei Wochen herausgefunden. Ich bin schließlich zum Arzt gegangen, weil es mir einfach nicht besser zu gehen schien, und dann habe ich die große Neuigkeit erfahren. Im Nachhinein waren alle Symptome klar, aber ich habe mich von der Tatsache täuschen lassen, dass ich früh einen Schwangerschaftstest gemacht hatte, der negativ war. Mir war aufgefallen, dass ich drei Tage zu spät dran war und mich immer noch nicht von der Magengrippe erholt hatte. Mit dem negativen Ergebnis hatte ich gedacht, dass mein Zyklus einfach von der Grippe verschoben worden war.

Doch tatsächlich war es die Magengrippe, die an allem

Schuld war. Als ich krank war, habe ich es an dem Tag verschlafen, die Pille zu nehmen, und am nächsten Abend habe ich sie genommen und mich ein paar Minuten später übergeben, als Garrett sich übergeben hat. Die Zwei Nächte ohne die Pille haben gereicht. Ich war so mit meinen Gefühlen beschäftigt, als die Show gecancelt wurde, und dann, als Garrett Schluss gemacht hat, dass es mir eine Weile schwergefallen ist, klar zu denken.

Jetzt tue ich es wieder. Ich werde dieses Baby behalten, und bin schon sehr in dieses Leben verliebt, das in mir heranwächst. Ich bin achtundzwanzig und habe die Mittel, ein Kind zu versorgen. Ich werde alles tun, damit Garrett Teil des Lebens des Babys wird, auch wenn er nicht mit mir zusammen sein will. Ich habe vor, es ihm persönlich zu sagen, wenn er zurückkommt.

Ich habe es noch niemandem erzählt. Meine heimliche Freude vermischt sich mit Scham und Angst. Ich war eine ungeplante Schwangerschaft. Ich habe geschworen, dass ich das meinem Kind niemals antun würde. Meine Großmutter hat sich nie die Mühe gemacht, ihre Enttäuschung über meine Mutter zu verbergen. Wie kann ich ihr sagen, dass mir dasselbe passiert ist? Sie wird mich verurteilen, vielleicht sogar sagen, dass ich mich nie wieder bei ihr blicken lassen soll.

Ich werde meine Großmutter wieder einmal enttäuschen. Die einzige Mutter, die ich jemals gehabt habe.

Ich blinzele die Tränen zurück, während ich das Huhn in den Ofen schiebe. Großmutter ist zu praktisch, um einen großen Truthahn an uns beide zu verschwenden. Ich breche ein Stück von einem Brötchen ab und kaue. Geschmacksneutrales Essen ist jetzt mein bester Freund und hält die Übelkeit in Schach. Ich blicke zu ihrem kleinen Küchentisch mit Formica-Platte, wo sie sitzt und Kartoffeln schält.

„Wie geht's deinem Gary?", fragt sie. „Ich dachte, er würde heute mit dir kommen."

Ich drehe mich mit angespanntem Kiefer um. „Er heißt Garrett."

Sie nickt. „Das war nur ein Hinweis auf Gary Cooper."

„Er ist in L.A. und dreht einen Film."

Sie schält emsiger. „Ich verstehe."

Ich setze mich zu ihr an den Tisch. „Er hat mit mir Schluss gemacht. Ich war nicht sehr glücklich darüber, dass er mich für Besseres zurücklassen wollte, und ich haben ein paar Sachen gesagt, die ich sehr bedauere. Jetzt will er nicht mehr mit mir reden."

„Habe ich dir nichts beigebracht?"

„Ich weiß. Das Leben ist unfair. "

Sie sieht mich von der Seite an. „Wenn du bereust, was du gesagt hast, solltest du zu ihm gehen und es ihm sagen. Kopf hoch. Nutze diese Kraft, die ich dir eingebläut habe."

„Ich wollte mit dir Thanksgiving feiern."

„Unsinn." Sie nimmt eine weitere Kartoffel und schält sie effizient.

„Ich wollte es wirklich. Mit wachsender Reife kommt man zu dem Punkt."

Sie mustert mich. „Du gönnst ihm den Erfolg nicht."

Ich seufze. „So ist es nicht. Nicht mehr. Es war die Hitze des Augenblicks, und ich wusste nicht ..." Ich schlucke den Rest herunter und stehe auf, noch nicht bereit, meine großen Neuigkeiten zu teilen. „Ich hatte da gerade viel um die Ohren."

Sie packt meinen Arm fest. „Ich habe ihn für mehr gehalten als für jemanden, der dich ausnutzt."

„Das hast du?"

Sie sieht zu mir auf. „Wie viele junge Männer erledigen Reparaturen für die Großmutter ihrer Freundin? Keiner deiner früheren Freunde hat mich je besucht, geschweige denn angeboten, für mich zu arbeiten."

Meine Augen brennen vor heißen Tränen. „Ich weiß nicht, was ich sagen soll. Er will nicht mit mir zusammen sein. Er ist gegangen, und ich habe seitdem nichts mehr von ihm gehört. Er nimmt meine Anrufe nicht an und beantwortet meine Nachrichten nicht."

„Dann geh zu ihm."

„Das verstehst du nicht. Es ist ein geschlossenes Set. Er würde keine Zeit für mich haben." *Und ich bin noch nicht bereit.* Ich ziehe mich zurück, hole die Preiselbeeren aus dem Kühlschrank und spüle sie am Waschbecken ab. Sie sagt kein weiteres Wort. Meine Gedanken schwirren; das, was ich Garrett bei unserer letzten Begegnung an den Kopf geworfen habe, und all meine Sorgen und Ängste über die Zukunft für mich und mein Baby. Ich kann es allein schaffen, wenn ich muss. Ich weiß, ich kann es. Aber es wird nicht leicht. Ich muss es ihm sagen, und ich muss es auch meiner Großmutter sagen. Niemand sonst muss die Einzelheiten kennen.

Sobald wir uns für das Thanksgiving-Abendessen an den Tisch gesetzt haben, fragt mich meine Großmutter nach meinen zukünftigen Jobaussichten.

„Ich weiß nicht. Ich könnte einen Kontakt haben, um Regie zu führen." Ich muss dazu ein Treffen mit Claire Jordan vereinbaren. Hoffentlich kommt was dabei raus. Es war schwierig, an etwas anderes als meine Schwangerschaft zu denken. Es war so ein Schock. Und jetzt eine geheime Freude.

„Was ist mit Filmen? Ich weiß, dass du welche machen willst."

„Meine Agentin ist dran. Wenn sich etwas ergibt, das zu mir passt, wird sie es mich wissen lassen."

Sie legt ihre Gabel ab und wischt sich mit einer Serviette den Mund ab. „Also nicht mehr Prinzessin Harper, was?"

Ich starre auf den Tisch. „Nein."

„Hat sowieso nicht zu dir gepasst. Du bist viel stärker als jede verzärtelte Prinzessin, die sich in albernen Kleidern zur Schau stellt."

Ich bin nicht so stark. Ich habe Angst, dir von dem Baby zu erzählen. Meine Augen werden heiß, und ich zwinge mich, nicht zu weinen. Großmutter hat den Anblick von Tränen noch nie ertragen können.

„Wenn du ihn so sehr vermisst, ruf ihn an." Sie zeigt mit dem Finger auf das Telefon an der Wand. „Mach nur und benutz meins. Ich werde für das Ferngespräch bezahlen." Sie muss spüren, dass ich den Tränen nahe bin, wenn sie bereit ist, das zu tun.

Ich will gleichzeitig lachen und weinen. Als ob alles mit einem Anruf behoben werden könnte. Er würde wahrscheinlich rangehen und denken, dass es meine Großmutter ist, und dann auflegen. Ich weiß, dass unser nächstes Gespräch von Angesicht zu Angesicht sein muss. „Es ist kompliziert."

Sie schnaubt. „Muss es nicht. Sag ihm, was Sache ist. Du willst ihn zurück. Ihr könnt beide Schauspieler sein. Die Welt ist groß genug für euch beide."

Ich hole tief Luft und platze heraus. „Uns drei."

„Was?"

Ich starre auf meinen Bauch. „Ich bin schwanger." Ich riskiere einen Blick und erwarte ihren enttäuschten Blick. Stattdessen sieht sie nur geschockt aus, die Hand über dem Mund.

Mein Magen dreht sich. „Ich weiß, dass meine Mutter dich auch überrascht hat, und es ist derselbe dumme Unfall –"

Sie lässt ihre Hand sinken. „Das ist nichts wie bei deiner Mutter. Sie war ein rebellischer Teenager. Du bist nicht wie sie." Sie nimmt meine Hand. „Ich werde dir helfen, das Kind großzuziehen. Du kannst bei mir wohnen."

Tränen laufen mir übers Gesicht. „Ich dachte, du wärst wütend oder enttäuscht oder –"

„Honey, das ist eine ganz andere Situation. Du bist erwachsen und vernünftig. Du kannst damit umgehen. Deine Mutter, das war meine Schuld. Ich habe versagt."

„Was?"

Sie schüttelt den Kopf und verzieht den Mund. „Sie war das letzte meiner vier Kinder, ein Überraschungsbaby mit vierzig und mein einziges Mädchen. Ich habe sie verwöhnt, das haben wir alle getan. Sie wurde undankbar und der Meinung, dass wir ihr etwas schuldig sind. Und als sie ein Teenager war, war sie rebellisch. Wir haben sie glauben lassen, sie könne nichts falsch machen. Aber dann hat sie es getan. Sie hat sich mit einem älteren Mann eingelassen, den sie in einer Bar getroffen hat, in die sie mit einem gefälschten Ausweis reingekommen ist." Sie atmet scharf aus. „Wenn ich daran denke, was mit ihr hätte passieren können, sich so in Bars rumzutreiben. Später habe ich erfahren, dass sie das seit ihrem sechzehnten Lebensjahr getan hat. Ganz gleich, was dein Großvater und ich getan haben, wir haben sie nicht zur Vernunft gebracht. Wie auch immer, dein Vater hat nie von dir erfahren. Ich habe im Laufe der Jahre immer wieder versucht, ihn anhand der Informationen aufzuspüren, die sie mir gegeben hat, und schließlich herausgefunden, dass er bei einem Unfall gestorben ist, als du fünf Jahre alt warst. In diesem Jahr ist auch dein Großvater gestorben, und ich habe zu sehr getrauert, um etwas zu sagen. Letztendlich habe ich beschlossen, dass es besser ist, wenn du denkst, er hätte eine andere Familie und wollte deshalb nicht an deinem Leben teilhaben."

Mir bleibt der Mund offenstehen. „Mein Vater hat nie von mir gewusst?" Das ist so viel besser als zu denken, dass er sich nicht für mich interessiert hat. Nicht, dass es jetzt noch von Belang ist, nachdem er schon lange tot ist.

„Es tut mir leid, Harper. Ich habe getan, was ich damals für das Beste gehalten habe. Ich hätte dir die Wahrheit sagen sollen."

Das lässt mich fragen, ob sie auch über meine Mutter gelogen hat. „Du hast immer gesagt, meine Mutter hat mich hier abgeliefert, nachdem sie mich zur Welt gebracht hat, und ist verschwunden. Ist das wahr? Warum ist sie nicht zurückkommen, um uns zu besuchen? Hast du ihr gesagt, dass sie nicht zurückkommen soll?"

Sie schließt für einen Moment die Augen, ein gequälter Gesichtsausdruck. „Sie wollte dich zur Adoption freigeben. Als ich es erfahren habe, habe ich die Details aus ihr herausgequetscht. Sie wollte dich vor der Haustür eines kinderlosen Paares in der Stadt hinterlassen. Wie ein Geschenk. Nun, ich wollte nichts davon hören. Du bist meine Enkelin. Ich habe ihr gesagt, ich würde dich adoptieren und Schluss. Ich war damals neunundfünfzig und mein einziges Ziel war es, lange genug am Leben zu bleiben, um dich in die große weite Welt gehen zu sehen. Und hier sind wir. Wer hätte gedacht, dass ich so lange leben würde?"

Ich starre sie an, und meine Gedanken kreisen um all diese unerwarteten Neuigkeiten. Alles ist so anders als ich dachte.

„Ich habe ihr nie gesagt, dass sie uns nicht besuchen soll", sagt sie. „Das war ihre Entscheidung."

Ich nicke mit einem dicken Kloß im Hals. Nachdem ich meine leibliche Mutter kurz getroffen habe und sie mich um Geld gebeten hat, kann ich nicht sagen, dass ich viel verpasst habe. Sie hat mich nie geliebt, nicht wie meine Großmutter.

Ich lächle sie mit Tränen in den Augen an. „Es ist schwer vorstellbar, dass du deine Tochter verwöhnt hast. Du warst immer so streng."

Sie nimmt meine Hand und drückt sie. „Das war nur, weil ich versucht habe, nicht dieselben Fehler zu machen, die ich bei ihr gemacht habe. Ich war hart, weil ich wollte, dass du stark und selbstsicher bist. Ich wollte, dass du auf eigenen Beinen stehst. Sie hat zu viel Bestätigung von außerhalb bekommen. Es hat sie schwach und leichtgläubig gemacht."

Ich presse meine Lippen aufeinander. „Du warst zu hart zu mir."

„Weil ich dich liebe, mein Mädchen." Tränen glitzern in ihren Augen.

Und jetzt weine ich. „Ich hatte immer das Gefühl, dass ich deinen Standards nicht gerecht werden konnte. Ich bin von Natur aus nicht hart. Ich bin sensibel."

„Ich habe das in dir gesehen und versucht, dich weniger sensibel zu machen, um dich zu beschützen. Es scheint, als hätte ich meine beiden Töchter vermasselt."

Ich lache durch meine Tränen. „Das hast du. Aber ich glaube nicht, dass ich meinen Job jetzt ohne diese Stärke und Zähigkeit machen könnte, also schulde ich dir wohl ein dickes Danke dafür."

Sie winkt mich zu sich und zieht mich in ihre Arme. „Es tut mir leid, dass ich so hart zu dir war. Ich liebe dich, mein Kind. Ich weiß, dass ich das nicht oft sage, aber ich tue es."

Ich küsse ihre Wange. „Ich liebe dich auch."

Sie schiebt mich weg. „Und jetzt iss. Du brauchst Kraft für das Baby. Ich werde dir Schwangerschaftsvitamine besorgen, und ich will, dass du sofort einen Termin mit einem Arzt vereinbarst."

Ich schniefe und setze mich. „Ich nehme Vitamine und war schon beim Arzt."

„Mein Mädchen." Sie tätschelt meine Hand. „Aber du musst es ihm sagen, das weißt du hoffentlich."

„Ja, ich weiß. Aber noch nicht. Wenn er zurückkommt, werde ich es ihm von Angesicht zu Angesicht sagen."

„Tu du, was du für richtig hältst."

Ich schneide ein Stück Hühnchen ab, mein Appetit kehrt zurück. „Das tue ich immer."

Sie lacht. „Du bist mir viel ähnlicher als du denkst. Wir sind beide krasse Weiber."

Ich blicke abrupt von meinem Essen ab. „Großmutter!" So spricht sie sonst nie.

„Bekenne dich dazu", sagt sie.

Ich lache. „Immer."

Garrett

Nach sechs Wochen und drei Tagen bin ich aus L.A. zurück, und ich bin Mann genug, um es zuzugeben – mich von Harper zu trennen war ein großer Fehler. Ich konnte mich in L.A. nicht amüsieren, weil ich sie zu sehr vermisst habe. Ich verstehe, dass sie befürchtet, ausgenutzt zu werden, und ich hätte es einfach aussitzen sollen. Stattdessen habe ich selbst empfindlich reagiert und bin sofort in die Defensive gegangen, bevor ich Schluss gemacht habe. Und wofür? Wer weiß, ob ich je wieder einen Job in der Branche bekomme? Es hängt davon ab, ob der Film gut läuft, ob die Besetzungsbosse das mögen, was sie von mir gesehen haben, und von so vielen anderen Faktoren, die sich meiner Kontrolle entziehen.

Ich mache mir nicht vor, dass ich ein großes Talent wie Harper bin, obwohl mein Schauspielcoach mit meinen Fortschritten zufrieden ist und sagt, wenn ich weiter daran arbeite, kann ich ein professionelles Niveau erreichen. Seien wir ehrlich, ich werde hauptsächlich für mein Aussehen gecastet, mit dem zusätzlichen Bonus, königliches Blut zu haben. Das Publikum steht auf sowas. Ich bin wie eine Kuriosität im Zoo, und darauf kann man keine Karriere aufbauen. Ich denke, diesmal ist mir mein eigenes Ego in die Quere gekommen.

Und mein Stolz hat mich davon abgehalten, sie anzurufen. Dumm, ich weiß. Jetzt, wo ich wieder zu Hause bin, habe ich das dringende Bedürfnis, sie zu sehen. Es ist Heiligabend. Sie ist nicht zu Hause und beantwortet meine Nachrichten nicht. Meine Anrufe gehen direkt auf Voicemail. Ich kann nur hoffen, dass sie bei ihrer Großmutter ist. Ich will Weihnachten mit ihr verbringen. Meine Familie ist über die Feiertage wieder auf Villroy, doch ich habe es wegen der Drehzeiten nicht geschafft. Ich vermisse alle, aber am meisten vermisse ich Harper.

Es gibt nur einen Weg, Klarheit zu schaffen. Ich rufe ihre Großmutter an. Sie hat mich tatsächlich am Tag nach Thanksgiving angerufen, um mich zu fragen, wann ich zurück sein würde, weil sie ein paar Kisten vom Dachboden braucht. Und dann hat sie mir ihre Nummer gegeben, damit ich sie anrufen kann, wenn ich komme. Sie muss mich wirklich mögen. Harper hat gesagt, sie hätte einen Handwerker, der alle Gelegenheitsarbeiten erledigen kann, die im Haus ihrer Großmutter anfallen. Es ist also nicht so, als wäre ich der einzige, der ihr helfen könnte, Kisten vom Dachboden zu holen.

Es klingelt fünfmal, bevor sie abhebt. „Hallo?"

„Hallo, Mrs. Ellis. Garrett hier. Ich bin wieder in der Stadt. Ist Harper bei Ihnen?"

„Ja." Ihr Stimme klingt gedämpft. „Harper! Schau bitte nach dem Briefkasten für mich. Ich warte auf ein paar Weihnachtskarten. Die sind das einzige Lebenszeichen, damit ich weiß, dass meine Cousinen nicht die Hufe hochgerissen haben."

Ich höre Harper etwas im Hintergrund murmeln. *Meine Liebe.*

„Ma'am –", fange ich an.

„Tsk", sagt sie und einen Moment später, „sie ist rausgegangen, um die Post zu holen. Wie schnell können Sie hierherkommen?"

Hoffnung blüht in mir auf. „Anderthalb Stunden, maximal zwei."

„Okay, ich weiß, dass sie unbedingt ihre Freundinnen besuchen will, aber ich werde sie für Sie hier behalten. Sie hat Ihnen etwas zu sagen."

Meine Gedanken rasen. *Hat sie jemand anderen getroffen? Zieht sie für einen Job nach .LA.? London?* „Was?"

„Es ist nicht an mir, Ihnen das zu sagen. Und jetzt los, machen Sie, dass Sie hierherkommen. Ich weiß, wie ich das Mädchen beschäftigen kann."

„Da bin ich mir sicher. Danke, Ma'am."

„Bis bald, aber nicht zu schnell fahren!"

Zum Glück sind die Straßen frei, als ich mit meiner Harley zum Haus ihrer Großmutter fahre. Es war zu schwierig, über die Feiertage in letzter Minute ein Auto zu mieten, und ich fahre nicht gerne mit dem Motorrad auf vereisten Straßen. Ich nehme es als gutes Zeichen, dass die Straßen sauber sind. Ich sollte heute zu ihr. Ich hoffe wirklich, dass es keine schlechten Nachrichten sind. Wenn sie jemanden getroffen hat, werde ich sie zurückerobern. Wenn sie Tausende von Kilometern entfernt arbeitet, werde ich sie besuchen. Solange wir es nicht ganz beenden müssen.

Als ich ihre Straße entlangfahre, wird mir klar, dass ich ihr und ihrer Großmutter ein Geschenk hätte mitbringen sollen. Es ist Weihnachten. Ich war so darauf konzentriert, Harper zu sehen, dass ich es völlig vergessen habe. Ich mache kehrt und fahre um den See herum zu einem kleinen Lebensmittelgeschäft, an dem ich unterwegs vorbeigekommen bin. Es ist Nachmittag an Heiligabend, also hoffe ich, dass es noch geöffnet ist.

Ich stelle das Motorrad ab und gehe zur Tür, gerade als ein Mann das Schild in der Tür umdreht. Sie schließen heute um vier. „Warten Sie bitte!", rufe ich durch die Glastür. „Kann ich nur schnell zwei Sachen holen?" Ich starre einen Moment verdutzt, erschrocken über die Ähnlichkeit des Angestellten mit dem Weihnachtsmann. Er hat weißes, welliges Haar, einen langen weißen Bart und schwarze Hosenträger über einem roten Hemd, das über seinem runden Bauch spannt.

„Es ist Heiligabend", sagt er. „Wir haben geschlossen."

„Sir, ich brauche dringend ein Geschenk für mein Mädchen und ihre Großmutter. Ich muss sie zurückerobern. Haben Sie Blumen, Süßigkeiten oder Weihnachtsplätzchen? Gibt es etwas, das einem dummen Mann helfen würde, sich wieder mit der einzigen Frau gutzustellen, die er jemals wirklich geliebt hat?" Ich trage mein Herz auf der Zunge und habe nichts zu verlieren.

Er schließt die Tür auf. „Wer sind das Mädchen und die Großmutter?"

„Harper und Joan Ellis."

„Joan Ellis, was? Ich könnte was haben, das sie mag." Er zwinkert mir zu, dreht sich um und bedeutet mir, ihm zu folgen. „Sie ist ein schwieriger Fall, aber wenn irgendetwas sie auf ihre Seite ziehen kann, ist es das."

Ich folge ihm in die Weihnachtsabteilung. Er zeigt auf einen Nussknacker in roter Paradeuniform. „Scheint ange-messen, nicht wahr, mein Junge?"

Ich schüttle meinen Kopf. Die Bedeutung entgeht mir nicht. Ich denke, sie geht mit allen hart um. Ich nehme ein Plüsch-Rentier und einen Plüsch-Weihnachtsmann aus dem Regal. Zumindest sind die niedlich. „Haben Sie Blumen oder Süßigkeiten?"

„Zu dieser Jahreszeit keine Blumen. Süßigkeiten sind vorne an der Kasse."

Ich bringe meine Geschenke zur Kasse und betrachte das Angebot. Es gibt nur Schokoriegel und Kaugummi. Ich lege meine Plüschgeschenke auf den Tresen und hole meinen Geldbeutel aus der Tasche. „Das reicht. Danke."

„Sind Sie einer von Harpers Hollywood-Freunden?", fragt er.

„Nein. Meine Schwägerin ist Schauspielerin. Wir haben uns durch sie kennengelernt."

Er tippt die Preise in die Kasse ein. „Nun, wir hier im Ort haben ihr immer die Daumen gedrückt. Lassen Sie sie wissen, dass ich mich jede Woche auf *Living Gold* freue."

„Ich bin sicher, dass sie das gerne hört. Wie war nochmal Ihr Name""

„Nicholas."

St. Nicholas? Ich blinzle. „Danke für Ihre Hilfe heute, Nicholas."

Ich bezahle die Geschenke, stopfe sie sicher in meine Lederjacke und mache mich wieder auf den Weg. Ich parke auf der Straße vor dem Haus ihrer Großmutter und bemerke einen dunkelblauen Ford-Pickup in der Einfahrt. Da ich mir nicht vorstellen kann, dass Mrs. Ellis dieses riesige Ding fährt, hoffe ich, dass Harper es gemietet hat. Nur, dass mein nervöser Bauch mir sagt, dass das der Truck eines Mannes sein muss. Alle meine warmen Gefühle kühlen sich ab. Das muss sein, worüber Harper mit mir sprechen muss – sie hat jemanden kennengelernt. Aber warum sollte Mrs. Ellis mir dann sagen, dass ich herkommen soll? Will sie eine Konfrontation erzwingen? Ich weiß, dass sie nicht die zuckersüße Großmutter ist, aber ich hätte nicht gedacht, dass sie absichtlich gemein sein kann.

Ich klingele und lasse meine Geschenke in meiner Jacke stecken. Ich sehe aus, als hätte ich fünfzig Pfund zugenommen, doch ich werde ihrem neuen Freund nicht mit einem Plüsch-Rentier und einem Plüsch-Weihnachtsmann in der Hand begegnen.

Harper öffnet die Tür. „Garrett! Ich wusste nicht, dass du hier bist." Sie sieht großartig aus, ihre Augen leuchten, und ihre Haut strahlt. Sie trägt einen weiten roten Pullover mit V-Ausschnitt, schwarze Leggings und schwarze Stiefel. Ich will sie nur hochheben und wegtragen.

„Ich habe dich heute angerufen und dir eine Nachricht geschickt, aber du hast nicht geantwortet. Es tut mir leid, dass ich so lange gebraucht habe, mich zu melden."

Ihre Augen werden sanft. „Ich habe mein Handy auf Drängen meiner Großmutter ausgeschaltet. Sie wollte, dass ich mich voll und ganz darauf konzentriere, ihr beim Schmücken des Baumes zu helfen. Komm rein."

Ich folge ihr. Ein Mann in meinem Alter steht im Wohnzimmer in einem langärmeligen blauen Baumwollhemd, Jeans und Turnschuhen. Verdammt, er sieht gut aus. *Schauspieler?*

Mrs. Ellis erhebt sich aus ihrem Sessel. „Garrett, das ist Drew, ein Freund von Harper. Sie kennt ihn schon ihr ganzes

Leben als jemanden, auf den man zählen kann. Stark und ein guter Versorger." Sie lächelt ihn an und dreht sich dann zu Harper um. „Special Forces, damit er dich auch beschützten kann."

Glühende Eifersucht explodiert in mir, und ich balle meine Hände zu Fäusten.

21

Garrett

„Also ist das dein neuer Typ?", frage ich Harper. „Hast du überhaupt gewartet, nachdem wir uns getrennt haben, oder hast du ihn sofort angerufen?"

Harper schnappt nach Luft und dreht sich zu ihrer Großmutter um. „Versuchst du, irgendwas anzuzetteln?"

Der Mann reibt sich den Nacken. „Ich dachte, ihre Heizung funktioniert nicht. Hier drinnen scheint es aber warm genug zu sein."

„Ja, du wirst hier nicht gebraucht", sage ich. „Du solltest die Fliege machen." Ich nicke mit dem Kopf in Richtung Tür.

Er schlendert auf mich zu und sieht mich mit zusammengekniffenen Augen an.

Mrs. Ellis klatscht. „Ihr zwei solltet draußen weitermachen."

Der Typ starrt mich an. „Wer bist du?"

Ich gehe in eine kampfbereite Position, die Beine breit, die Fäuste bereit. „Ich bin der Typ, der lange mit Harper zusammen sein wird."

Er schüttelt den Kopf. „Total okay für mich. Ich bin nur hier, um die Heizung zu reparieren."

„Das kann ich erledigen", sage ich.

„An der Heizung ist nichts kaputt", sagt Harper.

Mrs. Ellis stemmt die Hände in die Hüften. „Also wenn ihr nicht kämpfen wollt, sollten wir uns alle bei heißer Schokolade und Keksen unterhalten."

Harper geht zu mir. „Drew, es tut mir so leid, dass sie dich hier umsonst hergerufen hat."

Seine Lippen zucken. „Ich hätte wissen sollen, dass sie was vorhat." Er blickt zu Mrs. Ellis. „Danke für die angebotenen Kekse, aber meine Familie erwartet mich für unsere eigene Heiligabendfeier."

„Danke, dass du vorbeigeschaut hast", sagt sie und setzt sich wieder. „Frohe Weihnachten."

„Gleichfalls", sagt er und geht hinaus.

Sobald die Tür ins Schloss gefallen ist, sieht Harper ihre Großmutter finster an. „Was in aller Welt tust du da? Holst Drew am Heiligabend wegen einer nicht existenten kaputten Heizung hierher!"

Sie lächelt gelassen. „Ich wollte sehen, ob Garrett sich der Situation gewachsen zeigen würde. Eifersüchtig? Oh ja. Hart genug, um sich mit einem Army Ranger anzulegen? Definitiv. Männer sollten Männer sein. Gott sei Dank hast du dir diesmal einen richtigen Mann ausgesucht."

Harper wirft die Hände in die Höhe. „Wir haben uns getrennt, Großmutter, das weißt du."

„Ziehen Sie Ihre Jacke aus", sagt Mrs. Ellis zu mir. „Bleiben Sie ein bisschen."

Ich öffne meine Jacke und ziehe das ausgestopfte Rentier und den Weihnachtsmann heraus, die mir, angesichts all der Turbulenzen, die in mir toben, jetzt absolut lächerlich vorkommen. Ich kann keine Minute länger warten, um zu sagen, was ich zu sagen habe.

„Harper, wir müssen reden. Können wir nach draußen gehen?"

„Es ist eiskalt da draußen", sagt Mrs. Ellis. „Redet hier drinnen."

Harper dreht sich zu ihr um und sagt in ruhigem Ton: „Ich brauche etwas Privatsphäre, um mit ihm zu reden, bitte."

Mrs. Ellis seufzt und erhebt sich mit einiger Mühe aus ihrem Sessel. „Ich gehe nach oben, aber tut nichts Unangemessenes auf meinem Sofa."

„Wir werden versuchen, uns zurückzuhalten", erklärt Harper trocken.

Mrs. Ellis macht sich langsam auf den Weg zu ihrem Treppenlift, und ich weiß nur, dass das viel zu lange dauern wird, als dass ich und Harper eine Verbindung herstellen könnten.

Ich folge ihr. „Ma'am, darf ich Sie nach oben tragen? Sie sehen aus, als würden Sie klatschnass nicht mehr als hundert Pfund wiegen. Das ist kein Problem." Ich strecke ihr meine Arme entgegen.

Sie errötet und ruft Harper zu: „Dein Typ ist lächerlich." Sie dreht sich zu mir um. „Nein, danke, ich schaffe das schon."

Ich zwinkere. „Ich werde Sie eines Tages auf Händen tragen, Queen Joan."

„Unsinn", blafft sie, doch mir entgeht das Funkeln in ihren Augen nicht.

Ich setze mich zu Harper auf das Sofa, und wir warten, während der Treppenlift langsam nach oben summt.

„Ihr könnt jetzt anfangen zu reden", singt Mrs. Ellis. „Ich kann über den Lärm dieses Monstrums sowieso nichts hören."

„Wir können dich hören", sagt Harper laut.

„Harper hat Ihnen was zu sagen", sagt Mrs. Ellis.

„Ich habe ihr auch was zu sagen", sage ich.

„Nun, worauf warten Sie dann noch?", drängt Mrs. Ellis.

Harper dreht sich mit einem entschuldigenden Lächeln zu mir um. „Tut mir leid. Lass uns einfach so tun, als würden wir reden, bis sie in ihrem Zimmer ist."

„Hast du jemand anderen kennengelernt? Sag's mir einfach. Ich kann das ertragen."

„Garrett, es gibt niemanden. Drew ist nur ein alter Freund."

Ich entspanne mich. Alles andere ist reparabel. Hoffe ich.

Schließlich schafft es Mrs. Ellis in ihr Zimmer oben und schließt die Tür.

Harper atmet scharf aus. „Ich hätte nicht gedacht, dass sie die Tür zumacht."

„Harp, ich habe dich vermisst." Ich will sie umarmen, aber sie stößt mich weg.

„Warte. Ich muss dir was sagen, und ich will, dass du weißt, dass ich nichts von dir erwarte. Okay?"

„Ziehst du nach L.A.?", frage ich.

„Nein, hör auf zu raten. Hör mir einfach zu."

„Okay." Ich wappne mich und bete, dass es nicht so schlimm ist. Ich will unbedingt mit ihr zusammen sein.

„Ich bin schwanger."

Der Atem verlässt meinen Körper, und das Zimmer dreht sich plötzlich um mich.

„Garrett, geht's dir gut?"

Ich hole tief Luft. „Ja. Mir geht's gut. Du hast mich überrascht. Ich dachte, du nimmst die Pille. Es ist meins, oder?"

„Natürlich ist es deins. Ich war nur mit dir zusammen."

„Okay. Tut mir leid." Ich fahre mir mit der Hand durch die Haare. „Ich bin nur so überrascht. Wie ist es passiert?"

„Ich habe eine Pille vergessen, als ich diese Magengrippe hatte, und am nächsten Abend habe ich mich übergeben, als du ... also hat es ein Fruchtbarkeitsfenster gegeben. Zuerst war ich mir nicht sicher, weil der Schwangerschaftstest negativ war, aber später bin ich zum Arzt gegangen, und da war er positiv."

„Seit wann weißt du es?"

„Vier Tage, nachdem du gegangen bist. Ich habe versucht,

dich anzurufen und dir Nachrichten zu schicken, aber du hast nicht reagiert."

Ich stöhne über meine eigene Dummheit. „Ich war wütend. Ich wollte, dass es mir ohne dich gut geht, doch das hat nicht funktioniert. Gott, ich kann nicht glauben, dass ich es die ganze Zeit nicht gewusst habe."

„Schon gut. Ich wusste, dass du wieder zurückkommen würdest, und das ist ein Gespräch, das man von Angesicht zu Angesicht führen muss." Sie lächelt. „Ich freue mich darüber."

„Ich mich auch."

Sie studiert meinen Gesichtsausdruck. „Das tust du?"

Ich nehme ihre Hände in meine. „Natürlich."

Sie schnieft. „Zuerst habe ich mich so geschämt. Ich war eine ungeplante Schwangerschaft und wollte nicht in die Fußstapfen meiner Mutter treten. Und dann hatten wir uns ja auch gerade getrennt. Ich hätte nie gedacht, dass es so kommt. Ich habe mir geschworen, mein Kind würde in eine Familie mit Vater und Mutter hineingeboren werden, so, wie ich es mir als Kind immer gewünscht habe. Jetzt kommt es nur noch darauf an, dass das Baby gesund ist."

Ich beuge mich vor, immer noch vollkommen geschockt. „Ich war auch eine ungeplante Schwangerschaft. Meine Eltern nennen mich einen glücklichen Unfall. Die Familiengeschichte besagt, Connor, der Viertgeborene, sollte der Letzte sein, aber er war so ein Engel, dass sie beschlossen haben, noch ein Kind zu haben, und Brendan war so ein kleiner Teufel, dass sie geschockt waren. Ich war ein Hoppla, und mein Vater hat gleich danach eine Vasektomie machen lassen, da er der Meinung war, sechs Kinder sind genug."

„Ich war alles andere als ein glücklicher Unfall."

Ich richte mich auf. „Dieses Baby ist einer." Ich starre auf ihren Bauch, der von ihrem weiten Pullover bedeckt ist. Er sieht immer noch flach aus.

„Ich wollte dich morgen anrufen, um dich über die Feiertage zu treffen, aber ich bin so froh, dass du jetzt hier bist."

Ich kann meine Augen nicht von ihrem Bauch lassen. Meine Tochter oder mein Sohn ist da drin. „Ist alles ... okay damit?"

„Ja. Ich bin in der achten Woche, und Geburtstermin ist im Juni. Ich will, dass du ein Teil des Lebens des Babys bist, aber ich will nicht, dass du das Gefühl hast, dass wir deswegen zusammen sein müssen."

Ich streiche ihr eine Haarsträhne hinter das Ohr. „Ich bin begeistert, Vater zu werden. Ich will auf jede erdenkliche Art und Weise Teil des Lebens dieses Kindes sein. Und ich hoffe, wir können das Baby zusammen als Paar großziehen. Und das sage ich nicht wegen des Babys. Ich bin heute hierhergekommen, um dir zu sagen, dass ich dich liebe, und einen Film zu machen war es nicht wert, dich dafür zu verlieren. Ich werde alles tun, um dafür zu sorgen, dass wir zusammen sein können. Ich werde von jetzt an alle Projekte mit dir besprechen, bevor ich akzeptiere. In dieser Hinsicht hattest du Recht. Paare sollten diese Entscheidungen gemeinsam treffen, da sie uns beide betreffen. Und wenn du mich zurücknimmst, hoffe ich, dass du dasselbe tust, weil wir wichtiger sind als jeder Job."

Sie wirft ihre Arme um mich. „Es tut mir leid, dass ich diese verletzenden Dinge gesagt habe, als wir das letzte Mal gesprochen haben. Ich habe Mist gebaut. Ich wollte dich nur bei mir haben. Ich bin bei deiner Schauspielkarriere an Bord. Ich bin mit allem einverstanden, was du tun willst. Ich werde dich voll und ganz unterstützen."

Ich ziehe mich zurück und nehme ihr Gesicht in meine Hände. Ihre Unterlippe zittert, Tränen glitzern in ihren Augen. Meine eigenen Augen brennen auch. „Ich glaube, wir haben eine gemeinsame Zukunft, Harper. Ich habe lange auf die Eine gewartet. Mein Leben hat sich in dem Moment, als wir uns begegnet sind, zum Besseren verändert."

„Oh, Garrett." Sie küsst mich und umarmt mich für einen langen Moment.

„Und jetzt gibst du mir dieses Geschenk." Meine Stimme bricht. Sie zieht sich zurück und streichelt meine Wange. „Ein Kind. Es ist das beste Geschenk, das du mir machen konntest." Ich zeige auf die Stelle, wo das Plüsch-Rentier und der Weihnachtsmann auf dem Sofatisch sitzen. „Besser als mein Geschenk für dich."

Sie lacht unter Tränen. „Welches ist meins?"

„Welches du auch immer haben willst." Ich streichle ihre Wange und küsse sie. Dann starre ich auf ihren Bauch. „Darf ich … deinen Bauch anfassen?"

„Natürlich. Das Baby ist sicher da drin. Du kannst ihn anfassen." Sie hebt ihren Pullover hoch und da ist tatsächlich die Spur einer Rundung, die vorher nicht da war. Ich lege meine Hand darauf, mein Hals vor Emotionen zugeschnürt. „Ich spüre keine Bewegung. Bist du sicher, dass alles in Ordnung ist?"

„Es ist zu klein, um schon etwas zu spüren. Aber bald."

„Du bist die Eine für mich, weißt du das? Ich will dich heiraten."

Sie wendet den Blick ab. „Wir müssen nicht heiraten, nur weil ich schwanger bin."

Ich lege die Hand an ihr Gesicht und zwinge sie sanft, mich wieder anzusehen. „Verstehst du nicht, wie tief meine Gefühle für dich sind? Ich will nie wieder getrennt sein. Das wusste ich, bevor du mir von dem Baby erzählt hast."

Sie beißt sich auf die Unterlippe. „Vielleicht sollten wir warten, bis das Baby geboren ist. Du könntest deine Meinung ändern."

„Zweifle niemals an meinem Wort. Ich werde für den Rest meines Lebens bei dir und Garrett Junior bleiben."

Sie lächelt. „Garrett Junior? Was ist, wenn es ein Mädchen ist?"

„Joan?"

Sie starrt mich fassungslos an. „Nein, stopp."

„Was? Deine Großmutter würde es lieben. "

Sie lächelt zärtlich. „Du magst sie wirklich."

„Was gibt's da nicht zu mögen? Sie hat meine zukünftige Frau großgezogen, die Mutter aller meiner zukünftigen Kinder."

Tränen fließen über ihre Wangen, und ich ziehe sie in meine Arme.

Nach einer Weile hebt sie den Kopf, wischt sich die Tränen ab und schnieft. Ich hole ihr ein Taschentuch vom Beistelltisch ihrer Großmutter.

„Danke", sagt sie. „Und was die Arbeit angeht, werde ich Regie für einige Folgen einer neuen Show für Claire Jordans Produktionsfirma führen. Sie wird in New York gefilmt. Ich hatte ein gutes Gespräch mit ihr, und wir haben uns über meine zukünftige Karriere unterhalten. Ich würde gerne mehr hinter den Kulissen arbeiten, damit ich hier bleiben kann. Zu der Zeit dachte ich daran, dass du so das Baby besuchen kannst, aber jetzt bedeutet es so viel mehr. Der aufregende Teil ist, dass sie mich gebeten hat, ihr ein paar Showideen zu präsentieren. Ich mag die Idee, Regie zu führen, weil mir das kreative Kontrolle gibt, auch wo wir filmen. Das bedeutet, dass ich eng mit ihr zusammenarbeiten werde, also bin ich in deiner Nähe. Wie findest du das?"

„Ich finde, das ist das beste Weihnachten, das ich je hatte. Meine Liebe hat einen Weg gefunden, mit mir zusammen zu sein, und hat uns zu einer Familie gemacht."

Sie lächelt und küsst mich. „Na ja, du warst auch beteiligt."

„Das ist wohl wahr." Ich runzle die Stirn und denke an meinen Anteil an all dem und an unsere Zukunft. „Hat der Arzt gesagt, ob es okay ist, ..." Ich senke meine Stimme, denn irgendwie traue ich Mrs. Ellis nicht. Sie könnte lauschen. „Liebe zu machen?"

Sie lacht. „Ja, das ist okay. Aber wenn mein Bauch wächst, wird es schwieriger."

„Ich bin hart im Nehmen. Ich werde schon damit zurechtkommen."

Sie strahlt mich an, und meine Brust schmerzt vor all den Gefühlen, die ich für sie und jetzt für unser Kind empfinde. Ich hatte nicht erwartet, Vater zu werden, aber ich könnte nicht glücklicher sein. Und ich habe jetzt die Anzahlung für ein Haus für meine neue Familie. Ich kann es kaum erwarten, meinen Eltern zu sagen, dass sie wieder Großeltern werden, aber es ist zu spät, sie heute noch auf Villroy anzurufen. Sie dürften schon im Bett sein.

„Sollen wir ihr sagen, dass sie jetzt runterkommen kann?", fragt Harper.

„Ja, alles ist gut." Plötzlich weiß ich, warum Mrs. Ellis darauf bestanden hat, dass Harper mir etwas zu sagen hat. „Sie weiß über das Baby Bescheid, oder? Ich bin überrascht, dass sie mich nicht mit einem Stock vertrieben hat."

„Ha! Das hätte nichts geändert. Du hättest mit deinen handwerklichen Fähigkeiten den Stock in einen Gehstock für sie gedrechselt und ihr angeboten, ihr noch einen zweiten zu machen. So ein Softie."

„Ich kann ihr stacheliges Äußeres durchschauen. Sie ist ein guter Mensch."

„Das ist sie. Ich gehe sie holen." Sie geht nach oben.

Ich lehne mich auf dem Sofa zurück und der Plastikbezug knarzt unter meinem Gewicht. Wenn ich Harper jetzt noch dazu bringen könnte, mich zu heiraten, könnte ich mich entspannen. Ich will, dass das Baby meinen Namen trägt, keine Frage, wer der Vater ist. Ich will eine solide Grundlage für ihn oder sie. Ich kann es kaum erwarten herauszufinden, was wir bekommen.

Ein paar Minuten später kommt der Treppenlift langsam heruntergefahren. Harper lächelt mich vom Treppenabsatz oben an, während sie darauf wartet, dass ihre Großmutter ihre Reise nach unten beendet.

„Sieht so aus, als wären wir eine Familie", verkündet Mrs. Ellis. „Sobald du sie geheiratet hast, mein Junge."

Ich gehe zum Fuß der Treppe, damit sie meine Stimme über das Summen des Motors hören kann. „Das ist der Plan, Queen Joan. Harper wird eine Prinzessin sein." Ich zwinkere Harper zu und denke, dass sie das lustig finden wird, doch sie sieht tatsächlich begeistert aus. „Wie gefällt dir das?"

„Ich würde so gerne den Palast besuchen", sagt Harper.

Mrs. Ellis schnieft. „Es würde mir auch nichts ausmachen, mich da einmal umzusehen."

„Ihr seid beide eingeladen. Meine Familie fliegt jedes Jahr zu Weihnachten mit dem königlichen Privatjet hin. Was haltet ihr davon, nächstes Weihnachten dort zu verbringen? Unser Baby kann dann seine Großfamilie kennenlernen."

„Oder ihre", mischt sich Harper glücklich ein.

Ich lächle sie an. Ich bemerke Mrs. Ellis' finstere Miene. „Nein?", frage ich.

„Ich bin siebenundachtzig Jahre alt, junger Mann. Glaubst du, ich kann ein Jahr warten? Ich werde nächsten Sommer gehen, wenn das Wetter schön genug ist, um einen Besuch auf der Insel zu genießen."

Harper lacht. „Scheinbar hat meine Großmutter nach deinem ersten Besuch hier deine Familie recherchiert."

Mrs. Ellis spitzt die Lippen. „Es ist meine Aufgabe, Erkundigungen über einen Mann einzuholen, mit wem du es ernst meinst." Sie lächelt mich an. „Ich wusste, dass er einer von den Guten ist."

„Danke, Ma'am", sage ich überrascht.

Sie steigt unten an der Treppe von ihrem Treppenlift und winkt mich näher zu sich heran. Ich beuge mich vor, und sie tätschelt meine Wange. „Du bist ein guter Mann, Garrett. Und jetzt vergiss das mit dem Sie."

Ich küsse sie auf die Wange. „Und Sie sind eine gute Frau.

Du, meine ich. Ich werde die Frau, die meine wunderbare Frau großgezogen hat, immer ehren und respektieren." Ich deute auf Harper, die die Treppe hinunterkommt und mit Tränen in den Augen lächelt.

Mrs. Ellis wischt sich die Augen. „Okay, genug von diesem Kitsch. Ich muss die heiße Schokolade kochen."

Ich kann nicht anders, als sie wegen vorhin aufzuziehen. „Sicher, dass du nicht darauf warten willst, dass ein Rivale vorbeikommt, damit ich vor der heißen Schokolade noch meinen Mann stehen kann?"

Sie kichert und geht langsam in die Küche. „Muss dich auf Trab halten."

Harper legt ihre Arme um meinen Hals und küsst mich zärtlich. „Ich liebe dich, du wunderbarer Mann. Ich bin noch nie in meinem Leben so glücklich gewesen."

„Ich liebe dich auch. Du weißt gar nicht wie viel. Es fühlt sich fast zu gut an, um wahr zu sein. Ich hatte keine Ahnung, wie heute laufen würde, und jetzt ist es als ob –"

„Das Universum auf uns herablächelt."

„Das bist du." Ich küsse sie wieder, überwältigt von allem, was ich empfinde. „Immer du."

Sie umarmt mich und geht auf Zehenspitzen, um mir ins Ohr zu flüstern: „Sie geht um sieben ins Bett. Danach können wir zu unserer privaten Feier zu mir nach Hause fahren. Weißt Du, was ich meine?" Sie packt meinen Po.

Ich neige meinen Kopf. „Bin mir nicht sicher. Das musst du ein bisschen besser erklären."

Sie lässt eine Hand zu meinem Schwanz wandern, und er regt sich sofort.

„Magst du Marshmallows, Garrett?", ruft Joan aus der Küche.

Ich zucke von Harper zurück, meine Ohren hochrot.

Harper unterdrückt ein Lachen. „Sie hat ein Radar für …", sie wedelt mit dem Finger.

„Klar, danke, ich nehme Marshmallows", sage ich.

„Dann musst du welche aus dem Laden holen", sagt Mrs. Ellis.

„Ohne ist auch gut."

Harper kichert.

Joan steckt ihren Kopf ins Zimmer und lächelt verschlagen. „Sicher?"

Ich habe sie durchschaut. *Das war ihre Art zu sagen, behalte deine Hände bei dir.* Nur, dass es ihre Enkelin war, die handgreiflich geworden ist! „Wir heiraten, sobald ich sie dazu überreden kann."

Sie kneift die Augen zusammen. „Bevor das Baby geboren wird."

Ich wende mich Harper zu. „Hochzeit am Valentinstag? Sean und Josie hatten ihre am Valentinstag, und es war großartig. Wir haben immer noch den Bogen aus Seidenblumen. Den haben wir auch für die Wiederholung der Hochzeit meines anderen Bruders verwendet, der nur standesamtlich geheiratet hat. Das dritte Mal kann also nur eine Menge Glück bringen."

„Ich muss deine Familie kennenlernen", sagt Joan

Ich grinse. „Die sind auf die beste Weise verrückt. Ich bin sicher, du wirst sie lieben."

Sie tätschelt ihre Haare, ihre Wangen werden rot. „Ja, also ..." Sie schlurft zurück in die Küche.

Harper schlingt ihre Arme um meine Taille. „Wenn du nicht aufpasst, wird sie sich auch noch in dich verlieben. Ich will wirklich nicht mit meiner Großmutter um meinen Mann konkurrieren müssen."

Ich lache und komme dann zum wichtigen Teil zurück. „Also Valentinstag? Herzen, Amor-Statuen und so viel dunkle Schokolade mit Kirsche, wie dein Herz begehrt. Warte." Ich gehe auf ein Knie. „Harper Ellis, willst du mich heiraten?"

„Ja!"

„Ja!", ruft Joan eine Sekunde später und strahlt uns an.

Ich umarme Harper und lächle Joan zu, die mir zuzwinkert, bevor sie zurück in die Küche geht.

Harper strahlt mich an. „Ich kann es kaum erwarten, deine Frau zu sein."

„Ich auch nicht." Ich küsse sie zärtlich, aber dann flammt die Hitze auf, wild und außer Kontrolle. Gott, ich habe sie vermisst.

„Heiße Schokolade ist fast fertig!", ruft Joan.

Wir lösen uns lächelnd voneinander. Die Zeit vergeht wie im Fluge, wenn man mit seiner zukünftigen Frau im Wohnzimmer ihrer Großmutter rummacht.

Wir schließen uns Joan an, die sich an den kleinen Küchentisch gesetzt hat. Dann planen wir gemeinsam die Hochzeit am Valentinstag und einen Sommerurlaub.

Unsere Flitterwochenpläne schließen Joan jedoch nicht ein.

HARPER

Meine Großmutter bestand darauf, dass wir, da ich ja schwanger bin, ihren alten Toyota zurück in die Stadt nehmen, anstatt auf Garretts Motorrad zu fahren. Ich habe das Gefühl, dass sie insgeheim hofft, dass Garrett an Weihnachten zurückkommt, um sein Motorrad abzuholen, damit sie ihn wiedersehen kann. Die Wahrheit ist, zu sehen, wie gut er mit meiner schwierigen Großmutter umgeht, hat wahrscheinlich einen Teil dazu beigetragen, dass ich mich so in ihn verliebt habe.

Sobald wir in meine Wohnung kommen, stürze ich mich in seine Arme. „Ich habe dich so vermisst!" Kuss. Längerer Kuss. „Ich kann es kaum erwarten, dich ..." Kuss. „Nackt zu haben."

Er hebt mich hoch und trägt mich ins Schlafzimmer. „Du hast dich bei deiner Großmutter zurückgehalten."

„Machst du Witze? Ich kann mich da schlecht auf dich stürzen. Und sie hört immer mit. Ihr Gehör hat sich leider überhaupt nicht verschlechtert."

„Aber Sweetheart, das ist nicht nett."

„Oh, Garrett, du musst noch so viel lernen."

Er setzt mich neben dem Bett ab und zieht meinen Pullover über meinen Kopf. Er starrt meine Brüste an. „Sind deine Brüste größer geworden?"

Ich betrachte meine Oberweite. „Ja. Nebenwirkung der Schwangerschaft."

„Schön", sagt er, schiebt die Träger meines BHs von meinen Schultern, und seine großen Hände streicheln mich dabei. „Ich mag diese Nebenwirkung."

„Du kannst es ruhig sagen. Vorher waren sie zu klein."

Er küsst mich. „Du warst vorher auch perfekt. Du bist in jeder Hinsicht perfekt." Er lächelt, setzt sich auf das Bett und zieht mich näher an sich heran. Sein Mund schließt sich über meiner Brust, und er saugt hart. Die pure Lust schießt durch mich hindurch, so sehr, dass es ich vor Verlangen explodieren will. Ich grabe meine Finger in seine Haare und drücke ihn an mich. Seine Hände streichen über meinen Po und drücken zu.

Ich seufze vor Glückseligkeit. Er wendet sich der anderen Brust zu und schenkt ihr dieselbe Aufmerksamkeit, die mich stöhnen lässt. Meine Knie werden weich.

„Garrett", flüstere ich.

„Zu viele Klamotten", sagt er und zieht mir meine Leggings und mein Höschen aus.

Ich trete aus ihnen heraus und helfe ihm beim Ausziehen. Wir beide bewundern unsere Körper, als würden wir uns gerade zum ersten Mal sehen. Es ist zu lange her. Wir klatschen aneinander, sobald wir nackt sind und küssen uns gierig. Seine Hände sind überall, und dann hebt er mich hoch. Er unterbricht den Kuss und setzt mich auf den Laken ab.

Ich öffne meine Arme für ihn, und er lässt sich auf mir nieder, sein Gewicht auf seine Unterarme gestützt. Er streichelt meine Haare aus dem Gesicht. „Bist du sicher, dass das okay ist mit dem Baby?"

Ich lächle über seine Sorge. „Ja."

Er dringt langsam ein und beobachtet die ganze Zeit mein Gesicht. Seine Stirn ist konzentriert gerunzelt. Ich liebe diesen Mann.

Ich lege meine Arme und Beine um ihn. „Ich verspreche, dass es okay ist. Tu, was du willst."

Er stößt langsam und tief zu, sein Kopf senkt sich, um meinen Hals zu liebkosen. Ich streichle die breiten Ebenen seines Rückens. All diese Muskeln und all die Kraft, doch er hält sich zurück und behandelt mich so vorsichtig, als wäre ich zerbrechlich. Tränen steigen mir in die Augen.

Er hebt den Kopf und hält inne. „Was ist los mit dir?"

„Woher wusstest du, dass ich weine?"

„Du hast dich weit weg angefühlt."

Ich starre ihn an. „Wie fühlst du das?"

„Ich weiß nicht, Harp. Wir haben eine Verbindung. Was ist mit dir?"

„Ich liebe dich einfach so sehr, und du bist so zärtlich mit mir."

„Natürlich bin ich zärtlich. Ich liebe dich."

Ich nicke. „Alles ist gut, mir geht's jetzt besser. Küss mich."

Er tut es. Ich kann spüren, wie er sich diesmal zurückhält, und mir ist klar, dass er mit unserer Verbindung Recht hat. Und das lässt mich mich ganz einfach entspannen und loslassen. Er reagiert sofort, sein Mund hungrig, seine Stöße härter und schneller. Die Lust überschwemmt mich in Wellen, und baut sich immer weiter auf.

Er unterbricht den Kuss, blickt mir tief in die Augen, und es ist alles da – die intensive Lust, die Liebe, die Vorsicht mit mir. Er verlagert sein Gewicht und trifft genau den richtigen Winkel. Ich komme. Der Genuss breitet sich in Wellen aus, als ich mich gegen ihn wiege. Er nimmt sich, was er braucht, und stößt immer wieder tief zu, bevor er seinen Kopf in Ekstase in den Nacken wirft.

Ich streichle seinen Hals, und er greift nach meiner Hand und küsst sie. „Wie geht's dir?", fragt er. „Alles gut mit dem Baby?"

Ich strahle. „Uns geht's beiden großartig."

Er zieht sich zurück und schmiegt sich an mich. „Gott sei Dank. Ich glaube nicht, dass ich meine Hände monatelang von dir lassen könnte."

Ich kuschle mich an ihn und streichle seine Brust. „Fröhliche Weihnachten, Garrett."

Er küsst mich und hält mich fest. „Fröhliche Weihnachten und so viel mehr."

„Du weißt, meine Großmutter hofft, dass du morgen zurückkommst, um dein Motorrad zu holen, damit sie dich zu Weihnachten sehen kann."

„Das habe ich vor. Außerdem ist meine ganze Familie in Villroy. Ich habe also Zeit, Weihnachten mit meiner neuen Familie zu verbringen."

Mein Herz drückt. Ich klettere auf ihn und bedecke sein Gesicht mit Küssen. „Wunderbarer, wunderbarer Mann."

Er verschränkt seine Finger unter seinem Kopf, ein selbstgefälliges Lächeln auf seinem wunderschönen Gesicht. „Wo du Recht hast."

Ich beiße auf seine Unterlippe. „Du Tier."

Er zieht die Brauen hoch. „Also siehst du es endlich, oder? Meine Brüder nennen mich nicht umsonst Beast." Er zieht seine Arme runter und spannt sie für mich an.

„Nur im Inneren."

„Runde zwei, sagst du? Das habe ich doch richtig gehört." Er rollt sich über mich und knabbert an meinem Hals.

Ich lache und umarme ihn. Er gehört mir für immer, und ich bin so glücklich, eine Zukunft mit ihm zu haben. Mein Beast, mein Teddybär, meine Liebe.

EPILOG

Garrett

Zwei Tage vor Neujahr bringe ich Harper zum Haus meiner Eltern. Ich habe gewartet, bis sie aus Villroy zurück sind, um unsere großen Neuigkeiten persönlich zu überbringen.

Harper packt meine Hand fest, als wir die Treppe hinaufgehen. Joe ist hinter uns. Er bleibt bei uns, wenn Harper in der Öffentlichkeit ist, aber hier muss er nicht die Umgebung sichern.

„Bist du nervös?", frage ich sie.

Sie hebt unsere verbundenen Hände. „War es mein Todesgriff, der es verraten hat?"

„Hey, wenn Queen Joan an Bord ist, wird es auch King Daniel sein. Er ist derjenige, auf den du achten musst. Meine Mutter liebt Babys. Sie wird sich darauf konzentrieren."

„Oh toll, sag es nur, wie es ist."

Ich klingele.

Harper holt hörbar Luft.

„Entspann dich", sage ich ihr.

„Garrett, das ist groß–"

„Hallo!" Meine Mutter öffnet die Tür. „Kommt rein.

Schön, euch beide zu sehen. Hallo Joe." Sie tritt zurück. Mein Vater ist im Flur, um uns auch zu begrüßen.

„Wir haben dich zu Weihnachten vermisst", sagt mein Vater.

„Ich weiß", sage ich. „Ging dieses Jahr nicht anders. Vielleicht nächstes Jahr."

„Vielleicht?", sagt er. „Definitiv. Natürlich sind Sie auch eingeladen, Harper."

„Bitte kommt doch mit uns ins Wohnzimmer", sagt meine Mutter. „Wir sind gestern zurückgekommen und sind immer noch ein bisschen verwirrt mit den Zeitzonen."

„Für uns ist Abendessenszeit ", sagt mein Vater. Wir sind zum Mittagessen hier.

„Stört es Sie, wenn ich runter zum Billardtisch gehe?", fragt Joe meine Mutter. „Ich bin heute nur für den Transitteil des Tages im Dienst."

„Wenn Sie möchten", sagt sie und klingt überrascht. Ich habe Joe unsere Neuigkeiten erzählt und warum wir heute hier sind. Ich habe ihm auch gesagt, dass er spazieren gehen oder Billard spielen kann, während wir die Nachrichten überbringen. Er geht in den Keller.

Wir lassen uns alle im Wohnzimmer nieder. Das hässliche Gemälde von Jacks Streich, das ich ihnen gegeben habe, wurde durch ein wunderschönes Landschaftsgemälde von Villroy ersetzt.

Ich zeige darauf. „Das ist so viel besser als die Klecksereien."

„Danke", sagt meine Mutter und sieht es an. „Es wurde vom König und der Königin als Weihnachtsgeschenk für uns in Auftrag gegeben."

„Oh, wow", sagt Harper und starrt es an. „Villroy ist so schön. Ich kann den Palast oben auf dem Hügel sehen. Wie im Märchen."

„Es ist gut, eine Erinnerung an zu Hause zu haben", sagt mein Vater. „Können wir Ihnen etwas zu trinken anbieten?"

Meine Mutter springt auf.

„Ich mache das, Mom", sage ich.

Sie lächelt mich mit ihrem liebevollen Lächeln an. „Danke, mein süßer Teddybär."

Meine Ohren brennen. „Mom, bitte."

„Ist er wirklich", sagt Harper und lehnt sich an meine Seite. „Darf ich dich auch so nennen?"

Ich tippe auf ihre Nase. „Nein." Ich gehe in die Küche und öffne den Kühlschrank. „Es gibt Wasser in Flaschen und Bier. Was wollt ihr?"

Harper sagt: „Wasser, bitte."

Alle anderen folgen diesem Beispiel. Ich denke, dass es zu früh für ein Bier ist, obwohl ich plötzlich eines will. Ich habe meinen Eltern noch nie zuvor so große Neuigkeiten überbringen müssen, und wenn sie nicht positiv auf die überraschenden Babynachrichten reagieren, weiß ich, dass es Harper traurig machen wird. Ich bin zu glücklich, mir Sorgen über die Reaktion von irgendjemandem zu machen. In jedem Fall sollte ich die Nachrichten besser behutsam überbringen.

Nachdem ich das Wasser verteilt habe, setze ich mich auf das Zweisitzersofa neben Harper. Meine Eltern sitzen uns gegenüber. „Harper und ich haben Neuigkeiten."

Meine Eltern sehen uns erwartungsvoll an.

„Also", sage ich und sehe zu Harper. Sie ist so angespannt, dass sie nicht einmal blinzelt. Ich nehme ihre Hand, und sie fühlt sich an wie Eis. „Wir sind verlobt."

„Oh!" Meine Mutter wirft ihre Hände in die Luft. „Das sind wunderbare Neuigkeiten! Ich freue mich so für euch beide." Sie eilt um den Sofatisch herum, um Harper und dann mich zu umarmen und zu küssen.

Mein Vater schließt sich ihr an, schlägt mir auf die Schulter und küsst Harpers Wange. „Willkommen in der Familie, Harper."

Meine Mutter hat ihre Hände an ihren Wangen, als sie mich anlächelt. „Mein Baby – mein letzter Junge – heiratet."

Sie wirft einen Blick auf Harpers Hand und hört auf zu lächeln. „Sie hat keinen Ring, Garrett."

„Wir werden nachher einen kaufen gehen", sage ich. „Es ist erst eine Woche her."

„Wie hat er Ihnen den Antrag gemacht? Oh Harper, ich denke, wir sollten uns jetzt alle duzen, nachdem du ja jetzt bald zur Familie gehörst", fragt meine Mutter Harper.

„Danke. Und ja … er ist an Heiligabend auf ein Knie gegangen", sagt sie.

Meine Mutter seufzt glücklich.

Ich hole tief Luft und will den Rest schnell loswerden. „Es gibt noch mehr gute Nachrichten. Harper ist schwanger. Das Baby kommt im Juni."

Die Brauen meines Vaters schießen hoch.

Meine Mutter starrt auf Harpers Bauch. „Das ist aber nicht der Grund, warum ihr heiratet, oder?"

„Nein", sage ich, nehme die Hand meiner Liebe und verflechte unsere Finger. „Sie ist die Eine für mich. Weißt du, wie du gesagt hast, du hast es mit Dad sofort gewusst? Und, Dad, du hast dasselbe gesagt. Ihr wusstet, dass ihr richtig füreinander wart. So wusste ich es mit Harper. "

„Und ich liebe ihn so sehr", sagt Harper, und ihre Stimme erstickt vor Emotionen. Tränen steigen in ihre Augen, und sie tupft schnell eine weg. Sie ist besonders sensibel wegen ihrer Hormone.

„Aww!", ruft meine Mutter und eilt herbei, um Harper zu umarmen. Sie setzt sich auf die Armlehne des Zweisitzers neben Harper. „Ich kann es sehen, Honey. Ich freue mich so für euch beide." Sie beugt sich an Harper vorbei, um meine Schulter zu drücken.

„Herzlichen Glückwunsch", sagt mein Vater steif. „Obwohl ich dachte, wir hätten das Gespräch über die angemessene Reihenfolge geführt, mein Sohn."

„Manchmal gibt es einen glücklichen Unfall", sage ich mit einem schiefen Lächeln.

Mein Vater kommt herüber und küsst mich auf den Kopf. „Eher wie ein Geschenk."

„Du bist ein Glückskind, so liebevolle Eltern zu haben", sagt Harper.

„Welche Art Eltern hast du?", fragt meine Mutter mit echter Sorge.

Ich mische mich ein, um es zu erklären, weil Harpers Unterlippe zittert. „Sie wurde von ihrer Großmutter großgezogen. Du würdest sie mögen, Dad, sie hat dieselbe stoische Haltung, die Königinnen haben. Ich nenne sie Queen Joan. "

„Ich nenne sie General", sagt Harper mit einem Lachen.

„Wir würden sie gerne einladen", sagt meine Mutter und legt ihren Arm um Harper. „Wir sind jetzt auch deine Familie, also wirst du eine Menge liebende Menschen um dich haben – die nervige und die süße liebende Art. Letzteres bin ich, wenn du das noch nicht wusstest."

Mein Vater schnaubt. „Es ist gut, ein Gleichgewicht zwischen den Erziehungsstilen zu haben."

Meine Mutter lächelt ihn an. „So ist es."

Sie setzen sich wieder auf das Sofa uns gegenüber. Meine Mutter holt ihr Handy heraus. „Stört es euch, wenn ich die guten Nachrichten mit ein paar Leuten teile?"

„Wir versuchen, diskret damit umzugehen, da Harper eine Persönlichkeit des öffentlichen Lebens ist", sage ich.

„Nur Familie, versprochen", sagt meine Mutter.

„Das ist okay", sagt Harper.

Mein Vater holt auch sein Handy heraus, und die beiden fangen an, wie verrückt zu tippen.

Ich tausche einen amüsierten Blick mit Harper aus.

Mein Vater legt das Handy auf den Tisch und dreht sich zu meiner Mutter um. „Wir werden mehr Essen brauchen."

Sie nickt. „Ich bestelle was."

Er steht auf. „Ich gehe nach nebenan und sehe nach, ob sich die Bianchis uns anschließen wollen."

Sie springt auf. „Großartige Idee!"

Er nimmt seine Jacke und geht zur Tür hinaus. Meine Mutter eilt in die Küche, um die Karte eines Lieferservice' zu suchen.

„Was passiert gerade?", fragt Harper mich. „Kommen jetzt etwa alle her?"

„Scheint so. Ich habe ihnen gesagt, dass wir große Neuigkeiten haben, bevor wir hergekommen sind. Vielleicht haben sie schon gehofft, dass es unsere Verlobung ist, und meinen Brüdern gesagt, dass wir vielleicht feiern würden. Baby war ein Bonus."

Ihre Augen weiten sich. „Sie waren so sicher, dass wir verlobt sind?"

„Das nehme ich an, aber ..."

Es klopft an der Tür.

„Das war schnell", sagt Harper.

„Könntest du aufmachen?", fragt meine Mutter und deutet auf mich.

„Sicher." Ich gehe rüber und öffne die Tür. Mein ältester Bruder, Dylan, steht da und trägt meine Nichte Olivia, die einen Strauß Glückwunschballons in der Hand hält. Seine Frau Ariana steht hinter ihm mit einem Zwillingswagen für die Babys.

„Ist hier die Party?", fragt er.

Ich lache und lasse ihn rein. „Was haben Mom und Dad euch gesagt?"

„Mom hat gesagt, du bist verrückt nach Harper, und sie war sich sicher, dass eine Verlobung in Arbeit ist. Also hier sind wir für eure Verlobungsparty. Wir waren nebenan. Gib ihm die Luftballons, Olivia."

Sie hält sie mir entgegen, und ich nehme sie. „Danke!"

Er setzt sie ab, und sie läuft direkt zu meiner Mutter in die Küche.

„Bin gleich zurück", sagt er. „Ich werde Ariana mit den Zwillingen und dem Wagen helfen. Herzlichen Glückwunsch, Harper!"

„Wir bekommen auch ein Baby!", ruft Harper ihm glücklich zu.

Er lächelt. „Dann sind doppelte Glückwünsche angebracht. Du wirst es lieben, Kinder zu haben. Wir lieben es auf jeden Fall." Er geht, um seiner Frau zu helfen.

„Könnt ihr nach Olivia sehen?", fragt meine Mutter uns. „Ich gehe in den Keller, um die Dekoration zu holen."

„Mom, woher in aller Welt wusstest du …?"

Sie tippt auf ihr Herz. „Mom-Radar funktioniert besser als je zuvor! Ich kenne dich, Garrett, und als ich euch beide zusammen bei Olivias Große-Schwesterparty gesehen habe, wusste ich, dass es nur eine Frage der Zeit war." Sie strahlt und beeilt sich, zuerst mich und dann Harper zu umarmen. „Harper, alle Fragen, die du zu Schwangerschaft oder Geburt hast, ich beantworte sie dir gerne. Ich habe schließlich sechs gesunde Jungen zur Welt gebracht."

„Das wäre schön", sagt Harper. „Danke, Mrs. Rourke."

„Was haben wir gesagt? Du kannst mich gerne Mom nennen, wenn du willst, oder Tara."

„Danke, Mom."

„Aww!" Sie umarmt Harper noch einmal und küsst sie auf die Wange. „Was für ein wunderbarer Start ins neue Jahr! Eine neue Tochter! Meine Güte, ich hätte nie gedacht, dass ich *eine* bekommen würde." Sie geht in den Keller.

In kürzester Zeit ist das Haus voll. Alle meine Brüder sind hier mit ihren Frauen, sogar Brendan, der in Massachusetts lebt. Er war über die Feiertage in New York. Mein Vater ist mit den Bianchis zurückgekommen, unseren Nachbarn und Dylans Schwiegereltern, seit er das Mädchen von nebenan geheiratet hat.

Josie und Harper unterhalten sich aufgeregt über unser neues Haus direkt gegenüber von ihnen auf der Park Slope. Sean hat uns wissen lassen, dass es auf den Markt kommt, also haben wir gestern ein Kaufangebot abgegeben und heute erfahren, dass wir den Zuschlag bekommen haben. Wir sind begeistert. Das Baby kann seine Tante und seinen Onkel auf der anderen Straßenseite besuchen und wir werden gegenseitig auf unsere Kinder aufpassen, wenn jemand zur Arbeit wegmuss. In meinem Leben passt alles zusammen. Ein neues Haus, eine Frau, ein Baby. Ich werde Ehemann und Vater, etwas, das ich mir immer gewünscht habe, und dann noch mit dieser erstaunlichsten Frau.

Ich gehe zu ihnen und lege einen Arm um meine Zukünftige.

Sie lächelt mich an. „Josie sagt, es gibt viele junge Mütter in der Gegend."

„Das ist toll. Unser Kind wird Cousins und Cousinen und Freunde aus der Nachbarschaft haben, mit denen es spielen kann."

„Ich bin so aufgeregt für euch beide", sagt Josie. „Ich wusste von Anfang an, dass ihr zwei perfekt zueinander passt." Sie ruft in die Küche. „Habe ich das nicht gesagt, Sean?"

„Was war das?", fragt er.

„Ich sagte, die beiden passen perfekt!", ruft sie.

Er nickt. „Stimmt. Sie wollte Harper unbedingt in der Familie haben."

Josie deutet mit dem Finger auf ihn. „Das ist nicht der einzige Grund. Ich finde, sie sind perfekt füreinander."

Er lacht. „Freut mich, euch auf der anderen Straßenseite zu haben."

„Danke, Bruder", sage ich. „Können wir beim Babysitten auf dich zählen?"

„Gerne!", antwortet Josie aufgeregt für ihn.

„Hey hey, erst sind wir dran", meldet sich meine Mutter.

„Und ich bin da, wann immer sie mich brauchen", sagt Mrs. Bianchi. Und sie ist nicht einmal die Großmutter unseres Kindes!

„Danke, Mrs. Bianchi. Das wissen wir sehr zu schätzen."

Sie strahlt, kommt zu mir und tätschelt meine Wange.

„Wir sind eine Familie. Außerdem weiß ich ein oder zwei Dinge über die Erziehung starker Töchter."

Meine Mutter schließt sich uns an. „Und ich weiß, wie man starke Söhne großzieht."

Sie schließen die Augen und prusten dann vor Lachen.

„Und ob du das weißt, Tara", sagt Mrs. Bianchi.

„Oh, du auch, Donna, du auch", sagt meine Mutter. „Ich bin so dankbar, Ariana in unserem Leben zu haben. Und dich natürlich auch."

Sie umarmen sich und lösen sich dann lächelnd wieder voneinander.

„Gibt es noch andere Bewerber für den Job des Babysitters?", frage ich zum Spaß.

Ein Chor begeisterter Antworten geht durch den Raum. Wow, ich habe nicht so viele Angebote erwartet, sogar Jack und Riley mit ihrem zwei Monate alten Sohn Aiden melden sich. Alle außer Dylan.

„Nein?", frage ich ihn und spiele beleidigt.

Er zuckt mit den Schultern. „Wir haben drei Kinder unter zwei Jahren. Wir hatten gehofft, dass ihr uns helfen würdet."

„Das machen wir gerne", sagt Harper. „Olivia ist so ein süßer Schatz, und ich bin sicher, dass die Zwillinge genauso süß sein werden."

In diesem Moment fangen die Zwillinge in ihrem Wagen an zu kreischen.

Olivia schlägt sich die Hände vor die Ohren. „Bring sie zurück! Bring sie zurück!"

Dylan schüttelt den Kopf, als Ariana und Mrs. Bianchi die Zwillinge aus dem Wagen nehmen. „Olivia sagt immer wieder, wir sollen sie in den Laden zurückzubringen. Sie findet sie zu laut."

„Komm her, Olivia", sagt meine Mutter. „Ich habe einen besonderen Job für dich."

Olivia rennt zu ihr, und meine Mutter hebt sie hoch und

spricht mit ihr, während sie Servietten aus einem Schrank holt.

Harper dreht sich zu mir um. „Meine neuen Schwägerinnen haben schon mit mir über die Geburt gesprochen. Nicht schön. Ich versuche, keine Panik zu schieben."

Ich lege einen Arm um ihre Schultern. „Hey, wenn ich aushalten kann zuzuschauen, schaffst du das schon."

Sie lacht. „Die gute Nachricht ist, sie haben gesagt, sie würden mir jedes Stück Babyausrüstung geben, das sie nicht mehr brauchen." Sie geht auf Zehenspitzen und flüstert: „Sie müssen wissen, dass ich es mir leisten kann, die Ausrüstung zu kaufen, aber sie sind so großzügig."

„Weißt du, ich fange an zu sehen, was Josie gemeint hat, als sie gesagt hat, dass du wie Marian, die Bibliothekarin, bist, die am Ende zu einer vertrauensvolleren, glücklicheren Frau wurde."

„Ich bin glücklich." Sie wirft ihre Arme um meinen Hals und küsst mich. „So, so glücklich."

„Ihhh", sagt eine kleine Stimme. „Sie küssen sich."

Ich sehe auf Olivia hinunter. Sie hält mir eine Serviette entgegen. „Das stimmt. Es bedeutet, dass wir genauso glücklich sind wie deine Mommy und dein Daddy."

Sie streckt angewidert die Zunge heraus und hüpft davon.

„Nun, wo waren wir?", sage ich und ziehe Harper an mich.

Sie lächelt gegen meine Lippen. „Ihhh. Sie küssen sich."

„Oh ja." Ich küsse sie wieder und lächle.

Wir schließen uns meiner Familie an, die sich wieder einmal in der Küche versammelt hat, um zu feiern. Ich lasse den Blick über all meine Brüder und ihre Frauen schweifen, meine Nichten und Neffen, und mir wird bewusst, wie viel Glück unser Kind jetzt schon hat. Unser Baby wird mit vielen Onkels, Tanten und Cousin und Cousinen, zwei fantastischen Großeltern, Ehrengroßeltern (danke, Mrs. Bianchi!), einer unglaublichen Urgroßmutter und uns, zwei liebevollen

Eltern, aufwachsen. Ich war der Letztgeborene, der Letzte in allem, doch ich bin derjenige, der das wichtigste Puzzleteil in die Familie bringt. Nachdem Harper und ich geheiratet haben, ist unsere Familie nun vollständig.

Und alles fing an, als dieses Beast endlich seine Beauty durch eine Verwechslung getroffen hat, die sich als schicksalhaft erwiesen hat.

Wollen Sie mehr über Garretts Freund, den Milliardär Wyatt Winters, lesen? Wie wäre es mit der strauchelnden Restaurantbesitzerin Sydney Robinson? Die beiden werden sich in *Fetching – Deutsche Ausgabe* treffen! Machen Sie sich bereit für Romantik ohne Leine, eine neue heiße romantische Comedy-Serie, in der Hunde Teil der Familie sind!

Wyatt

Ich bin ein Selfmade-Milliardär mit einer Schwäche für (Jung)Frauen in Nöten. Als ich also in die verschrobene Seegemeinde Summerdale ziehe, schieße ich mich sofort auf die Frau ein, die ich am liebsten ... ähm ... retten will. Nur, dass das sture Weibsbild sich weigert zu kooperieren.

Sydney

Als Satan – auch bekannt als Wyatt Winters – in die Stadt zieht, gebe ich mein Bestes, ihm als Besitzerin des historischen Restaurants und der Bar, in der er immer wieder auftaucht, mit Gastfreundschaft zu begegnen, obwohl er fast alles bekrittelt. *Tief durchatmen.* Ich habe vielleicht meine Beherrschung verloren und eine unhöfliche Geste in seine Richtung gemacht. Und ihm meine Meinung gegeigt. Woher sollte ich wissen, dass er überlegt hat, in mein Restaurant zu investieren?

Habe ich erwähnt, dass ich bis zu meinen Augäpfeln verschuldet bin und jede Bank meinen Kreditantrag abgelehnt hat?

Trotzdem würde eher die Hölle zufrieren, als dass ich jemals mit ihm arbeiten würde. Oder zugeben, dass er mir in jeder Hinsicht einheizt.

Und dann schließt uns ein Schneesturm zusammen ein und –

Ich schmelze.

Erhalten Sie die neuesten Nachrichten zuerst in Kylies Newsletter! kyliegilmore.com/DEnewsletter

WEITERE BÜCHER VON KYLIE GILMORE

Romantik von der Leine gelassen Serie << Heiße romantische Komödien mit Hunden!

Fetching – Deutsche Ausgabe (Buch 1)

Dashing – Deutsche Ausgabe (Buch 2)

Sporting – Deutsche Ausgabe(Buch 3)

Toying – Deutsche Ausgabe (Buch 4)

Blazing – Deutsche Ausgabe (Buch 5)

Die Clover Park Serie << Brüder, für die die Familie an erster Stelle steht!

Das Gegenteil von wild (Buch 1)

Daisy schafft alles (Buch 2)

In den Falschen verguckt (Buch 3)

Ein Weihnachtsmann zum Küssen (Buch 4)

Vermieter küsst man nicht (Buch 5)

Nicht mein Romeo (Buch 6)

Bring mich auf Touren (Buch 7)

Clover Park Braut (Buch 7.5)

Gewagte Verlobung (Buch 8)

Retter in der Not (Buch 9)

Eine verführerische Freundschaft (Buch 10)

Ein Geschenk zum Valentinstag (Buch 11)

Raus aus der Tretmühle (Buch 12)

Die Happy End Buchclub Serie << Die Campbell Familie und ein Liebesromanbuchclub prallen aufeinander!

Hollywood Inkognito (Buch 1)

Ärger im Anzug (Buch 2)

Gewagtes Spiel (Buch 3)

Förmliche Vereinbarung (Buch 4)

Wenn der Bad Boy keiner ist (Buch 5)

Ein Störenfried zum Verlieben (Buch 6)

Schicksalsbegegnungen (Buch 7)

Eine Romantische Chance (Buch 8)

Ein sündhafter Flirt (Buch 9)

Ein unbequemer Plan (Buch 10)

Eine Happy End Hochzeit (Buch 11)

Die Rourkes Serie << Prinzen, bei denen man ins Schwärmen gerät, und ebenso fantastische Prinzessinnen

Königlicher Fang (Buch 1)

Königlicher Hottie (Buch 2)

Königlicher Darling (Buch 3)

Königlicher Charmeur (Buch 4)

Königlicher Playboy (Buch 5)

Königlicher Spieler (Buch 6)

Abtrünniger Prinz (Buch 7)

Abtrünniger Gentleman (Buch 8)

Abtrünniges Schlitzohr (Buch 9)

Abtrünniger Engel (Buch 10)

Abtrünniger Fratz (Buch 11)

Abtrünniger Beschützer (Buch 12)

Die Clover Park Charmeure Serie <<<< heiße Geeks!

Beinahe drüber weg (Buch 1)

Beinahe zusammen (Buch 2)

Beinahe Schicksal (Buch 3)

Beinahe verliebt (Buch 4)

Beinahe romantisch (Buch 5)

Beinahe frisch verheiratet (Buch 6)

Sehen Sie sich auf meiner Website die aktuelle Liste meiner Bücher an: https://www.kyliegilmore.com/deutsch/

ÜBER DIE AUTORIN

Kylie Gilmore ist die USA Today Bestsellerautorin der Happy End Buchclub Serie, der Clover Park Serie, der Clover Park Charmeure Serie, der Rourke Serie und Romantik von der Leine gelassen Serie. Sie schreibt unterhaltsame Romanzen, die die LeserInnen zum Lachen und zum Weinen bringen und zu einem Glas Eiswasser greifen lassen.

Kylie lebt mit ihrer Familie, zwei Katzen und einem verrückten Hund in New York. Wenn sie nicht gerade schreibt, Kinder bändigt oder bei Autorenkonferenzen pflichtbewusst Notizen macht, findet man sie beim Stretching – bis ganz nach oben ins oberste Regal, um dort ihren geheimen Schokoladenvorrat zu erreichen.

Melden Sie sich für Kylies Newsletter an, damit Sie keine ihrer Neuerscheinungen verpassen. https://www.kyliegilmore.com/DEnewsletter

Mehr finden Sie auf Kylies Website https://www.kyliegilmore.com